# LA MAISON AUX LUMIÈRES

Né en 1973, Donato Carrisi est l'auteur du phénomène international *Le Chuchoteur*. Lauréat du prix SNCF du Polar européen et du Prix des lecteurs du Livre de Poche 2011, il est l'auteur italien de thrillers le plus lu dans le monde. Ses ouvrages ont fait l'objet de plusieurs adaptations au cinéma.

*Paru au Livre de Poche :*

LE CHUCHOTEUR
L'ÉCORCHÉE
L'ÉGARÉE
LA FEMME AUX FLEURS DE PAPIER
LA FILLE DANS LE BROUILLARD
JE SUIS L'ABYSSE
LE JEU DU CHUCHOTEUR
LA MAISON DES VOIX
LA MAISON SANS SOUVENIRS
MALEFICO
TENEBRA ROMA
LE TRIBUNAL DES ÂMES

DONATO CARRISI

# *La Maison aux lumières*

TRADUIT DE L'ITALIEN
PAR ANAÏS BOUTEILLE-BOKOBZA

CALMANN-LÉVY

*Titre original :*

LA CASA DELLE LUCI
Publié par Longanesi & C.,
Gruppo Editoriale Mauri Spagnol, Milan, 2022.


ISBN : 978-2-253-24996-2 – 1re publication LGF

*À ma maman,*
*qui en me racontant*
*m'a appris à raconter.*

Règles du *jeu des statuettes de cire*, ou *jeu des statuettes* :

1. La statuette capture les vivants.
2. Quand on est touché, on devient une statuette et on poursuit les vivants.
3. Les statuettes n'ont pas le droit de parler. Elles peuvent seulement siffler.
4. Le jeu prend fin quand le dernier survivant prononce le mot « Arimo ».
5. Si le dernier survivant ne prononce pas le mot « Arimo », le jeu ne se termine *jamais*.

# ARIMO

Pietro Gerber est mort le premier lundi de juillet, vers 10 h 30, par une chaude matinée d'été.

Toutefois, dans la grande histoire de sa vie, cet événement allait se résumer à un simple épisode. Avec le temps, il était même devenu une anecdote parmi tant d'autres. Il était impossible pour Pietro Gerber de considérer cela comme un « souvenir », parce qu'il avait presque tout oublié de ce moment.

Mais les détails qui l'avaient précédé restèrent gravés dans sa mémoire.

La chambre lilas au premier étage de la villa de Porto Ercole. L'odeur de lavande. Le lit fait. La fenêtre grande ouverte sur le jardin, les rideaux en dentelle qui flottèrent comme des fantômes vers le ciel bleu. Le grincement de ses tennis sur le carrelage en terre cuite, tandis qu'il courait se réfugier sur le balcon, poursuivi par une horde d'enfants déterminés à le capturer pour mettre fin au jeu. La transpiration sur son front et sur ses joues, pendant qu'il traverse la pièce. Le goût salé des gouttelettes dans sa bouche. Son souffle court, le sourire ignorant qui lui éclaire le visage quand il se retourne brièvement pour jauger la distance entre lui et ses poursuivants. Son short. Son t-shirt Pikachu délavé. Les croûtes sur ses genoux, à cause des chutes à vélo. Sa peau bronzée. La senteur du romarin cachée dans l'air de l'été.

L'insouciance de ses onze ans, trois mois, seize jours, dix heures, vingt-neuf minutes et quelques secondes.

Les bras tendus vers la balustrade en fer battu qui, selon ses prévisions, va freiner sa course. La structure qui semble tenir son rôle, au moment où Pietro s'y appuie de tout son corps, mais qui soudain vacille, se plie comme si elle était en caoutchouc. Se rebellant contre l'immobilité à laquelle elle était contrainte depuis des années, la rambarde se décroche du mur de la vieille maison et entame un voyage vers l'inconnu, comme si elle pouvait défier la gravité, s'envoler. L'assemblage métallique qui l'entraîne de tout son poids vers l'abysse. Son sourire d'enfant qui s'éteint. Ses yeux terrifiés qui voient les graviers du jardin se rapprocher trop vite. L'impact, qu'on imagine comme une explosion, mais qui n'est en fait que le bruit sourd de quelque chose qui se brise et qui précède l'obscurité.

Pourtant, cette journée estivale de 1997 avait commencé de la meilleure façon possible, pour le jeune Pietro. Son cousin Maurizio venait d'arriver pour passer les vacances avec lui, son père et Adele, la gouvernante. Pietro avait perdu sa mère quand il avait à peine deux ans et son père ne s'était jamais remarié. Pour lui, fils unique, Maurizio, que toute la famille appelait Iscio, était ce qui ressemblait le plus à un frère. Ils avaient le même âge.

Cette année-là, son cousin devait passer les grandes vacances à Porto Ercole. Depuis que son père le lui avait annoncé, Pietro était fou de joie : deux mois avec Iscio, de juillet à septembre ! Il se réjouissait de le faire rentrer dans sa bande de copains.

Dans cet agglomérat de maisons secondaires construites sous le promontoire, avec vue à la fois sur le village et sur la mer, des groupes d'enfants se relayaient de génération en génération. Le passage d'un groupe à l'autre se faisait généralement à l'adolescence, au moment où l'intérêt pour les activités liées à l'enfance se tarissait, où les jeunes préféraient passer leur temps à la plage ou sur la place du village, avec l'excuse de manger une glace au bar Roma, et le soir devant le King's, avant d'aller danser aux Streghe.

Iscio s'intégra dans la petite bande qui, depuis le début des années quatre-vingt-dix, prenait le contrôle de la zone en période de vacances. En plus de Pietro et de son cousin, il y avait six autres membres, qui venaient des quatre coins de la Toscane.

Du haut de leurs onze ans, ils sentaient que cet été 1997 serait probablement l'un des derniers, voire le dernier de leur enfance. Ils avaient donc décidé de le vivre pleinement, de s'emparer de la liberté qu'ils n'auraient plus jamais. En septembre, ils se diraient au revoir et reprendraient le cours de leur vie. Ils se retrouveraient l'année suivante, en juillet. L'amitié résisterait à l'épreuve du temps, pourtant l'idée même de se consacrer à certaines activités les rendrait honteux.

Pour le moment, ils pouvaient s'amuser et faire les quatre cents coups.

La seule fille du groupe était Deborah, de Sienne, même si les autres n'avaient jamais réellement prêté attention au fait qu'elle n'était pas un garçon. Cela se produirait l'été suivant, quand son corps éclos les mettrait mal à l'aise, leur révélerait des pulsions insoupçonnables.

Ettore, qui venait de Fiesole, aimait descendre des pentes très raides à vélo et freiner au dernier moment avec les pieds.

Carletto, de Grosseto, était le moins assidu lors des sorties de groupe, parce que sa mère lui imposait de longues sessions de travail scolaire, même pendant les vacances. Il portait des lunettes et trouvait toujours le moyen de se faire mal.

Giovanni, originaire d'Empli, dit « Giovannone », avait toujours faim. Il portait la même taille de vêtements que son frère de seize ans et il était célèbre pour ses sauts en « bombe » dans l'eau.

Dante, de Lucques, avait la mauvaise habitude de casser les objets. Il voulait voir comment ils étaient faits « à l'intérieur ».

Et puis, il y avait Pietro Zanussi qui, à cause de son homonymie avec Pietro Gerber, était appelé par son nom de famille. Âgé de treize ans, il était le vétéran de la bande. À cause d'une poussée hormonale pressante, il prenait ses distances pour se rapprocher des plus âgés. Cet été-là, sa place fut prise par son frère, bien que celui-ci n'eût que cinq ans.

L'entrée du petit Zeno Zanussi dans la bande n'était pas due à un droit héréditaire ou à une maturité particulière pour son âge. Elle avait simplement été décidée par Deborah, qui le considérait comme son protégé.

Zeno était un supporter fanatique de l'équipe de la Fiorentina et, hormis les fois où sa mère le forçait à le laver, il ne quittait jamais son maillot violet numéro neuf, celui de son idole, Gabriel Batistuta, dont il avait hérité le surnom de « Batigol ».

Pendant leurs vacances sur la côte de l'Argentario, les enfants vivaient un petit miracle : ils oubliaient l'existence de la télévision, des jeux vidéo et de tous les passe-temps de leurs après-midi en ville. Ils s'occupaient de la même façon que leurs parents au même âge.

Pietro, Iscio et la petite bande de Porto Ercole s'adonnaient de l'aube au crépuscule aux plongeons dans le Triangolo, aux descentes à vélo sur les chemins de terre, aux batailles d'eau, à la pêche au crabe et à des matchs de foot interminables sur la plage, en plein soleil.

Il y avait un autre jeu, qui ne faisait pas partie des activités « officielles ». Ils y jouaient très souvent, mais dans les temps morts entre deux autres occupations, en attendant que quelqu'un ait une idée qui ferait l'unanimité. Il servait de repoussoir à l'ennui.

L'ennui est le principal ennemi des étés des enfants. Il se tient en embuscade, attend un nuage qui obscurcira le ciel juste un instant, un clou rouillé qui se plantera dans le pneu d'un vélo, ou encore un ballon frappé si fort qu'il sera emporté par les vagues.

À Porto Ercole, tous les enfants savaient que le remède le plus efficace contre l'ennui était le *jeu des statuettes de cire*, appelé plus communément le *jeu des statuettes*. Il s'agit de la version toscane d'un passe-temps universel, un mélange entre « chat » et « cache-cache ». Un joueur – la statuette – a pour mission de capturer les vivants pour les transformer en statuettes, simplement en les touchant. Les malheureux frappés par ce triste sort peuvent ensuite contribuer à la chasse. Le tout sans parler, donc sans échanger d'informations sur les cachettes des vivants.

Le seul moyen de communication autorisé est le sifflement.

Quand on viole les règles, on meurt de mort violente sous trois jours. Aucun enfant n'y croyait vraiment, mais ils se gardaient tous bien d'y contrevenir.

Parmi les enfants de Porto Ercole, on racontait encore la légende selon laquelle un garçon de Pise, qui n'avait pas pu terminer le jeu car c'était son dernier jour de vacances, était rentré en ville avec cette malédiction. Depuis, pour ne pas mourir de mort atroce, il ne s'exprimait plus que par sifflements.

En théorie, le gagnant du jeu aurait dû être le dernier survivant. Néanmoins, pour libérer toutes les statuettes du silence, il devait prononcer un mot.

*Arimo.*

Personne ne savait d'où venait ce terme mystérieux, ni ce qu'il signifiait réellement. Il s'était probablement transformé au fil du temps, en passant de bouche en bouche, de génération en génération, jusqu'à ce que se perdent sa prononciation et son sens d'origine. Toutefois, les enfants ne s'intéressaient pas à son histoire. Il leur suffisait de savoir qu'il mettait fin aux hostilités. Et si le dernier survivant refusait de dire « Arimo », généralement les autres le chatouillaient jusqu'à ce qu'il se rende.

Ce premier lundi de juillet, le jour de la mort de Pietro, personne ne proposa de jouer aux statuettes. Parfois, ce n'était pas nécessaire. Il suffisait qu'un enfant en touche un autre pour déclencher les poursuites. Ce fut Iscio qui donna le coup d'envoi. Cela eut lieu sur le parvis de la maison des Gerber, qui donnait sur le promontoire boisé.

Pietro était content qu'Iscio l'ait rejoint pour les vacances. Son cousin était un peu triste depuis la mort de son caniche au printemps, d'après les dires de ses parents.

Pietro avait donc pour mission de lui faire oublier Saturne.

Ils allaient partager beaucoup de choses, dans les semaines à venir. Certaines habitudes estivales remontaient à leur petite enfance : lire des bandes dessinées à la lampe de poche sous les couvertures le soir, ou capturer des araignées pour les glisser dans les tiroirs de la pauvre Adele. Ce matin-là, le père de Pietro leur avait promis un tour en zodiac jusqu'à l'île du Giglio, avec sandwichs au saucisson et Coca-Cola glacé en guise de goûter.

En attendant le départ, Iscio et Pietro avaient retrouvé la bande de copains, venus saluer le dernier arrivé.

En fait, Pietro n'avait pas très envie de jouer aux statuettes. Était-ce une sorte de pressentiment ou juste un instant de paresse ? Quoi qu'il en soit, il avait fini par se laisser convaincre.

Personne ne s'attend à mourir par une si belle journée. Encore moins un enfant.

*Aujourd'hui je veux être le dernier survivant*,

s'était-il dit quand les poursuites avaient commencé. *Je veux avoir l'Arimo et les obliger à me courir après jusqu'à ce que leurs poumons les brûlent et qu'ils aient des crampes aux mollets.*

Il avait tout fait pour échapper aux statuettes, de plus en plus nombreuses.

Le jardin de la villa de Porto Ercole était idéal pour ce jeu : les buissons et arbustes offraient de multiples cachettes. Il était d'ailleurs idéal uniquement pour ce jeu, car sa végétation touffue s'emparait de tous les ballons et balles, sans jamais les rendre à leur propriétaire. À tel point que les enfants, qui rentraient souvent chez eux les mains vides, l'avaient baptisé « le jardin sans espoir ».

Ce jour-là, Pietro voulait gagner.

Il s'était réfugié à plusieurs endroits mais chaque fois il avait été débusqué et contraint de fuir. À plusieurs reprises, un de ses amis l'avait frôlé du doigt, mais personne n'avait déclaré l'avoir touché. À un moment, caché sous un des bancs en pierre du kiosque, Pietro avait compris qu'il était le seul survivant, car plus aucun enfant ne parlait : une ambiance sinistre régnait dans le jardin sans espoir, ponctuée par quelques sifflements.

Ils ne cherchaient plus que lui.

Alors Pietro s'était tourné vers la maison. La porte-fenêtre de la cuisine était simplement poussée. Jusqu'à ce jour, personne n'avait osé sortir du périmètre du jardin, le jeu des statuettes ne les avait donc jamais entraînés à l'intérieur de la villa. Mais le moment de changer cette règle tacite était venu. Personne ne s'y attendait.

*Je veux qu'ils me poursuivent jusqu'au premier étage. Je veux les voir agglutinés derrière moi dans l'escalier raide, agrippés à la rampe, la bouche ouverte et les yeux exorbités. Je veux qu'ils s'écroulent sur les marches en râlant de fatigue.*

Ainsi, il sortit en hurlant de sa cachette pour signaler sa présence, courant à toute allure vers la grande maison. Les statuettes surgirent de partout, en rugissant telles des bêtes faméliques, une étincelle diabolique dans le regard. Elles foncèrent sur lui, formant très vite une troupe compacte.

Il se glissa rapidement dans la cuisine et se retrouva nez à nez avec Adele qui poussa un petit cri de surprise et, oubliant les bonnes manières, se mit à jurer en toscan. Pietro s'excusa, mais il ne pouvait pas s'arrêter. L'escalier était juste devant lui. Il monta les marches deux à deux, avec dans la poitrine une sensation que seuls les enfants connaissent : un mélange de terreur et de joie. Il regarda derrière lui : la scène était telle qu'il l'avait imaginée.

Toutefois Iscio, qui commandait les statuettes à ce moment-là, était déterminé à ne pas le lâcher.

Pietro n'avait pas anticipé son coup suivant, une fois en haut. Dans son idée, ses poursuivants auraient rendu les armes dans la montée. Il lui fallait donc trouver un plan en urgence.

Dans la chambre lilas, qui avait été celle de Mme Gerber, la porte-fenêtre était ouverte.

Pietro y entrait rarement. Il n'avait quasiment aucun souvenir de sa mère, car elle était morte lorsqu'il était tout petit. Néanmoins cette chambre avait pour lui une dimension sacrée. Par exemple, sur une console était exposée une collection de parfums de femme. Une multitude de flacons colorés aux formes élégantes, rangés dans un ordre mystérieux. Parfois, en cachette de son père, Pietro allait renifler quelques essences dans la chambre lilas. Avec les années, beaucoup avaient perdu leur fragrance, toutefois Pietro y cherchait un résidu d'odeur, dans l'espoir de faire émerger un souvenir de la femme qui l'avait mis au monde. Et là, en se dirigeant vers le balcon, il remarqua que le soleil éclairait les flacons, qui projetaient des rayons multicolores sur les murs tout autour.

La vue de ce prodige secret lui procura une paix intérieure momentanée.

Mais cela ne dura pas : son objectif était la porte-fenêtre. Il comptait l'atteindre, puis hurler « Arimo » à pleins poumons, pour éviter la capture et la torture des chatouillements. Ce cri allait être libératoire pour toutes les statuettes de cire, mais aussi pour lui.

Cependant, l'impact avec la fragile balustrade en fer battu envoya valser toutes ses résolutions. Il n'eut pas la sensation de tomber. Ce fut comme si le monde avait soudain cessé de le retenir et que toutes les choses matérielles s'éloignaient rapidement de lui, l'abandonnaient à l'étreinte du vide.

Silence et obscurité.

Quand il rouvrit les yeux, il avait du mal à respirer, comme s'il avait dans la bouche une poignée de terre rance. Dans un halo de lumière aveuglant, il reconnut les visages des statuettes de cire qui l'entouraient, penchées sur lui. Ses amis le scrutaient comme on observe un crapaud qui vient de se faire écraser par une voiture : sans avoir le courage d'approcher et, surtout, sans dire un mot. Leur mutisme le terrifia.

— Arimo, dit-il d'un filet de voix.

Tout le monde fut soulagé de découvrir qu'il était vivant. Il parvint à bouger la tête, juste assez pour apercevoir son père agenouillé à côté de lui, sur les graviers, blême, le souffle court. Ce dernier avait les mains posées sur son thorax, car il avait pratiqué des massages cardiaques à intervalles réguliers.

Quand il comprit que son fils était hors de danger, l'homme arrêta. Il était épuisé.

Que s'était-il passé ? Pietro n'avait qu'un vague souvenir de sa chute. Soudain il fut submergé par la douleur, comme si son corps avait volé en éclats. Il sentait le goût métallique du sang, sa tête pulsait et il ne parvenait pas à bouger la jambe droite.

Malgré tout, l'air chaud de l'été remplissait à nouveau ses poumons.

Lorsque les adultes de sa famille et ceux des environs parlaient de l'accident, Pietro avait toujours l'impression qu'ils faisaient référence à quelqu'un d'autre. Il était incapable d'élaborer l'idée de sa mort. Peut-être parce qu'il était un petit garçon.

Son cœur s'était arrêté pendant environ trente secondes.

Il avait échappé au pire, mais cela ne suffisait pas à le consoler de la condamnation terrible à passer le reste de l'été sur une chaise longue, la jambe dans le plâtre. Et quand il voyait ses camarades s'amuser, cela amplifiait son tourment.

Au début, ses amis avaient une certaine curiosité pour ce qui lui était arrivé et, avec l'excuse de venir signer son plâtre, ils passaient du temps auprès de lui pour s'enquérir de ce qu'il avait ressenti, pendant les quelques secondes où il avait visité l'au-delà, ou d'une potentielle rencontre avec Jésus, la Vierge, le diable ou un fantôme.

Pour ne pas les décevoir, Pietro louvoyait un peu avec la vérité. Mais ensuite, il était forcé d'admettre que, dans l'obscurité où il avait été plongé, il n'y avait rien du tout.

L'intérêt pour son histoire s'essouffla donc assez vite et ses amis retournèrent à des préoccupations plus légères, comme profiter de ce merveilleux cadeau de Dieu qu'est l'été, pour un enfant.

En revanche, Dieu ne semblait avoir aucune considération pour le pauvre Pietro : il aurait pu le contraindre à l'immobilité pendant les mois d'école.

Parfois, son cousin Iscio lâchait le groupe pour disputer avec lui une partie de cartes ou de Cluedo, par compassion plus que par envie. Cette charité fatiguait Pietro, plus encore que le prurit à sa jambe plâtrée et l'humiliation de devoir demander à Adele de l'accompagner aux WC.

Pour soulager son calvaire, son père, qui allait régulièrement à Florence pour son travail, lui avait acheté une Nintendo. Mais même Super Mario et Luigi ne parvenaient pas à lui remonter le moral. En quinze jours, Pietro avait perdu son bronzage. Il avait une mine de janvier.

— Comment ça va aujourd'hui ? lui demandait son père chaque matin.

— Mieux, répondait-il, sans savoir si c'était vrai.

Depuis qu'il avait frôlé la mort, l'attitude de son père envers lui avait changé. Pourtant, avec les autres enfants, il restait le même homme, jovial et amical. Il exerçait le métier de psychologue pour enfants et ses petits patients l'appelaient « Monsieur B. ».

Monsieur B. avait toujours les cheveux ébouriffés. L'hiver, il portait un trench, comme certains commissaires de romans policiers, et l'été d'affreuses sandales. Ses poches étaient pleines de sucettes et de ballons de baudruche. En présence d'étrangers, il riait volontiers à gorge déployée.

Après l'accident, Pietro remarqua qu'en plus de le regarder bizarrement, son père se comportait de façon curieuse.

Par exemple, la nuit, il l'entendait souvent marcher dans le couloir. En comptant ses pas, le petit garçon avait compris que Monsieur B. s'arrêtait à la porte de sa chambre, mais ne trouvait pas le courage d'y entrer.

Peut-être qu'il voulait demander à son fils ce qu'il avait ressenti pendant les trente secondes où il était mort. Il espérait sans doute que Pietro lui raconterait qu'il y avait quelque chose, qu'un espoir nous attendait tous, de l'autre côté. Il voulait sans doute une réponse pour alléger la peine qu'il ressentait depuis la mort de sa femme. Pietro avait du mal à comprendre comment son père conciliait sa souffrance et son allégresse en public. Il était prêt à lui mentir, pour l'aider à surmonter la douleur. Mais son père ne lui posait aucune question.

Le dernier dimanche de juillet, la chaleur était étouffante et, en début d'après-midi, les adultes faisaient la sieste, au frais dans les maisons. Seuls les plus jeunes défiaient la canicule, qui n'ébranlait pas leur envie d'être ensemble.

Comme les autres enfants de son âge, Pietro ne ressentait nullement le besoin de dormir pour échapper à la chaleur, mais sa jambe plâtrée le forçait au repos. Posté à la fenêtre de sa chambre, les bras sur le rebord et le menton posé dessus, inconsolable, il regardait ses amis se courir après dans le jardin.

Après l'accident, les parents avaient interdit le jeu des statuettes de cire. Trop dangereux, avaient-ils déclaré. Toutefois, les semaines passant, la sentence avait été oubliée et le passe-temps défendu avait retrouvé sa place, sans que personne s'en plaigne.

Cruauté du sort, le jardin des Gerber était resté l'endroit idéal pour que les statuettes de cire défient les vivants. Après ce qui était arrivé à Pietro, la maison était définitivement interdite, mais le labyrinthe de buissons de troènes, les bancs et les plantes ornementales offraient encore de parfaites cachettes.

Sans se soucier de ce que ressentait leur camarade malchanceux en les regardant, les sept membres de la bande jouaient. Il y avait même Carletto, qui pour une fois avait réussi à échapper aux devoirs d'algèbre et au contrôle de sa mère. Il ne manquait donc que Pietro, tiraillé entre la jalousie et l'ennui. Sa seule consolation était que, de son poste d'observation privilégié, il avait une excellente vue d'ensemble de la partie qui se disputait devant lui.

La première statuette de cire avait été Dante, qui

avait immédiatement touché Giovannone. Toutefois, Pietro avait bien vu que son ami rondouillard, qui n'arrivait jamais à se dissimuler efficacement, s'était rendu de lui-même à l'ennemi. Maintenant, ils s'échangeaient des informations sur la localisation possible des autres : comme le voulait la règle, ils ne parlaient pas mais sifflaient.

Pietro considéra que le choix de Deborah, qui était tapie derrière un tas de broussailles coupées par Monsieur B., était très efficace. Iscio et Carletto étaient bien cachés, eux aussi. Quant à Ettore, il serait le prochain capturé. Enfin le petit Zeno, qui aurait dû avoir l'avantage de la taille de ses cinq ans, était encore indécis sur où se dissimuler, aussi il errait, déboussolé, vêtu de son habituel maillot Batigol violet, grâce auquel il était facilement repérable.

Généralement, au début, le jeu était calme. Puis, au moment où le nombre de statuettes de cire dépassait celui des vivants, la partie s'accélérait et tout devenait possible.

Cela se produisit au moment où Ettore et Carletto furent touchés. Deborah, repérée, tenta de s'enfuir, mais fut rattrapée. Bien sûr, chaque capture donnait lieu à de grands éclats de rire. C'était d'ailleurs cela qui blessait le plus Pietro. Enfin, quand Iscio rejoignit les statuettes de cire, ils regardèrent tous autour d'eux avec étonnement.

Apparemment, le dernier vivant était Zeno Zanussi.

Le plus petit du groupe avait déjà prononcé le mot Arimo dans le passé, mais uniquement parce que les autres l'avaient gentiment laissé gagner. Ce qu'il ignorait totalement, d'ailleurs.

Mais jamais il ne s'était retrouvé le dernier vivant sans leur aide.

Les six amis sifflèrent pour exprimer leur incrédulité. En même temps, ils se séparèrent pour trouver le petit qui, selon la coutume, allait être chatouillé jusqu'aux larmes avant de prononcer le mot magique qui mettrait fin à la partie. Et si quelqu'un parlait avant, il prendrait le risque de mourir de mort violente dans les trois jours.

Bien qu'exclu du jeu, Pietro se réjouissait pour Zeno.

Il avait dû trouver une cachette formidable. Les minutes passaient et les six autres s'attendaient à le voir surgir d'un instant à l'autre, désormais : son maillot violet de champion était parfait pour le triomphe qui l'attendait.

Personne ne soupçonnait encore que Zeno Zanussi n'allait jamais réapparaître pour les libérer tous. Ni que bientôt le quartier serait envahi par les voitures de police, gyrophares allumés, et par des hommes en uniforme qui allaient leur poser des questions à n'en plus finir. Ils n'imaginaient pas que, les jours et les semaines suivantes, des groupes de volontaires allaient passer au crible les forêts qui entouraient Porto Ercole. Ni que la photo de leur jeune ami allait passer à la télévision. Ils ne savaient pas que, les années à venir, le jour anniversaire de sa disparition, une messe serait célébrée au village pour demander à Dieu de révéler aux parents et au grand frère du garçon la vérité sur ce qui s'était passé.

Zeno Zanussi, surnommé Batigol, n'allait jamais revenir pour prononcer l'Arimo dans le jardin sans espoir, ni ailleurs. Et ses meilleurs amis allaient rester prisonniers de la malédiction du jeu des statuettes de cire. Pour toujours.

Tous. Même Pietro Gerber.

# 1

*23 février*

— Tu veux bien me raconter encore une fois l'histoire du dessin, Tommi ?

— Je suis obligé ?

— Oui, s'il te plaît.

— Ça s'est passé pendant la récréation. On n'est pas allés dans la cour parce qu'il pleuvait, on est restés en classe et on a mangé notre goûter avec la maîtresse.

— Tous tes camarades étaient là, c'est bien ça ?

— Federico et Gaia étaient partis aux toilettes, affirma l'enfant.

Pietro Gerber nota dans son carnet ce détail en apparence insignifiant. La précision de Tommaso prouvait qu'il voyait clairement la scène projetée sur l'écran de ses paupières baissées. Le petit patient était sous hypnose. Il regardait avec les yeux de l'esprit.

— Et ensuite, que s'est-il passé ? l'encouragea le thérapeute sur fond de battement relaxant du métronome électronique.

— Giulio a dessiné une girafe au tableau, puis il s'est retourné et il a dit : « Ça, c'est Ginevra. » La plus grande de la classe. On a tous rigolé, parce que c'était vrai. Même la maîtresse a ri.

— Ginevra a été vexée d'être comparée à une girafe ? demanda Gerber.

— Non, elle rigolait, elle aussi.

— Et ensuite ?

— Giulio a continué à dessiner. Luca était un tigre, Manuel un gorille, Virginia un zèbre…

En dressant la liste de ses camarades, Tommaso paraissait tranquille. Le psychologue prenait des notes au stylo à plume sur une feuille épaisse de papier élégant.

— Et quand ça a été ton tour ?

L'enfant marqua une pause.

— Giulio a dit que j'étais un oiseau.

— Pourquoi un oiseau ?

— Je ne sais pas, admit le petit en grimaçant.

Gerber cessa d'écrire et releva ses lunettes sur son front.

— C'est plutôt bien d'être comparé à un oiseau, dit-il avec conviction. Les oiseaux peuvent voler : ça doit être beau de voir le monde d'en haut, tu ne penses pas ?

— Les oiseaux font caca sur les gens et sur les choses, répliqua l'enfant, renfrogné. Et puis, moi, je voulais être un lion, conclut-il, visiblement contrarié.

À sept ans, cette attitude était naturelle et Pietro Gerber n'aurait pas accordé autant d'importance à sa réaction s'il n'avait soupçonné qu'en réalité, elle cachait autre chose. En effet, le ton de Tommaso avait changé. Il avait perdu l'innocence de son âge.

Ce n'était plus la voix d'un enfant.

Depuis quelques séances déjà, le psychologue percevait les signes d'une agitation dans les profondeurs de l'âme de son jeune patient.

Une colère d'adulte.

Ce n'était pas la première fois. Il avait déjà rencontré ce phénomène dans le passé, et cela ne lui disait rien de bon.

Son cabinet, au dernier étage d'un immeuble ancien, situé à quelques pas de la piazza della Signoria, était comme un cocon accueillant pour les enfants qui se succédaient dans le fauteuil à bascule où Tommaso était à moitié allongé. Le feu dans la cheminée, les poutres apparentes, la grande bibliothèque, le tapis rouge couvert de jouets, feuilles et crayons de couleur : l'endroit parfait pour écouter une belle histoire. Mais dans cette pièce, les enfants étaient les narrateurs, et leurs récits étaient souvent peuplés de monstres secrets. Sans compter qu'ils ne finissaient pas toujours bien.

En plus de Pietro Gerber, d'autres spectateurs muets assistaient aux confessions : peluches, poupées et figurines dissimulaient des yeux électroniques qui filmaient les séances.

Après avoir fait plonger ses petits patients dans les profondeurs de leurs âmes à l'aide d'un métronome ou d'une autre technique de relaxation, l'hypnotiseur les guidait avec sa voix, en choisissant les mots avec soin pour qu'ils se sentent protégés et en sécurité.

— Tu voudrais être un lion, répéta Pietro Gerber.

— Oui.

— Et ça te fait quoi, d'être un oiseau ?

— Ça me met en colère, dit-il en serrant les poings.

— Tu es en colère contre ton camarade, Giulio ?

— Oui.

— Tu voudrais que la maîtresse le punisse ou le gronde ?

— Giulio doit mourir, affirma l'enfant sans hésiter.

— Ça ne te semble pas un peu exagéré ? demanda l'hypnotiseur après une courte pause. Dans le fond, ton camarade n'a rien fait de grave, il me semble.

Un mois auparavant, les parents de Tommaso s'étaient adressés à Pietro Gerber parce que leur fils souffrait d'énurésie. Cela se réglait généralement en quelques séances. Rapidement, le thérapeute s'était rendu compte que le problème était autre. Sous hypnose, l'enfant avait révélé une agressivité insoupçonnable. Depuis, elle ressortait de plus en plus souvent sous la forme de déclarations hostiles, comme celle qui concernait son camarade Giulio. Les motivations étaient toujours assez puériles, voire futiles. Gerber avait demandé à ses parents s'il y avait eu dans leur voisinage des actes de vandalisme dont les coupables n'avaient pas été identifiés, ou un incident domestique récent. Le père de Tommaso lui avait confirmé qu'autour de leur petite villa de la banlieue de Florence, on avait retrouvé des traces d'incendies, déclenchés à partir de poubelles ou de broussailles. On avait même découvert un début de feu dans leur garage, qui heureusement avait été maîtrisé. L'homme ne comprenait pas le rapport entre ces événements et le fait que son fils de sept ans mouillait son lit. Du reste, comment aurait-il pu se l'expliquer ?

Seul un spécialiste pouvait interpréter ces signaux. Énurésie nocturne et pyromanie étaient des symptômes d'un trouble plus grand.

Gerber avait ensuite demandé s'ils avaient des animaux et on lui avait répondu que la petite sœur de Tommi avait eu un aquarium avec des poissons rouges mais ils étaient tous morts au bout de quelques semaines.

Fort de ces données, le thérapeute avait élaboré un début de diagnostic clinique, mais il n'était pas encore sûr de lui, aussi il lança un peu au hasard :

— C'est toi qui as tué les poissons de ta sœur, Tommi ?

— Oui, avoua spontanément l'enfant, toujours sous hypnose.

— Pourquoi ?

— Je ne sais pas.

Toutefois, Gerber était certain qu'il mentait : l'enfant le savait mais, bien que la transe aide à lever l'inhibition, son esprit retenait l'information. De toute évidence, Tommi était encore maître de sa capacité à berner et à dissimuler.

— Comment as-tu tué ces poissons ? Tu veux me raconter ?

— J'ai mis le bras dans l'eau et je les ai pris dans ma main, à tour de rôle. Ils étaient glissants, je ne pouvais pas les serrer fort.

— Pourquoi ?

— Parce que sinon ils s'en seraient aperçus…

— Qui ça ? Tes parents ?

— Oui, maman et papa ne doivent pas savoir que c'est moi. Alors j'ai gardé le poisson dans ma main et je l'ai regardé jusqu'à ce qu'il arrête de bouger.

Gerber nota dans son carnet :

*L'acte est prémédité : il calcule lentement les risques et trouve le moyen d'effacer les preuves et de prévenir les conséquences probables.*

— Qu'est-ce que tu as ressenti en voyant ce poisson mourir dans ta main ?

L'enfant était toujours immobile, toutefois sa respiration accéléra et ses pupilles bougèrent frénétiquement. Gerber connaissait le langage sans équivoque du corps : l'enfant était très excité.

— Il ne t'a pas fait de peine, ce pauvre poisson ?

— Non. Ça m'a plu de le regarder.

Le psychologue écrivit :

*Manque d'empathie, sadisme.*

Puis il referma son carnet noir et le posa sur ses genoux : bientôt il serait rangé à sa place, dans les archives privées, avec ceux des autres patients. Le psychologue les conservait tous, même les plus anciens, comme son père avant lui.

Il observa le petit Tommi avec une certaine frustration. Parfois, même l'être le plus innocent dissimule une nature potentiellement mauvaise. Personne ne l'avait jamais prouvé sur le plan clinique, néanmoins une présence obscure habitait cet enfant.

Un autre Tommi, qui attendait le bon moment pour se manifester.

— Tu ne ferais pas de mal à ta petite sœur, pas vrai, Tommaso ? demanda le docteur Gerber, conscient que, quelle que soit la réponse, il fallait se méfier.

— Je ne ferais pas de mal à ma petite sœur, affirma

l'enfant, mais son ton condescendant laissait supposer qu'il avait compris qu'il fallait faire plaisir à l'adulte.

L'hypnotiseur évalua la situation. La décision n'était pas simple. Il allait devoir soumettre Tommaso à une procédure peu orthodoxe, qui dépassait les limites de la déontologie professionnelle. C'était le seul moyen d'avoir quelque chose à offrir à cet enfant.

« Un nouveau départ », l'appelait Monsieur B.

— Je te crois, Tommi, au sujet de ta petite sœur.

Peu importe qu'il n'en pensât pas un mot. Il voulait rassurer l'enfant, parce que désormais son choix était fait.

— Mais maintenant, je vais te dire un secret.

— Quel secret ? demanda Tommi, soudain curieux.

— Ce n'est pas toi qui as tué les poissons rouges.

— Ah non ? demanda l'enfant avec étonnement.

— En réalité, ce n'est jamais arrivé. Ce n'était qu'un rêve.

— Un rêve ?

— Un cauchemar, mentit Gerber. Je vais t'expliquer ce qu'on va faire, maintenant : je vais t'aider à oublier.

Tommi n'eut aucune réaction.

L'effacement de la mémoire sous hypnose était une pratique interdite chez les psychologues : certains la considéraient comme éthiquement incorrecte, dans la mesure où elle interférait avec la volonté du patient.

Pourtant, Pietro Gerber jugea qu'il n'avait rien à perdre. Et Tommaso non plus.

Puisque l'épisode des poissons rouges pouvait déclencher d'autres comportements violents, il était juste de l'éliminer.

— Si tu as bien compris, répète ce que je viens de dire, l'invita Gerber.

— Je dois oublier que j'ai fait du mal aux poissons rouges, répéta docilement l'enfant.

— Exactement.

Pietro espérait que la suppression de cet événement générerait une réaction en chaîne dans l'esprit de Tommi, et dévierait les parcours logiques qui l'avaient conduit à tuer ces pauvres poissons rouges.

L'hypnotiseur ne pouvait pas totalement supprimer les instincts de l'enfant, mais il pouvait les freiner, les enfouir dans les abysses de son âme, là où se forment les pires pulsions humaines.

— Maintenant, on va compter à rebours en partant de dix, affirma Gerber. Puis ce sera comme quand tu te réveilles le matin : tu ouvriras les yeux et le cauchemar aura disparu.

— Disparu…, répéta le patient.

À la fin du compte à rebours, l'enfant ouvrit les yeux et se tourna vers lui.

— Alors, j'ai tout bien fait ? demanda-t-il avec anxiété.

Il ne se rappelait rien de ce qui s'était passé lors de la séance.

— Tu as tout très bien fait, lui confirma l'hypnotiseur.

Tommi lui offrit un grand sourire édenté. Son esprit était encore malléable. Gerber essaya de se convaincre qu'ils étaient dans les temps. Parce que Tommaso était un adorable petit garçon, et ce qui lui arrivait était vraiment cruel.

Le petit patient se leva du fauteuil à bascule et prit

son sac de sport et sa veste sur le portemanteau près de la porte. Il avait l'air si insouciant.

— Tu ne ferais jamais de mal à ta petite sœur, pas vrai, Tommaso ? lui demanda le psychologue.

L'enfant écarquilla les yeux, surpris.

— Non, jamais ! s'exclama-t-il avec conviction.

## 2

Pour le moment, Tommaso était l'unique patient de Pietro Gerber. Toutefois, le thérapeute n'avait pas choisi cette situation.

Avant – il n'y a pas si longtemps –, il jouissait d'une grande considération professionnelle. En plus de son activité au cabinet, il était consultant pour le parquet des mineurs, où on lui confiait les affaires les plus délicates. Mais désormais, plus personne ne venait frapper à sa porte. On le disait déprimé et incapable d'exercer son métier. Gerber conservait une certaine influence dans son milieu, toutefois sa réputation était entachée. C'était arrivé petit à petit.

Depuis l'affaire de l'Affabulateur, il n'était plus le même. Et tout le monde s'en était aperçu.

C'est ainsi qu'il avait surnommé son adversaire, dont il ne connaissait que trois misérables initiales.

A.D.V.

Gerber appelait « maison sans souvenirs » l'esprit d'un enfant qu'il n'avait pas réussi à sauver. Et il était persécuté par cette histoire, son plus grand échec.

En réalité, il n'avait pas su reconnaître les premiers signes de son déclin. Tout avait commencé par un lacet de chaussure qui, un jour, s'était cassé. Il se souvenait bien de cette matinée, six mois plus tôt : en enfilant ses Clarks avant de sortir de chez lui, il s'était retrouvé avec un morceau de lacet dans la main. Il l'avait observé quelques secondes, avec une sensation d'impuissance. Pour lui, à ce moment-là, ce fait sans importance était devenu un problème insurmontable.

La fin du monde commence toujours par un grincement, aimait répéter Monsieur B.

Ce jour-là, Gerber avait trouvé une solution en laissant vides les deux trous du haut de la chaussure, et il s'était promis de remplacer le lacet à la première occasion. Mais il ne l'avait pas fait.

Les mois avaient passé et le lacet de sa Clarks gauche était toujours cassé.

Depuis ce moment, Gerber s'était laissé aller. Ses cheveux étaient hirsutes, sa barbe négligée, ses habits froissés, voire tachés, les coudes de ses pulls consumés, les poignets et cols de ses chemises effilés. Même son hygiène corporelle laissait à désirer. Il était encore bel homme, toutefois son charme, qui l'avait toujours protégé du jugement des autres, ne semblait plus faire effet. Et le pire, c'était que Gerber n'avait pas l'air conscient de ce qu'il lui arrivait. Une sorte de bulle imperméable et caoutchouteuse s'était formée autour de lui et le maintenait à distance des autres.

En vérité, en cédant à la paresse, il avait perdu l'envie d'être psychologue. Il n'était plus sûr de rien. Lors de ces mois sans patients, il avait disposé de tout le temps nécessaire pour ruminer l'affaire de l'Affabulateur. Et l'apathie avait remplacé les remords.

Il n'avait donc pas hésité à appliquer sur Tommaso une procédure interdite, l'effacement de la mémoire.

La séance avait pris fin après 17 heures. Juste après, Gerber avait un rendez-vous important.

Il accompagna Tommaso à la porte. Le père de l'enfant, dans la salle d'attente, se leva du fauteuil où il était assis depuis près d'une heure et chercha le regard du psychologue. Ses yeux contenaient une question muette.

— Tout va bien, anticipa Gerber – qui n'eut aucun scrupule à mentir. La thérapie se poursuit au mieux, ajouta-t-il en caressant la tête de Tommi, qui s'écarta pour attraper une banane dans la corbeille de fruits à disposition des patients.

Tommaso avait beau être le seul, Gerber ne dérogeait pas à la tradition.

— On se voit dans quinze jours, dit-il en espérant que sa colère secrète resterait enfermée dans la prison de son jeune esprit.

Tommi et son père quittèrent le cabinet.

Gerber retourna dans son bureau et regarda l'heure. Il se demanda si l'homme avec qui il avait rendez-vous au café Paszkowski tolérerait un léger retard. Il ignorait à quoi il ressemblait, mais il savait qu'une montre à gousset serait posée sur sa table.

Le psychologue était anxieux.

Alors qu'il étouffait le feu dans la cheminée, éteignait les lumières et fermait les volets, l'ampoule rouge au plafond, reliée à un bouton dans la salle d'attente, s'alluma et s'éteignit deux ou trois fois.

Ce signal silencieux permettait d'annoncer l'arrivée du patient suivant, sans déranger la séance en cours.

Irrité par cet imprévu et bien décidé à chasser rapidement l'hôte inattendu, Gerber passa la tête par la porte.

Dans le couloir plongé dans la pénombre, une jeune femme stationnait devant la porte close de ce qui avait été le bureau de Monsieur B.

— Qui êtes-vous ? demanda le psychologue.

— Je m'appelle Maja Salo, répondit une voix à l'accent étranger.

— Il faut prendre rendez-vous, la sermonna Gerber, qui remarqua qu'elle était seule. Or le premier entretien avait toujours lieu en présence du patient ou de la patiente.

— Eva n'est pas ma fille, précisa la jeune femme, et je ne sais plus quoi faire…

Puis elle fit un pas en avant, de sorte qu'il put la voir mieux. Elle portait un duffle-coat bleu marine, une jupe écossaise, des collants foncés et des chaussures basses. Son cou fin était enveloppé d'une grosse écharpe de laine dont les pans tombaient presque au niveau de ses genoux. Ses cheveux mi-longs étaient roux et frisés. Taches de rousseur, yeux verts, elle n'avait guère plus de vingt ans. Une beauté innocente et impitoyable.

— Je n'ai pas le temps de vous recevoir maintenant. Repassez demain, tenta Gerber pour la congédier avec plus de tact.

— S'il vous plaît. Je n'habite pas Florence, j'ai pris le car pour venir…

— Pourquoi n'avez-vous pas appelé avant ? demanda-t-il sur un ton de reproche. Cela vous aurait évité le voyage.

La jeune fille hésita.

— Parce que j'avais peur que vous ne me croyiez pas.

# 3

Il la fit entrer dans son bureau. Gerber connaissait la note désespérée qu'il décelait dans la voix de Maja Salo. Il l'avait perçue bon nombre de fois dans sa carrière.

— Je n'ai que quelques minutes, annonça-t-il brusquement.

Pour lui signifier qu'il était vraiment pressé, il ne s'assit pas et ne l'invita pas à s'asseoir.

La jeune femme se plaça au centre de la pièce, tandis que le psychologue s'appuya sur son fauteuil Eames Lounge Chair en cuir noir et palissandre.

— Alors, dites-moi qui vous êtes et expliquez-moi qui est Eva.

— Je suis étudiante en arts, je suis arrivée d'Helsinki il y a trois mois pour écrire un mémoire sur Cimabue, commença-t-elle, un peu gauche.

Son parfum délicat plut à Gerber. *Eau de rose*, estima-t-il – depuis tout petit, il connaissait les essences grâce à la collection de sa mère.

— Vous parlez bien italien.

En fait, son léger accent florentin lui paraissait anormal.

— J'ai pris le nom de famille de ma mère mais mon père était d'Arezzo. Il a émigré en Finlande dans sa jeunesse pour faire fortune.

Le psychologue comprit à son ton que l'homme n'avait pas réussi.

— Et où vivez-vous, actuellement ? Pas à Florence, d'après ce que vous m'avez dit.

— Dans la campagne de San Gimignano, confirma Maja. Dans une propriété de la famille Onegli Catelani.

Le double nom de famille désignait souvent une origine aristocratique. Gerber savait qu'il existait en Toscane des familles au patrimoine incalculable, dont l'origine se perdait dans le temps. Les titres de noblesse de ces privilégiés, tous liés entre eux, n'avaient plus de valeur, toutefois en termes de richesse ils pouvaient rivaliser avec les industriels, oligarques, banquiers et vedettes. Même si, à la différence de ces derniers, ils ne travailleraient pas un seul jour de leur existence dorée. Ils étaient nés nantis et mourraient nantis. Sans vraiment savoir pourquoi, et sans se le demander.

— Vous êtes de la famille de la fillette ? demanda Pietro Gerber.

— Non, je m'occupe d'elle. Je suis jeune fille au pair. J'ai eu ce travail en répondant à une annonce publiée sur le site de mon université.

C'était souvent de cette façon qu'étaient recrutés les « au pair » étrangers. Les familles leur offraient le gîte, le couvert et une petite paie en échange de leur aide dans la vie quotidienne, notamment la gestion des jeunes enfants. Pour les étudiants, c'était une façon de s'offrir une expérience à l'étranger.

Pourtant, tout n'était pas clair pour Gerber.

— Ce sont les parents d'Eva qui vous ont envoyée chez moi ? Pourquoi ne sont-ils pas venus eux-mêmes ?

— Le père et la mère d'Eva sont séparés. Je crois que son père vit loin, ça fait longtemps qu'il ne s'intéresse plus à sa fille. Quant à Mme Beatrice, elle voyage dans le monde entier et on ne se parle qu'au téléphone. Actuellement, elle fait une croisière à la Barbade.

— Vous avez bien dit que vous ne vous parlez qu'au téléphone ? demanda le psychologue pour s'assurer qu'il avait bien compris.

— Oui. J'ai vécu dans trois autres familles semblables et ce n'est pas la première fois que cela m'arrive : certains parents n'ont pas le temps de s'occuper de leurs enfants, ils préfèrent les confier à des étrangers. Au début ce détachement me surprenait, mais j'ai appris à ne pas les juger, parce que j'imagine qu'ils ont vécu la même chose dans leur enfance, expliqua Maja. Au contraire, Beatrice s'intéresse à sa fille bien plus que d'autres mères que j'ai rencontrées dans le passé.

Pietro Gerber prit note, bien qu'il ne soit pas convaincu.

— C'est Beatrice Onegli Catelani qui vous a adressée à moi ?

— Non, j'ai pris moi-même l'initiative. J'ai demandé à tout le monde et on m'a dit que vous êtes le meilleur. Vous êtes l'endormeur d'enfants, n'est-ce pas ?

Le psychologue hypnotiseur aurait aimé confirmer la véracité de cette information et la légitimité de cet éloge. Mais il ne pouvait pas : ce n'était pas vrai.

— Eva a dix ans, reprit Maja.

« Parce que j'avais peur que vous ne me croyiez pas », avait-elle dit. Gerber se sentit mal à l'aise. Il devait éviter de se montrer trop intéressé par l'affaire, parce qu'il ne savait pas encore s'il allait pouvoir s'en occuper.

— Quel est le problème d'Eva ? demanda-t-il.

— Elle ne veut pas quitter la maison où elle est née et où elle a grandi. Jamais.

— Y a-t-il eu un diagnostic d'agoraphobie enfantine ?

— Sa mère affirme que les médecins à qui elle s'est adressée n'ont rien compris… Mais moi, j'ai assisté à une crise d'Eva : quand on la force à sortir, elle hurle et se démène.

— Donc Eva ne va pas à l'école, elle ne fréquente pas d'autres enfants.

Maja secoua la tête.

— C'est moi qui m'occupe de son instruction, c'est surtout pour cela qu'ils m'ont embauchée.

— Pourquoi ne vous aurais-je pas crue au téléphone ?

— Parce qu'il y a un autre problème. Eva a un ami imaginaire, souffla Maja. Je sais que vous allez me dire que c'est assez banal, surtout à cet âge.

Cela ne l'était pas. C'était même souvent le début de troubles plus sérieux. Toutefois, Gerber se contenta de le penser.

— Continuez…, l'invita-t-il en regardant de nouveau sa montre, pour qu'elle comprenne qu'il avait vraiment peu de temps.

— Au début, je pensais que c'était un jeu comme tant d'autres. Je me disais que cette fantaisie était due au fait qu'Eva n'avait aucun contact avec des enfants de son âge. Alors je la suivais, j'étais convaincue qu'il n'y avait rien de mal.

Mais elle n'aurait pas dû. Gerber frissonna.

— Par exemple, je préparais le goûter pour eux deux, et le soir je laissais deux verres d'eau sur la table de nuit… Mais Eva ne me permettait jamais de m'adresser directement à son ami, et même elle s'énervait quand je le faisais. Elle disait qu'il ne voulait pas avoir affaire à moi et que si j'essayais, son ami me le ferait payer.

Ce détail était inquiétant.

— Est-ce qu'Eva a donné suite à sa menace ?

La jeune femme acquiesça, consternée.

— Certaines de mes affaires personnelles ont disparu. Des objets sans valeur : un petit collier en corail, un rouge à lèvres, et même une paire de tennis. Je ne peux pas être certaine que c'est Eva, mais la coïncidence est troublante.

Gerber sentit qu'il y avait autre chose, que le reste du récit dissimulait des faits encore plus alarmants.

— J'espérais qu'elle se fatiguerait du jeu, parce que je ne savais plus comment gérer. Mais c'est devenu une obsession, dit Maja, sincèrement soucieuse. J'ai essayé de la distraire en inventant de nouveaux jeux ou en passant plus de temps avec elle, mais Eva refuse ma présence, elle préfère jouer avec son ami imaginaire. Elle s'enferme dans sa chambre et je l'entends parler pendant des heures, seule.

Le psychologue savait que le pire était à venir.

— Parfois, ça arrive en pleine nuit : elle se réveille pour jouer avec lui.

Les amis imaginaires des enfants émergent d'un puits de solitude. Ils asphyxient tout, avec leur présence nauséabonde. Ce sont des despotes, ils sont possessifs et exigent l'exclusivité, voire même refusent de s'en aller.

— Et puis, il y a une semaine, de façon totalement inattendue, Eva m'a demandé de congédier son ami, parce qu'elle ne voulait plus jouer avec lui.

*Nous y sommes*, pensa Pietro Gerber.

— Depuis, tout s'est précipité, devina-t-il. Eva se fait du mal, en soutenant qu'il est responsable. Bleus et griffures sur les jambes et les bras, je suppose ?

Maja Salo écarquilla ses yeux verts, acquiesça, puis pencha la tête à gauche, incrédule.

— Juste des bleus, précisa-t-elle. Mais comment le savez-vous ?

— Eva a-t-elle déjà décrit l'enfant ? demanda le psychologue, ignorant sa question.

— Non, dit la jeune femme après un instant de réflexion, de plus en plus troublée.

— Et je parie que son ami imaginaire n'a pas de nom.

— Elle refuse de dire comment il s'appelle, confirma-t-elle, toujours perplexe.

Gerber ne voulait pas lui annoncer qu'elle avait décrit les premiers signes de schizophrénie infantile. Eva avait très tôt entendu des voix. Sans soins appropriés, les manifestations sporadiques de sa pathologie allaient dégénérer en dissociation totale de la réalité. La violence envers elle-même indiquait que la fillette était entrée en conflit avec la seconde personnalité qui l'habitait. Sans médicaments, d'autres amis imaginaires allaient apparaître, bien plus dangereux pour elle et pour les autres.

— Eva n'a pas besoin d'un hypnotiseur mais d'un psychiatre, affirma l'endormeur d'enfants.

Quand il vit les lèvres de Maja trembler et les larmes lui monter aux yeux, Gerber regretta presque d'avoir été aussi direct. Il ne s'attendait pas à une telle réaction.

La jeune femme éclata en sanglots. Ne sachant que faire, Pietro Gerber se tut.

— Je crains qu'il ne lui arrive quelque chose, et je suis sûre qu'Eva a peur, elle aussi, déclara-t-elle entre les larmes. Vous savez ce que ça veut dire, être enfant et avoir peur de mourir, docteur ?

Oui. À onze ans, je suis tombé d'un balcon et mon cœur s'est arrêté pendant trente secondes, aurait-il voulu lui répondre pour la réconforter. Mais il n'avait aucune raison de partager cet épisode aussi intime avec une inconnue. Ou peut-être que si. Une mèche de cheveux roux était collée à la joue de Maja, et il avait follement envie de la dégager de son visage.

— Je suis désolé mais je suis très en retard, dit-il seulement.

Il lui avait déjà consacré plus de temps qu'il n'aurait dû. Le moment était venu d'aller à son rendez-vous au café Paszkowski.

L'homme à la montre à gousset l'attendait.

Maja ne bougea pas. Elle se frotta les yeux avec le dos de ses mains, comme une petite fille. Puis elle fouilla dans la poche de son duffle-coat et en sortit une petite lettre soigneusement cachetée.

— Quand j'ai dit à Eva que j'allais rencontrer l'homme qu'on appelle l'endormeur d'enfants, elle m'a donné ça, indiqua-t-elle en la lui tendant.

Gerber fixa l'enveloppe.

— C’est pour vous, docteur Gerber. Mais je ne sais pas ce qu’elle contient : Eva n’a pas voulu me le dire.

Il n’avait aucune intention de la prendre. Le pli était froissé, ce qui indiquait qu’il était depuis longtemps dans la poche de la jeune femme. Et donc qu’elle mentait. Le message d’Eva ne lui était pas destiné.

— Combien d’autres spécialistes infantiles ont déjà refusé de la prendre en charge ?

La jeune femme soupira, et baissa les yeux.

— Vous êtes le dernier de la région.

Il aurait dû être vexé. Toutefois, étant donné sa réputation en déclin, il se doutait bien qu’il n’était pas le premier choix. Pour autant, il ne voulait pas représenter le dernier espoir pour cette patiente. Il ressentit de la compassion pour Maja, qui de toute évidence aimait beaucoup la fillette. Elle s’occupait d’elle, pourtant elle n’était pas de sa famille et elle ne la connaissait que depuis quelques mois. Malheureusement, cela ne changeait rien à la situation.

— Je suis désolé, je ne peux rien faire pour vous.

# 4

Son vieux Burberry, héritage de Monsieur B., se révéla un excellent allié, en cette soirée venteuse de fin février. En revanche, ses Clarks marron aux semelles usées le protégeaient mal des glissades sur le pavé humide. On apercevait une petite brume orangée sous les lampadaires, qui évoquait un fleuve fantôme dont les bâtiments du centre historique auraient été les berges.

Avec ses lumières brillantes et la petite musique qu'on y entendait, le café Paszkowski apparut à Gerber comme un lieu sûr et confortable.

Il traversa la piazza della Repubblica déserte et entra. Les serveurs et le personnel en livrée, postés derrière le comptoir en noyer et laiton, vinrent l'accueillir. Leur sourire s'éteignit quand ils remarquèrent son aspect négligé.

D'autres clients s'étaient réfugiés dans ce havre d'alcool fort et de musique classique. Ils bavardaient en sirotant des cocktails à base de vermouth dans des verres en cristal tout en écoutant un quatuor à cordes qui jouait *L'Hiver* de Vivaldi. Ils ignorèrent son arrivée.

Gerber en profita pour se plonger discrètement dans cette ambiance hors du temps. Il avança sur les carreaux de ciment noirs et blancs, vers la salle aux plafonds hauts et lustres blancs en demi-sphères, semblables à d'énormes globes oculaires.

Il s'arrêta devant la table où était posée une vieille montre à gousset en or, dont la chaîne s'achevait dans la main d'un élégant septuagénaire qui mâchonnait un cigarillo éteint.

— Bonsoir, docteur, le salua l'homme, bien qu'ils ne se soient jamais vus. Je vous en prie, dit-il en indiquant la chaise en face de lui.

L'inconnu rangea sa montre dans sa poche. Gerber retira son trench, le posa sur le dossier de sa chaise, puis s'assit. Il avait froid.

— Calindri, se présenta l'autre sans préciser son prénom. Vous buvez quelque chose ? demanda-t-il en faisant signe à un serveur.

Lui-même avait déjà commandé un Negroni.

— Non merci, l'arrêta le psychologue.

— Comme vous voulez.

Après un après-midi passé à sonder l'âme du petit Tommi, puis la rencontre avec la jeune Finlandaise et son récit sur Eva et son ami imaginaire, Gerber avait hâte de rentrer chez lui.

— Comme je vous l'ai évoqué au téléphone, monsieur Calindri, j'ai eu votre numéro par des connaissances qui travaillent au tribunal pour mineurs.

— Que vous a-t-on dit de moi, exactement ?

— Que vous avez un passé dans les forces de l'ordre, que vous êtes très discret et que vous n'avez pas de bureau.

L'homme sourit.

— Disons que je préfère que mes affaires soient… mobiles.

— Félicitations : vous êtes très habile pour cacher votre existence.

— C'est la première règle du métier.

— Et vous, que savez-vous de moi ? le testa Gerber. Je présume que vous vous êtes renseigné, avant de me rencontrer.

— Vous êtes divorcé. Votre ex-femme Silvia vit à Livourne avec votre fils Marco et elle va bientôt se remarier.

Entendre ces éléments de sa vie fut douloureux pour Pietro. Une souffrance difficile à expliquer du point de vue clinique, que seuls les pères séparés peuvent ressentir.

— Vous exercez le même métier que votre père, qui est mort il y a sept ans, poursuivit Calindri. Vous avez perdu votre mère à l'âge de deux ans.

— Ce sont des informations faciles d'accès, lança Gerber, méfiant.

Calindri retira son cigarillo de sa bouche pour boire une gorgée de Negroni.

— Je n'accepte pas beaucoup de clients. Je travaille toujours avec les mêmes, plutôt des sociétés ou des cabinets d'avocats, précisa-t-il comme s'il cherchait une excuse pour refuser. Au téléphone, vous avez mentionné une filature. C'est une activité délicate, qui nécessite de longues heures de guet. Par expérience, je sais que les personnes qui demandent ce genre de services s'attendent à des résultats immédiats. Je tiens donc à vous prévenir que, si vous n'avez pas suffisamment de temps ni d'argent, mieux vaut laisser tomber.

— Si cela échoue, je ne me plaindrai pas, promit le psychologue. Je sais que vous avez accepté de me voir parce qu'on vous a dit que j'étais du genre patient. Vous imaginez bien que je n'ai pas d'alternative.

L'homme le dévisagea.

— Qui dois-je suivre ?

— Moi.

— Vous ? reprit Calindri, stupéfait.

— Exact. Pas besoin que vous soyez toujours derrière moi. Je vous signalerai les endroits que je fréquente habituellement et nous nous mettrons d'accord au fur et à mesure. Vous pourriez commencer par surveiller mon cabinet.

— C'est une mission insolite, commenta l'homme sans se décomposer, mais attendant une explication.

— Il y a deux ans, j'ai eu une patiente, une femme.

— On ne vous appelle pas l'endormeur d'enfants ?

— En effet. C'était la première et seule fois que j'ai accepté une adulte en thérapie.

— Pourquoi ce choix ?

— Pour aider la fillette qui était en elle, prisonnière de son esprit, qui communiquait par l'hypnose. La réalité était très complexe.

— Poursuivez.

— Son nom est Hanna Hall.

Pietro Gerber ressentit de la crainte, comme s'il avait prononcé des mots interdits.

— Hanna était venue d'Australie pour enquêter sur un épisode de son enfance. J'étais convaincu de réussir à mener à bien cette thérapie mais, sans m'en rendre compte, j'ai perdu le contrôle... Ce qui ne devrait jamais arriver, surtout dans ma profession.

— Dans la mienne aussi, c'est risqué, observa Calindri.

— Les rôles se sont inversés, entre Hanna et moi. C'est elle qui s'est mise à m'analyser.

L'homme arqua un sourcil, se demandant comment c'était possible.

— Le problème, c'est que la patiente a disparu avant la fin du parcours thérapeutique.

*En emportant beaucoup de secrets*, pensa Gerber.

— Excusez-moi, docteur, mais quel rapport avec le fait que je doive vous suivre ?

— Je vois Hanna en permanence, dit Gerber après avoir pris une grande inspiration. Dans le reflet d'une vitrine. Dans un groupe de touristes qui traversent la rue. À la dérobée, dans une foule. Les premières fois ont coïncidé avec mon burn-out, qui était dû à l'affaire de l'Affabulateur. Je n'ai jamais le temps de voir nettement son visage et je reste avec le doute : il pourrait s'agir d'une déformation de mon esprit, une sorte d'hallucination.

Il baissa les yeux, gêné.

— Donc je devrais vous suivre pour découvrir si cette Hanna Hall existe vraiment ou si elle n'est que le fruit de votre imagination ?

Gerber acquiesça. Il avait pris la décision d'engager un détective privé pour tenter de remettre son existence sur le droit chemin. Il espérait retrouver ses patients et son ancienne vie. Monsieur B. disait toujours qu'admettre qu'on a un problème est le premier pas pour le régler. Mais la vérité était que l'homme assis en face de lui était sa seule possibilité de découvrir s'il n'était pas en train de devenir fou.

— Ne serait-il pas plus facile de chercher la femme ? demanda Calindri. Si elle est étrangère et qu'elle est toujours à Florence, ce ne sera pas très compliqué de la localiser.

— Non, l'arrêta Gerber, alarmé. Je ne veux pas savoir où elle est.

Cette idée était intolérable, parce qu'elle aurait signifié qu'il désirait la trouver.

— Je veux juste comprendre si ce que je vis est une obsession. Or, pour guérir des obsessions, il faut refuser d'y céder.

Il omit d'ajouter que la patiente possédait des informations sur son passé qu'il n'était pas certain de vouloir déterrer. Et il ne comptait pas non plus avouer qu'il avait probablement eu des sentiments pour Hanna Hall. Ce n'était pas le transfert thérapeutique habituel, ni un béguin ou quelque chose qui allait s'estomper avec le temps.

C'était une attraction malsaine.

La seule façon d'en limiter les effets était de garder ses distances, pour que lui et Hanna évitent de se faire du mal.

— Vous avez une photo de cette femme ? demanda le détective privé.

— Non, malheureusement.

C'était peut-être pour cela qu'il la voyait partout.

— Je peux vous la décrire : trente-deux ans, blonde, yeux bleus, queue-de-cheval, toujours habillée en noir.

Il se souvint qu'elle n'était pas belle, mais fascinante et dangereuse. Deux caractéristiques intimement liées.

— Quand je l'ai rencontrée, elle fumait. Mais je n'ai

jamais su si c'était un véritable vice ou une manie du personnage qu'elle interprétait pour moi.

Il ne savait pas qui était Hanna Hall. Et c'était ce qui le tourmentait.

— C'est tout ? s'étonna l'homme. Avec si peu de détails, ça ne va pas être facile.

— Je vous demande juste de me dire si une silhouette semblable à ma description fréquente les mêmes endroits que moi. Cela me suffit. Je ne veux rien de plus. J'ai besoin d'un observateur attentif ou d'un bon témoin, choisissez vous-même votre rôle. En bref, j'ai besoin de quelqu'un qui me dise si j'ai totalement perdu la raison.

— Et ensuite, vous n'aurez pas envie d'en savoir plus ? Je suis certain que vous allez me demander où habite cette Hanna Hall ou comment prendre contact avec elle. Parce que, dans ce cas, il faut que je connaisse vos intentions, docteur. Si, par exemple, vous avez de la rancœur pour cette femme, ou s'il existe d'autres raisons pour demander mes services, alors je serais en droit de ne pas satisfaire vos requêtes. J'ai déjà eu affaire à de nombreux PP.

— De nombreux quoi ?

— Persécuteurs paranoïaques.

— Je ne suis pas paranoïaque, et encore moins persécuteur, le rassura Gerber.

Cette définition aurait plutôt été adaptée à Hanna. Considérant l'entretien terminé, il se leva.

— Une dernière chose, dit-il avant de s'en aller. Ne sous-estimez jamais Hanna.

Calindri glissa son cigarillo entre ses lèvres.

— Je ne pense pas qu'il y aura de problèmes, répondit-il, confiant.

*C'est ce que je croyais, moi aussi*, pensa Pietro Gerber avec une pointe de regret. Alors il comprit pourquoi il avait été effrayé par Maja Salo.

# 5

*« Je crains qu'il ne lui arrive quelque chose, et je suis sûre qu'Eva a peur, elle aussi. »* Il était 19 h 30, Pietro rentrait chez lui à pied. Les paroles de la jeune rousse lui tournaient dans la tête. A posteriori, il jugeait qu'il avait été brusque avec elle, à cause de son rendez-vous avec l'homme à la montre à gousset.

Mais surtout, à cause d'Hanna Hall.

Maja Salo s'était présentée à son cabinet sans prévenir et, plus grave encore, elle avait avancé sans demander la permission. Elle avait poussé jusqu'à un endroit interdit aux adultes, jusque devant la porte du bureau de Monsieur B.

Il existait une frontière précise entre la salle d'attente et le couloir. Et seuls les enfants avaient le droit de la franchir.

*Les enfants et Hanna Hall*, se corrigea Gerber en se rappelant les séances avec cette étrange créature qui fumait cigarette sur cigarette, alors que pour des raisons évidentes personne d'autre n'avait ce droit. Il avait concédé trop de libertés à Hanna et il ne voulait pas commettre de nouveau la même erreur.

Toutefois, depuis la visite de Maja, il était tourmenté

par les remords. Il accéléra le pas, comme s'il voulait échapper à ses pensées, à la jeune rousse qui avait imploré son aide. Toutefois, quand le temps était mauvais, sa jambe fracturée dans son enfance le ralentissait un peu.

*« Vous savez ce que ça veut dire, être enfant et avoir peur de mourir, docteur ? »*

Il n'en revenait toujours pas d'avoir été sur le point de partager avec Maja Salo, une parfaite inconnue, un de ses souvenirs les plus intimes et amers : le jour où, enfant, il était mort pendant trente secondes.

Jusqu'à la fin de son adolescence, quand on lui demandait son âge, Pietro Gerber soustrayait toujours mentalement ces trente secondes à ce qu'il annonçait. Adulte, il avait cessé de faire ce calcul, considérant que perpétuer une sotte habitude enfantine n'avait aucun sens. Toutefois, en grandissant, il avait ressenti le besoin d'effacer l'été 1997 de sa mémoire. Pas l'accident du balcon, mais le jeu des statuettes de cire où Zeno Zanussi, dit Batigol, avait disparu dans le néant.

Plus le temps passait, plus Gerber se sentait autorisé à oublier Zeno. Depuis qu'il était père, refouler cet épisode qui avait brusquement mis fin à son innocence était devenu une nécessité. L'idée que Marco puisse subir le même sort lui était insupportable. Cela expliquait sans doute qu'il ne l'ait jamais emmené en vacances à Porto Ercole. Il voulait le protéger d'une terrible vérité.

L'obscurité prend les personnes.

Cela avait été la découverte la plus bouleversante de son enfance.

Pietro et ses amis s'amusaient à être des statuettes de

cire parce qu'ils ne saisissaient pas la cruelle signification de ce jeu : quand on était touché, on perdait pour toujours le droit de parler, donc d'exister.

L'Arimo déclaré par le dernier survivant arrangeait les choses, ramenant tous les participants du monde des ténèbres.

Mais le fait que Zeno Zanussi n'ait jamais prononcé le mot libératoire leur avait révélé une triste vérité : l'obscurité existe vraiment, et elle a plusieurs visages. Leur déception avait été aussi cuisante que quand ils avaient découvert que le père Noël n'est qu'une invention. Et, surtout, qu'il n'y a aucun dieu pour empêcher qu'un enfant de cinq ans disparaisse.

Jusqu'à ce maudit dimanche de juillet, Pietro Gerber n'avait jamais soupçonné à quel point le rendez-vous avec les ténèbres pesait sur l'existence des adultes. Pourtant, les ténèbres avaient déjà pris sa maman. Monsieur B. aurait sans aucun doute voulu savoir quel mystère se cachait dans les trente secondes où le cœur de son fils unique s'était arrêté.

Mais le père n'avait jamais eu le courage de lui demander ce qu'il avait trouvé, dans l'obscurité.

Pietro savait ce qui était arrivé à Zeno. Et ce secret le faisait se sentir tellement coupable qu'il n'en avait jamais parlé à personne : la disparition de son ami n'avait dépendu que de lui. Il était responsable parce que, quelques semaines plus tôt, il avait été épargné.

En échange, l'obscurité avait pris Zeno.

Et aujourd'hui, à trente-cinq ans moins trente secondes, Pietro Gerber vivait toujours avec l'idée absurde qu'il avait joué un rôle inconscient dans le destin malheureux de son camarade.

*Quid pro quo.*

Parce que Zeno Zanussi était certainement mort. Même si personne n'avait jamais eu le courage de le dire clairement.

Des années plus tard, le psychologue se perdait encore dans ces considérations. Sur le chemin de chez lui, serré dans son trench pour combattre le froid de l'hiver, les yeux baissés et l'air tourmenté, il passa à nouveau devant son cabinet.

Dans la brume, il lui sembla apercevoir une silhouette familière, à l'abribus.

Il s'arrêta.

— J'ai raté le dernier bus, je ne sais pas comment rentrer chez moi, dit Maja Salo comme pour se justifier, les mains dans les poches de son manteau.

Elle avait les lèvres violettes à cause du froid.

— Venez, on va trouver un bar et vous allez vous réchauffer, l'invita Gerber. Ensuite, je vous appellerai un taxi.

— Je ne peux pas me permettre un taxi jusqu'à San Gimignano, lui confia-t-elle.

— Ne vous en faites pas, je paierai la course.

La jeune femme écarquilla les yeux et pencha la tête à gauche, comme précédemment, au cabinet de Gerber. Il comprit alors que c'était chez elle une réaction habituelle. Sans doute ses proches avaient-ils remarqué ce geste inconscient. Lui-même, quand il avait épousé Silvia, avait eu le privilège de voir la petite ride qui se formait sur son front chaque fois qu'il s'approchait pour l'embrasser.

— Eva est seule, affirma Maja.

— Comment ça, seule ?

— J'ai demandé à la gouvernante de rester jusqu'à mon retour, mais il est tard.

— C'est un problème ?

— C'est un peu plus compliqué que ça n'en a l'air, dit timidement Maja.

— Je ne comprends pas, la gouvernante n'habite pas avec vous ?

Gerber avait imaginé un gardien et du personnel. Mais Maja secoua la tête. Cette jeune femme se retrouvait donc seule avec une fillette, en pleine campagne, la nuit : le psychologue n'en revenait pas.

Elle baissa les yeux, peut-être pour cacher son embarras d'admettre qu'elle ne se sentait pas en sécurité.

— La maison est très vieille et très grande, mais nous n'en occupons qu'une partie.

Depuis que sa femme et son fils s'étaient installés à Livourne après le divorce, Gerber vivait seul dans un grand appartement. Il s'était souvent senti vulnérable, quand il s'endormait sans personne à ses côtés. Maja était bien jeune pour assumer une telle responsabilité.

— En cas de besoin, Mme Vannini est toujours joignable, le rassura-t-elle. Du village, il ne lui faut que quelques minutes pour venir au domaine.

De toute évidence, elle essayait surtout de se convaincre elle-même. Néanmoins, la situation n'était pas normale. Qui étaient ces Onegli Catelani ? Comment pouvaient-ils laisser une enfant de dix ans, seule, au beau milieu de nulle part, avec une inconnue ? Pietro Gerber se posa la question, mais il n'avait pas l'intention de chercher la réponse. Il sortit son portable pour appeler un taxi.

— Huit minutes, annonça-t-il à la jeune femme.

Gerber craignait que Maja lui demande de nouveau de s'occuper d'Eva. En huit minutes, elle avait le temps.

— Docteur Gerber, à votre avis, est-ce que cela peut être autre chose que de la schizophrénie ?

— Bien sûr. On ne peut pas exclure qu'Eva se soit inventé un ami imaginaire parce qu'elle a désespérément besoin d'être avec d'autres enfants.

— Ce n'est pas de cela que je parlais.

À quoi faisait-elle allusion ? Qu'essayait-elle de lui faire croire ? Qu'il existait une autre explication ?

— Quoi qu'il en soit, cet ami imaginaire sans nom est en train de se retourner contre elle, affirma Maja Salo avec une sévérité inattendue. Tout cela n'est-il pas frustrant pour vous, docteur Gerber ? Eva se fait du mal parce qu'elle n'a pas d'autre choix.

Le taxi arriva plus tôt que prévu. Gerber, sauvé par le gong, n'eut pas à répondre. Il négocia le prix de la course avec le chauffeur, puis ouvrit la portière arrière pour faire monter la jeune femme.

— Vous devriez être rentrée dans quarante minutes.

— Merci, dit-elle sans le regarder. Je m'occuperai de vous faire rembourser au plus vite.

— Faire la chasse aux amis imaginaires n'est pas ma spécialité, affirma-t-il. Mais je passerai demain faire la connaissance d'Eva.

Maja parut contente de ce retournement inattendu, mais s'assombrit très vite.

— Je dois vous prévenir, dit-elle : l'ami imaginaire n'aime pas la nouveauté. Quand quelque chose ne lui convient pas, il s'en prend à Eva et je la retrouve couverte de bleus.

— C'est un enfant, lui aussi, la rassura le psychologue. Et les enfants sont ma spécialité, ajouta-t-il avec un sourire.

Ils se donnèrent rendez-vous le lendemain après-midi.

Maja fouilla dans sa poche et en sortit la lettre d'Eva qu'elle avait essayé de lui remettre quelques heures auparavant.

— Elle ne l'a pas écrite exprès pour vous, docteur Gerber, mais il me semble que vous avez gagné le droit d'en connaître le contenu.

Oubliant le mensonge par lequel Maja avait essayé de le convaincre, Gerber accepta l'enveloppe froissée. En regardant le taxi s'éloigner, il se demanda s'il avait bien fait. Avant de repartir, il ouvrit l'enveloppe. Il s'attendait à un dessin, ou une courte phrase pleine de fautes : cela n'aurait pas été la première fois qu'il recevait ce genre de missive.

Mais, sur la feuille, il ne lut qu'un mot. Pour lui, ce fut comme un voyage dans le temps. Il l'attendait depuis vingt-cinq ans.

*Arimo.*

# 6

Ce mot sonnait comme une accusation, un doigt pointé sur lui. Le doigt d'un enfant de cinq ans.

Cette coïncidence absurde l'empêchait de dormir. Il avait passé la nuit à se retourner dans son lit. Sa part rationnelle refusait d'établir une connexion avec l'épisode dramatique qui remontait à ses onze ans, mais émotionnellement, il était atteint. Il ressentait la même chose qu'à l'été 1997, quand son enfance avait pris fin, en même temps que son innocence.

Le lendemain, Pietro Gerber resta obsédé par cette folle connexion entre le mot d'Eva et son passé. S'il avait eu des patients, il lui aurait été difficile de se concentrer. Dans sa tête, il n'y avait qu'Iscio, Deborah, Ettore, Carletto, Giovannone et Dante. La bande de Porto Ercole, sauf pour son cousin Iscio. Gerber avait perdu contact avec les autres depuis longtemps. Qu'étaient-ils devenus ? Comment avaient-ils grandi, avec le poids de ce qui était arrivé à Zeno ? Y pensaient-ils encore ou avaient-il refoulé l'événement ? Et s'ils n'avaient pas oublié, comment cette histoire avait-elle influé sur le cours de leur vie ?

Hormis les fois où le climat humide rendait sa jambe

légèrement douloureuse, Pietro Gerber n'avait pas de raison de penser à Zeno. Il l'avait relégué dans un coin de sa mémoire. Et il avait l'intention de l'y laisser, jusqu'à ce que son heure arrive et que, sur son lit de mort, il fasse les comptes avec ses remords.

Mais Maja Salo et une enfant de dix ans l'avaient forcé à anticiper ce moment.

*« À votre avis, est-ce que cela peut être autre chose que de la schizophrénie ? »*

Non, cela est impossible.

Vers 15 heures, Pietro Gerber monta donc dans la vieille Fiat Defender de Monsieur B. et prit la route pour San Gimignano. Il se laissa bercer par les douces collines de la campagne du Chianti, tout en réfléchissant à l'ironie de cette coïncidence. Il se sentait même un peu stupide : mieux valait oublier cette histoire.

Toutefois, il n'y parvenait pas.

Eva n'avait pas écrit la lettre pour lui, parce que Maja l'avait offerte à tous les thérapeutes à qui elle s'était adressée, et qui avaient refusé de prendre en charge la fillette. C'était un truc innocent pour les convaincre, mais personne ne s'était laissé berner. *Moi non plus*, constata le psychologue. Mais quelles étaient les possibilités pour que le message sur ce papier le concerne si intimement ? Cela pouvait être le fruit du hasard, bien sûr.

Dans ces cas-là, Carl Gustav Jung parlait de « synchronicité ».

« Le jour où tu décides de te mettre au régime, il y a toujours quelqu'un pour t'offrir une boîte de chocolats, disait toujours Monsieur B. La vie est pleine de pirouettes du destin, mais nous ne nous en apercevons que quand nous sommes contraints d'y prêter attention. »

Son père et Jung avaient raison, d'ailleurs les bonimenteurs et les voyants avaient compris depuis longtemps comment exploiter au mieux ce principe, aux dépens des ignorants qui s'adressaient à eux.

Le raisonnement de Pietro Gerber était parfait. Pendant un petit moment, il se sentit soulagé. Mais ensuite, la logique revint le tourmenter : quelque chose ne collait pas.

Arimo.

L'hypnotiseur se demandait comment un mot anachronique, désormais disparu du jargon des enfants, s'était insinué présentement dans le vocabulaire d'une fillette de dix ans.

Il se répétait qu'il entreprenait ce voyage pour aider Eva mais, en réalité, il voulait aussi rencontrer son ami imaginaire.

La grande bâtisse blanche de la fin du XVIIIe siècle était logée entre deux collines, dans les vignes et les oliveraies. Entourée d'austères cyprès qui semblaient la protéger, on l'apercevait à quelques kilomètres de distance.

Le domaine des Onegli Catelani, divisé en deux par un chemin de terre, s'étendait sur plusieurs hectares. Gerber mesura l'ampleur des lieux en calculant le temps nécessaire pour parcourir l'allée en voiture.

Le soleil commençait sa descente vers l'horizon quand le véhicule, soulevant des nuages de poussière blanche, s'arrêta devant une fontaine en pierre à sec, dont le fond était recouvert d'une pellicule verdâtre.

Gerber descendit de voiture et gratta sa barbe hirsute, gêné par le contact avec son pardessus. Tout l'agaçait. Il était nerveux.

Le lieu était magnifique mais désolé.

L'enduit de la maison se décollait à plusieurs endroits. Des mauvaises herbes avaient poussé partout et les haies auraient eu grand besoin d'être taillées. À côté de la maison de maître, il y avait une chapelle qu'il aurait aimé visiter, toutefois il remarqua que des tuiles manquaient sur le toit, à cause des intempéries et de l'absence d'entretien. Les débris de terre cuite s'étaient accumulés à la base de l'édifice et personne n'avait pris la peine de les retirer.

Entendant son nom, il se retourna.

Maja venait à sa rencontre. Elle portait une robe en laine grise qui moulait ses hanches.

— Bienvenue, docteur, le salua-t-elle en lui tendant la main, visiblement contente de le voir.

Gerber la lui serra en se demandant si elle avait choisi cette robe en vue de sa visite. Mais il regretta cette pensée.

— C'est très beau, ici, commenta-t-il en regardant autour de lui.

— Oui, c'est vraiment dommage que ce ne soit pas entretenu. Venez, dit-elle en indiquant la maison, Mme Vannini va nous faire un café.

Ils traversèrent une série de salons, parcoururent de longs couloirs au sol en tommettes. Au-dessus de leurs têtes, des fresques et des moulures. Les meubles étaient couverts de draps blancs. Lustres, tableaux, tapisseries et miroirs avaient été emballés pour être protégés de la poussière. Pietro Gerber avait l'impression d'évoluer dans une assemblée de spectres.

— La maison compte plus de cinquante chambres, expliqua Maja. Mais comme je vous l'ai dit, nous n'occupons que l'aile est.

Le moindre bruit résonnait, dans ces grands espaces silencieux. En arrivant à la cuisine, Gerber entendit un étrange tintement.

Au centre de la pièce trônait une grande table en chêne. L'énorme manteau d'une cheminée massive les surplombait.

— Je suis vraiment heureuse que Maja vous ait convaincue, dit Mme Vannini en accueillant Gerber, la main tendue.

En la serrant, il découvrit que le tintement était produit par un bracelet en argent à petits pendentifs en forme de porcs-épics.

Elle avait environ quarante-cinq ans, un accent toscan, était pleine d'allant, directe, plaisante. Avec ses cheveux relevés en queue-de-cheval, son trait de maquillage sur les yeux, sa chemise blanche, son jean et ses baskets, elle était à l'opposé de l'image de la gouvernante. À l'époque de la villa de Porto Ercole, Adele ressemblait plutôt à une vieille tante, bien qu'elle n'ait pas été plus âgée que Mme Vannini.

Elle leur servit le café.

— Enfin quelqu'un va s'occuper de la santé mentale de cette pauvre gamine, dit-elle.

— Je ne suis pas encore certain d'être le spécialiste le plus adapté pour Eva, précisa le psychologue.

Il ne voulait pas qu'elles s'enthousiasment avant

qu'il ait rencontré la fillette. Mieux valait leur éviter de faux espoirs.

— Mme Vannini est au courant de la situation, intervint Maja. Je lui ai tout expliqué, ajouta-t-elle en la foudroyant du regard.

— Ce serait un désastre que vous n'acceptiez pas de prendre Eva comme patiente, docteur, insista la gouvernante, ignorant les reproches muets de la jeune femme. Déjà que ce pauvre petit ange vit pratiquement enfermé dans cette maison en ruine. Et sa mère, toujours en voyage à faire je ne sais quoi. Pour elle, son enfant n'est qu'une contrainte.

— S'il te plaît…, tenta Maja.

— Non, laisse-moi parler. Vous savez depuis combien de temps la comtesse Onegli Catelani n'a pas vu sa fille ? demanda-t-elle avec mépris.

Gerber ignorait la réponse, mais il allait vite être mis au courant de la scandaleuse vérité.

— Six mois ! lança Mme Vannini. Madame n'est même pas rentrée pour Noël.

Quand elle gesticulait, le tintement de son bracelet emphatisait ses paroles.

— S'il te plaît…, insista Maja, en vain.

— J'ai un mari et trois fils. Parfois, j'aurais bien envie de prendre mes cliques et mes claques, mais jamais je ne les abandonnerai, poursuivit la femme, impitoyable. Et maintenant, comme si ça ne suffisait pas, Eva doit subir les méchancetés d'un ami imaginaire !

Elle était sincèrement en colère. Comme Maja, elle paraissait très attachée à l'enfant. La gouvernante allait poursuivre, quand une créature blonde apparut sur le seuil. Cela dura un instant, mais Gerber indiqua d'un signe de tête la porte ouverte sur le couloir, et porta son index à ses lèvres pour inviter Mme Vannini à se taire.

Il s'était demandé où était la fillette, pendant ce temps. Maintenant, il savait.

Il posa sa tasse vide sur la table, se leva et dit :

— Je pense que vous pouvez me présenter Eva, maintenant.

# 7

Ils lui laissèrent le temps de retourner dans sa chambre. Quand Gerber entendit la porte se refermer à l'étage du dessus, il monta avec Maja.

— Je voudrais être seul avec elle, dit-il quand ils furent arrivés.

— Comme vous voulez, docteur.

Dans ses yeux verts, Gerber lisait de l'espoir et de l'appréhension. Il ne voulait pas la décevoir.

Il frappa, puis entra sans attendre de réponse.

La lumière déclinante cédait la place aux ombres du soir.

Le mobilier était un mélange d'ancien et de moderne. Le lit était à baldaquin et il y avait une imposante armoire blanche. Un ordinateur couvert d'autocollants de licornes était posé sur un secrétaire du XIX$^{e}$ siècle. Le papier peint était parsemé de marguerites. En plus des jouets, il y avait une étagère où trônait une collection de peluches.

Eva était assise sur un tapis persan, dos à la porte, les jambes pliées sur le côté comme une petite sirène. Elle portait une robe noire et des chaussons en velours rouge. Ses longs cheveux dorés cascadaient dans son dos. Elle berçait une poupée en lui chantant une comptine.

— Je peux ? demanda le psychologue, espérant qu'elle allait se retourner.

Eva ne lui prêta aucune attention.

Gerber ne se découragea pas. Cela arrivait souvent avec ses patients : ce n'était pas de la timidité, simplement ils le jaugeaient avant de décider de lui faire confiance. Il devait mériter leur attention, ce qui était bien normal. Il s'assit par terre, en tailleur. Il se savait un peu ridicule dans cette position, et espérait ainsi arracher un sourire à la fillette, quand elle le regarderait. Mais elle ne bougeait pas.

— Ta chambre est vraiment jolie, la félicita-t-il. Maintenant, je comprends pourquoi tu ne veux jamais sortir de la maison.

Eva était toujours absorbée par sa poupée.

— J'imagine que quelqu'un t'a prévenue que je venais te voir, poursuivit-il.

Elle acquiesça, geste que Gerber interpréta comme un encouragement.

— C'est Maja qui t'a parlé de moi ?

Pas de réponse.

Cette fois, Eva secoua légèrement la tête et cessa soudain de chanter. *Elle veut me faire croire que c'est son ami imaginaire qui l'a prévenue*, pensa le psychologue. *C'est très habile de sa part.* Le contact était établi, toutefois Gerber devait rester prudent.

— Si tu m'attendais, alors tu dois savoir pourquoi je suis ici, affirma-t-il pour lui faire comprendre qu'il se moquait de savoir qui l'avait informée.

Il avait décidé de ne pas mentionner l'ami imaginaire. C'était à elle de le faire.

— Si ça ne te dérange pas, je vais prendre des notes, reprit-il en sortant de sa poche un carnet vierge à la couverture noire et son stylo.

Cette fois, elle se retourna et le regarda fixement. Elle avait la peau très blanche et les lèvres rosées. Des cils et des sourcils blonds ornaient ses orbites profondes. Ses pupilles semblaient prisonnières d'une fine couche de glace.

Elle ressemblait à une enfant de l'Antiquité.

— Il ne veut pas, dit-elle d'un filet de voix.

Gerber mit un instant à comprendre qu'elle se référait à son ami imaginaire. Il obéit.

— Alors c'est peut-être Mme Vannini qui t'a parlé de moi ? insista-t-il en posant son carnet et son stylo par terre. Tu veux que je parte ?

Eva secoua la tête.

— Il a dit que tu pouvais rester.

— Il est ici avec nous ?

La fillette marqua une pause, puis elle leva le bras et indiqua quelque chose derrière Gerber.

Il était bien conscient que tout était le fruit de son imagination, pourtant il se sentit mal à l'aise, quand il se retourna pour contrôler.

Un petit fauteuil était adossé au mur, à côté de la grande armoire blanche. Il était plongé dans la pénombre. Et vide.

— Tu sais juste où il se trouve ou tu peux le voir ? demanda-t-il en regardant dans cette direction.

Maja avait évoqué une voix.

— Je l'entends, c'est tout.

*Très pratique*, pensa Gerber. *Cela lui évite d'avoir à le décrire.*

Il détourna les yeux, déterminé à ignorer le fauteuil.

— Comment ça se fait que toi, tu y arrives, mais pas les autres ? Tu t'es posé la question ?

— Si tu ne crois pas à lui, il ne te parle pas.

Gerber avait toujours été frappé par la capacité des enfants à manipuler.

— Quand est-ce que tu l'as entendu pour la première fois ? Tu t'en souviens ?

— Un jour d'été, mais j'étais beaucoup plus petite que maintenant.

— Tu veux me raconter comment ça s'est passé ?

— Il m'a révélé un secret.

— Quel secret ?

— Il m'a dit où était le ballon que j'avais perdu. Ça faisait des jours que je le cherchais.

Gerber repensa à ce que Maja lui avait confié, sur la disparition de certains de ses objets personnels de faible valeur : un petit collier en corail, un rouge à lèvres, et même une paire de tennis.

— Tu penses que c'est lui qui avait pris ton ballon ?

— Il est très taquin, confirma la fillette.

Les schizophrènes sont souvent cleptomanes. Leur fausse personnalité tend à faire disparaître et réapparaître les objets pour prouver au monde qu'ils sont réels.

— Et tu n'as dit à personne que tu avais un nouvel ami ?

La fillette secoua la tête.

— Parce que ensuite, il est parti. Mais il est revenu plusieurs fois.

— Tu veux dire plusieurs fois au fil des ans ?

Eva acquiesça.

— Donc, chaque fois, tu entendais sa voix, et au bout d'un moment tu ne l'entendais plus : j'ai bien compris ?

— Oui… Mais cette fois il dit qu'il veut rester.

Eva posa sa poupée. À ce moment-là, Gerber remarqua un bleu sur son poignet. Ce n'était pas le moment d'évoquer la méchanceté de son ami. Il fallait prendre le temps, procéder par étapes.

— On m'a dit que tu ne connais pas son prénom.

— Je le lui ai demandé, mais il ne veut pas me le dire.

— Tu pourrais lui demander de se décrire, tenta Gerber en contournant le problème.

Eva regarda derrière lui. Le psychologue, qui savait qu'elle pointait la chaise, ne se retourna pas. Il comprit à son expression qu'elle écoutait.

C'était comme si elle recevait des instructions de quelqu'un.

— Il n'est pas d'accord. Il dit qu'il se montrera quand ce sera le moment.

Gerber décida de ne pas approfondir.

— On ne peut même pas savoir son âge ?

Même scène, mais cette fois Eva répondit :

— Il n'est pas comme les autres enfants. Il ne grandit jamais, affirma-t-elle avec émerveillement. Il a toujours cinq ans.

Gerber repensa à Zeno Zanussi, bien qu'il se soit promis de le tenir en dehors de cette histoire. Une autre synchronicité. Une simple coïncidence.

— Je voulais te remercier pour ceci, indiqua-t-il en

sortant la lettre que Maja lui avait transmise. *Arimo*. Où as-tu appris ce mot ?

— Ce n'est pas moi qui ai écrit cette lettre, lui répondit Eva en le regardant avec méfiance.

— Maja m'a expliqué que tu la lui avais donnée…

— Je la lui ai seulement transmise, confirma Eva.

*Les enfants imaginaires n'écrivent pas de lettres réelles*, aurait-il voulu répondre, exaspéré par ce énième mensonge. Toutefois, il devait jouer le jeu : ce n'était pas lui qui dictait les règles, du moins pas encore. Il rangea la lettre en réfléchissant au coup d'après, mais une question irrationnelle sortit malgré lui :

— Est-ce que ton ami peut nous dire comment il est habillé ?

Un instant, il avait revécu la scène d'un dimanche après-midi de juillet. La dernière fois qu'il avait vu le jeune Batigol dans le jardin de la villa, à Porto Ercole, il portait le maillot violet de la Fiorentina avec le numéro neuf de son idole.

Eva consulta la présence sur la chaise, puis déclara :

— Il ne l'a plus.

— Quoi donc ?

— Je ne sais pas, répondit-elle en haussant les épaules. C'est tout ce qu'il a dit.

Tout cela était confus, mais Pietro Gerber constata que son cœur avait accéléré. Pourtant il ne devait laisser transparaître aucune réaction. Permettre à Eva de comprendre qu'elle avait un ascendant sur lui aurait constitué une erreur impardonnable. Alors il prit un instant pour retrouver son calme.

— Demande-lui s'il veut bien me parler.

— Oui, il est d'accord, référa la fillette.

— Bien, reprit Gerber. Je reviens demain, et on fera un jeu.

— Quel jeu ?

— Ça va te plaire, assura l'hypnotiseur. Mais pour y jouer, il faut s'endormir.

# 8

Vers 19 h 30, alors que Mme Vannini était déjà rentrée à San Gimignano, Maja avait insisté pour raccompagner le psychologue à la voiture, dans l'espoir de savoir comment s'était déroulée son entrevue avec Eva.

— C'est vous qui avez informé la fillette de ma visite aujourd'hui ? demanda Gerber.

— Bien sûr.

— Et elle vous a paru étonnée ?

— En fait, on ne comprend jamais ce qui lui passe par la tête.

Pietro Gerber avait fait le même constat.

Quand il prit congé, la jeune femme regarda la Defender s'éloigner de la maison des Onegli Catelani. Gerber l'aperçut dans le rétroviseur, les bras croisés, l'air tendu. Il eut envie de faire demi-tour pour la rassurer d'une étreinte.

Derrière Maja, la grande maison était plongée dans l'obscurité. Une autre nuit seule avec cette étrange enfant l'attendait.

Gerber n'avait pas encore bien saisi le rôle de la jeune femme dans cette histoire et, surtout, il ne comprenait pas pourquoi elle acceptait de rester. Elle n'était pas de la famille et elle ne connaissait Eva que depuis quelques mois : qu'est-ce qui l'empêchait de s'en aller, de démissionner et de trouver un autre emploi comme jeune fille au pair ? Qu'est-ce qui la reliait à cet endroit et à la fillette ?

*« À votre avis, est-ce que cela peut être autre chose que de la schizophrénie ? »*

Le psychologue n'avait délibérément pas révélé grand-chose de son entretien avec Eva. Maja savait seulement qu'ils allaient se revoir le lendemain, toujours l'après-midi. Gerber allait devoir faire le voyage pour chaque séance, mais il était convaincu que cela en valait la peine. Il ne pouvait pas encore exclure un diagnostic de schizophrénie infantile, même si un psychiatre aurait été mieux placé pour le poser. Toutefois, Maja avait peut-être raison : les éléments recueillis lors de ce premier entretien auguraient d'un trouble généré par l'isolement forcé, ce qui était plus simple à aborder dans le cadre d'une thérapie. Toutefois, il se demandait si la jeune femme essayait d'influencer son jugement.

Il avait décidé de soumettre Eva à l'hypnose. C'était le seul moyen pour découvrir l'origine de sa psychose.

Mais il y avait autre chose : pour la première fois depuis longtemps, Gerber sentait qu'il pouvait être utile. Cela lui donnait de l'espoir pour lui-même. Peut-être n'était-il pas encore perdu. Peut-être pouvait-il sortir du trou noir où il était tombé. Peut-être était-ce un nouveau départ.

Depuis quand ne s'était-il pas senti dans de pareilles dispositions ?

Il était tellement électrisé par l'idée de pouvoir aider Eva qu'il n'avait aucune envie de passer la soirée seul chez lui, torturé par les souvenirs et les remords. Il choisit de se rendre à son cabinet, pour ne pas gâcher sa belle énergie.

Il gara sa voiture sur les quais de l'Arno et partit à pied vers la piazza della Signoria. La cloche du lion du Palazzo Vecchio sonna dix coups, qui résonnèrent dans le centre historique qui s'étendait sous la tour Arnolfo.

En marchant dans les rues désertes, Pietro Gerber se demanda si le détective à la montre à gousset avait déjà commencé à le suivre. Il ne comptait pas vérifier. Il craignait une apparition furtive d'Hanna Hall, car ensuite il aurait été obligé de s'interroger à nouveau sur la véracité de cette vision. C'était pour cela qu'il marchait le plus souvent la tête baissée, sans regarder autour de lui.

À la différence d'Eva, il n'avait pas l'intention de se laisser persécuter par ses propres hallucinations.

Via dei Neri, il fut distrait par une odeur invitante de fougasses à l'huile d'olive. Il entra dans la petite boutique, qui vendait des gourmandises toscanes depuis des décennies, et en acheta une grosse part, farcie au lard et à la crème de *pecorino*.

Son précieux paquet dans les mains, il se rendit à son cabinet.

Il accrocha son imperméable au portemanteau et alluma un feu. Une belle lumière dorée éclaira son bureau. Il se dirigea vers la bibliothèque et déplaça des livres et des jouets posés sur les étagères. Derrière une poupée poussiéreuse, qui cachait en fait une de ses nombreuses caméras, il dénicha un verre et une bouteille de nobile di Montepulciano 2009, qui lui avait été offerte des années auparavant par le grand-père d'un petit patient. Il la déboucha, libérant avec bonheur les arômes du vin enfermé pendant si longtemps.

Il installa son repas sur la petite table en cerisier, où trônait le métronome électronique qu'il utilisait pour plonger ses patients en transe. Il alluma la petite radio qui lui tenait compagnie quand il avait besoin de se concentrer ou de se détendre, et la régla sur une station de musique classique. Il reconnut un concerto pour piano de Mendelssohn.

*Parfait*, songea-t-il.

Avant de s'installer dans sa Eames Lounge Chair, il alla chercher son carnet noir et son stylo dans son trench. Eva ne l'avait pas autorisé à prendre de notes pendant leur échange préliminaire, il voulait donc écrire ses premières déductions avant de les oublier. Toutefois, en plongeant la main dans les poches de son manteau, il ne trouva que le carnet.

Son stylo, qui avait appartenu à Monsieur B., avait disparu.

Gerber se rappelait l'avoir posé par terre dans la chambre d'Eva, à côté de son calepin, quand il s'était assis en tailleur. Il l'avait probablement oublié en partant. Ou alors… c'était elle qui l'avait pris. D'ailleurs, elle lui avait dit clairement que son ami imaginaire faisait disparaître et réapparaître les objets.

*« Il est très taquin. »*

*Eva veut me prouver qu'il est réel. Elle trouvera probablement le moyen de faire réapparaître mon stylo quand je reviendrai.*

Sa mise en scène était parfaite. Le psychologue était frappé par l'astuce de la fillette.

Muni d'un stylo bille, il s'installa dans son fauteuil, son carnet sur les genoux. Il écrivit à la lumière ambrée du feu, bercé par la musique, en mangeant sa fougasse et en buvant son vin. Une fois son compte rendu achevé, il le relut, son verre de nobile à la main.

Il avait tiré d'importantes conclusions.

La veille, pour le convaincre de s'occuper d'Eva, Maja Salo avait dit : « Il y a une semaine, de façon totalement inattendue, Eva m'a demandé de congédier son ami, parce qu'elle ne voulait plus jouer avec lui… »

Pourtant, Gerber n'avait nullement eu l'impression qu'Eva voulait se libérer de lui, parce qu'elle l'avait créé dans un but précis.

*Elle veut nous faire croire que c'est lui qui lui donne des ordres. Alors qu'en fait, c'est elle qui utilise son ami invisible pour manipuler les autres.*

Dans cette relation amicale singulière, la fillette n'était absolument pas l'élément passif. Le psychologue était certain qu'elle essayait de convaincre tout le monde qu'elle était la victime, pour pouvoir poursuivre tranquillement son œuvre mystificatrice. Toutefois, ce comportement n'avait pas pour but de tourmenter ses proches : Eva n'était pas sadique, sa récompense n'était pas l'inquiétude de Maja ou de Mme Vannini au sujet de son état de santé.

*Son but est typiquement infantile : Eva veut recevoir de l'attention.*

Gerber était convaincu que, à travers les personnes proches d'elle, la fillette essayait d'envoyer un message à sa mère.

*Agoraphobie.*

Le psychologue partageait l'avis de la gouvernante. Mme Vannini avait ouvertement déclaré que la comtesse Onegli Catelani considérait sa fille comme une charge, et que c'était pour cela qu'elle ne rentrait jamais chez elle. Dans le fond, le problème d'Eva l'arrangeait : les mères qui ne veulent pas être jugées pour leur désintérêt, ou pour leur désamour, ont tendance à bannir leurs enfants de leur vie et à les cacher aux autres.

Ainsi, la fillette que personne ne devait voir avait créé un enfant invisible, songea Gerber.

*« Il dit qu'il se montrera quand ce sera le moment. »*

Mais Gerber était convaincu de déjà le voir.

*Eva est l'enfant et l'enfant est Eva.*

Il ne devait pas oublier cette simple assertion. Pourtant, pendant l'entretien, à plusieurs reprises il avait failli croire que le fantôme de Zeno Zanussi était dans la pièce avec eux.

*Temps de réaction.*

C'est cela, qui l'avait trompé. Chaque fois qu'Eva s'adressait à la chaise vide pour obtenir des instructions, le délai nécessaire pour attendre une réponse paraissait cohérent, comme si un dialogue était réellement en cours.

La farce était parfaite, pensa Gerber, déconcerté.

Toutefois, il se sentit stupide quand il comprit que l'idée irrationnelle d'être en présence d'un phénomène paranormal avait quasiment pris le dessus et l'avait fait hésiter, même brièvement.

Il n'y avait qu'une seule explication aux synchronicités rencontrées dans le récit de la fillette. Le mot « Arimo » dans la lettre. L'âge du petit protagoniste, cinq ans. La référence, même vague, au maillot de la Fiorentina que Zeno aimait tant.

*« Il ne l'a plus. »*

Le psychologue en conclut qu'Eva connaissait l'histoire du petit Batigol et avait utilisé ces détails à dessein. Il ne devait pas se laisser berner par son jeune âge : dix ans, c'était assez pour fomenter un tel plan. Dans sa profession, il avait rencontré des enfants capables d'en bâtir de bien plus diaboliques, aux dépens des adultes.

Leonardo, qui n'avait que six ans, était tellement possessif envers sa mère qu'il l'avait convaincue que son père le frappait en cachette. Pour séparer ses parents, il était allé jusqu'à se faire des hématomes.

Il n'était pas dit qu'Eva soit aussi rusée. Simplement, elle ignorait sans doute l'impact émotionnel que les détails de l'histoire de Zeno pouvaient avoir sur lui. Elle voulait avant tout sembler crédible à ses yeux. Le dérangement était involontaire.

Le psychologue avait remarqué l'ordinateur avec les autocollants de licornes posé sur son bureau. Eva avait tout à fait pu chercher des informations sur internet.

L'histoire de Zeno avait été un événement médiatique cette année-là.

Cela s'était donc passé ainsi. Pietro Gerber s'en convainquit.

Il se leva de son fauteuil et sortit son iPad d'un tiroir. Il lut en ligne les archives des faits divers de Porto Ercole.

Le quotidien *La Nazione* avait toujours aimé les titres choc comme « Y a-t-il un monstre à Porto Ercole ? », ou « Qui a enlevé Batigol ? ». Des accroches susceptibles de susciter l'intérêt d'une fillette.

*Mais comment a-t-elle su que j'étais impliqué dans cette histoire ?* se demanda Gerber.

Les articles ne mentionnaient aucun des membres de la bande : à l'époque ils étaient tous mineurs, ainsi leur identité ne pouvait être révélée. Toutefois, il trouva vite ce qu'il espérait : une interview de Pietro Zanussi, à l'occasion du dixième anniversaire de la disparition de son petit frère.

Une cérémonie organisée au cimetière des Porte Sante avait attiré l'attention de la presse. La mère de Zeno avait invité les amis et connaissances à déposer dans un petit coffre quelque chose qui leur rappelait son fils : un objet, une lettre, une photo. Puis la caisse avait été enterrée dans le caveau familial, avec une plaque au nom de l'enfant.

Gerber, qui avait vingt et un ans à l'époque, y avait assisté avec Monsieur B.

Le lendemain, il avait découvert que Pietro Zanussi en avait profité pour donner les noms de tous les témoins à un journaliste, les jugeant « assez âgés pour assumer publiquement leurs responsabilités ». En plus de sa rancœur envers ses amis, plus âgés que Zeno, qui « auraient dû veiller sur lui », il faisait référence au maillot numéro neuf de la Fiorentina, qui avait donné son surnom à son petit frère. Le mot « Arimo » ne figurait pas dans l'article, mais il évoquait le jeu des statuettes de cire.

Eva l'avait sans doute lu.

— Pietro Zanussi…, répéta Gerber à voix basse.

Il ne pouvait pas le blâmer de leur en vouloir. Ce maudit été, Deborah avait voulu inclure Zeno dans la bande. Elle en pinçait pour Pietro Zanussi, tout le monde le savait. En prenant Zeno sous son aile, elle espérait maintenir un lien. Ils n'avaient échangé qu'un baiser, le premier pour tous les deux. Toutefois, ce moment avait été effacé pour toujours par l'ampleur du drame qui s'était ensuivi.

Que se serait-il passé entre Deborah et Pietro Zanussi, si le petit Batigol n'avait pas disparu ?

Gerber évita de se perdre en conjectures qui ne lui procureraient que des remords. Il était un peu triste, mais satisfait : il éteignit son iPad avec la conviction d'avoir démasqué l'ami imaginaire d'Eva. Il admettait qu'il avait eu des doutes, mais uniquement parce que la disparition du petit Zeno était encore douloureuse pour lui. Monsieur B. répétait souvent que l'esprit ne voit que ce qu'il veut voir. Et entendre, ajouta Pietro.

*« Si tu ne crois pas à lui, il ne te parle pas. »*

La phrase d'Eva prenait tout son sens.

Il était minuit passé et Pietro Gerber était fatigué. Le lendemain, grâce à l'hypnose, il allait trouver une façon d'entrer en contact avec l'âme de cette enfant, pour l'aider à se libérer du mensonge qu'elle avait créé autour d'elle et qui s'était transformé en piège. Toutefois, le bleu à son poignet était bien réel. Si Eva se faisait du mal pour confirmer son histoire, alors elle était en danger. Il était donc de son devoir de lui venir en aide.

À ce moment-là, l'hypnotiseur fut heureux d'avoir remis l'affaire sur des rails sains. Il lui avait rendu sa rationalité en la débarrassant de ses stupides superstitions. Il avait donné un sens à sa propre journée, et maintenant il allait rentrer chez lui et s'accorder une bonne nuit de sommeil bien méritée. Entre-temps, à la radio, Mendelssohn avait cédé la place à Erik Satie et à la douceur de la première *Gymnopédie.* Avant d'éteindre le feu, Gerber se servit un dernier verre de vin pour écouter la fin du morceau en se félicitant de la réussite de la soirée.

Il porta son verre à ses lèvres, quand il entendit quelqu'un siffler.

Il s'arrêta net. Sa première pensée fut instinctive, une sorte de réflexe lié à la mémoire de l'enfance.

*La statuette de cire me cherche.*

Il chassa cette idée insensée tout en allant éteindre la radio. Le silence augmenta son inquiétude. Le sifflement avait été très bref, mais suffisamment fort pour le troubler. Alors il fit ce que tout le monde fait quand un événement insolite, en apparence inoffensif, se produit dans un contexte habituel : il attendit que le bruit se répète. Mais cela n'arriva pas.

Gerber posa son verre et, recouvrant un peu de lucidité, il passa la tête par la porte de son bureau. En effet, le sifflement ne pouvait provenir que de l'entrée du cabinet. Il prit son courage à deux mains. Une douzaine de pas le séparaient de la salle d'attente, il les parcourut dans le noir, l'oreille tendue. Les deux petits fauteuils étaient vides, mais l'entrée était éclairée par la lumière de la lucarne de la cage d'escalier.

La porte d'entrée était simplement poussée.

Sans se demander pourquoi, Gerber la referma avec force pour envoyer un message à l'obscurité qui l'entourait.

Mais quelque chose la bloquait.

Il baissa les yeux : il y avait un objet par terre. Il se pencha pour le ramasser et, quand il le reconnut, ses certitudes volèrent en éclats.

Son stylo à plume brillait, moqueur, à la lumière de la lune.

# 9

Le lendemain après-midi, Pietro Gerber se présenta chez les Onegli Catelani avec un paquet emballé.

Cette fois, en plus du café, Mme Vannini lui servit une tarte aux griottes maison. Elle en avait déjà apporté une part à Eva pour son goûter.

— Je lui ai aussi mis ses vitamines dans l'assiette. Elle trouve toujours le moyen de ne pas les prendre, mais cette fois, si elle esquive encore, elle va m'entendre, dit la gouvernante en agitant la main où elle portait son bracelet aux porcs-épics.

Gerber passa un moment avec Maja Salo à la table de la cuisine, avant d'aller retrouver Eva. La jeune femme portait un pull à col roulé, elle avait relevé ses cheveux et passé un trait de crayon sur ses yeux. Dans d'autres circonstances, il se serait demandé si ces attentions étaient pour lui, mais ce jour-là il n'arrivait pas à se sentir flatté.

Ils parlèrent des études universitaires de Maja, de son mémoire sur Cimabue et de la différence entre les styles de vie toscan et finlandais. Mme Vannini intervenait parfois, notamment pour se plaindre de ses trois fils qui n'aimaient pas l'école.

Pendant cette demi-heure de bavardage, Gerber fit de son mieux pour paraître détendu, mais son esprit était ailleurs. Il essayait de se convaincre qu'il ne s'était rien passé, la veille au soir. Que son stylo était tombé de la poche de son imperméable quand il avait sorti ses clés pour ouvrir. Que le sifflement n'avait été qu'un acouphène, ou une interférence sur la station de musique classique.

Toutefois, aucune de ces explications ne calmait son angoisse.

Il prit congé des deux femmes pour monter dans la chambre d'Eva avec son cadeau.

Il voulait comprendre ce qu'il se passait dans cette maison. Et le seul moyen était de prétendre qu'il ne s'y passait rien.

Il la trouva assise à son secrétaire, devant son ordinateur. Il reconnut une vieille version de *Super Mario* à l'écran.

— Salut Eva, lança-t-il en posant son trench sur le bras du petit fauteuil où elle prétendait que son ami imaginaire était assis, la veille.

Eva portait la même robe noire et les mêmes chaussons en velours rouge. Elle semblait très absorbée.

— Salut, dit-elle du bout des lèvres, sans se retourner.

— Moi aussi, j'aimais bien ce jeu quand j'étais petit, tu sais ? J'étais assez fort, d'ailleurs. Si tu veux, après on peut télécharger la dernière version ?

— Internet ne fonctionne pas, déclara Eva.

*C'est faux*, répondit Gerber intérieurement. *Sinon tu n'aurais pas trouvé d'informations sur moi.* Toutefois, le psychologue admirait la cohérence de la mise en scène de la fillette, qui parvenait à ne pas se contredire.

Jusque-là. En effet, il était certain qu'elle allait commettre une erreur, tôt ou tard.

— Je t'ai apporté quelque chose, déclara-t-il en lui montrant le paquet enrubanné.

Eva mit le jeu sur pause et se tourna enfin vers lui. Son regard glaça le sang de Gerber.

Elle se leva, lui prit le paquet des mains, l'examina et, sans remercier, elle alla s'asseoir sur le tapis pour le déballer. Elle en sortit une boule à neige.

— Elle te plaît ?

La fillette souleva la sphère remplie d'eau pour l'observer. Dedans, il y avait une maison dont les fenêtres étaient de petits miroirs où se reflétait le visage de la personne qui les regardait. Quand on retournait la boule, il neigeait.

— Tu sais qui a inventé cette merveille ? demanda Pietro en allant s'asseoir à côté d'elle. Il s'appelait Erwin Perzy. Il vivait à Vienne, il y a plus d'un siècle. En cherchant à améliorer la luminosité d'une ampoule pour les salles d'opération d'un hôpital, il a eu l'idée de mettre à l'intérieur de l'eau mélangée à de petits morceaux de matériaux reflétant la lumière. L'invention n'a pas fonctionné, mais Perzy a constaté qu'à l'intérieur de la boule, c'était comme s'il neigeait. Alors il y a ajouté des paysages miniatures.

Eva suivait son récit avec attention. Gerber n'aurait pu dire si elle était fascinée. Avec ses autres patients cela fonctionnait, mais l'expression de cette fillette était indéchiffrable.

Elle se leva et se dirigea vers l'étagère à peluches. Sur la pointe des pieds, elle plaça la boule à neige devant des poupées.

Le psychologue n'était pas certain de l'avoir conquise, mais il espérait au moins avoir vaincu sa méfiance.

— Maintenant on va jouer au jeu où il faut s'endormir ? demanda la petite.

— Tout à fait, répondit Gerber avant de l'inviter à s'allonger sur son lit à baldaquin, sur le dos.

Eva obéit et posa la tête sur son oreiller. Ses cheveux formèrent une auréole dorée autour de sa tête.

— Je ne suis pas fatiguée, prévint-elle.

— Je sais, répondit-il en lui prenant les mains pour les poser sur son torse. C'est différent du sommeil, tu verras. Tu auras l'impression d'être légère comme une plume.

— Et je vais rêver ?

— Bien sûr, affirma-t-il, plein d'espoir.

— Je ne dois pas avoir peur, n'est-ce pas ? reprit Eva en fronçant les sourcils.

— Je ne te laisserai jamais seule, promit-il. Pour le moment, ferme les yeux : tu les rouvriras uniquement quand je te le dirai, d'accord ?

Elle s'exécuta.

— Maintenant, je voudrais que tu respires avec moi.

Quand elle put continuer seule sans perdre le rythme, l'hypnotiseur s'éloigna. Il prit la boule à neige sur l'étagère et en fit tourner la base pour actionner un carillon. Une musique mélancolique de Dvořák se fit entendre : la *Danse slave en* mi *mineur, op. 72, n° 2.*

Gerber récupéra son carnet et son stylo dans son trench, puis il s'assit sur le lit, à côté d'elle. La musique ralentit. Avant qu'elle s'arrête complètement, Eva était déjà en transe.

— Comment t'appelles-tu ?

— Eva, répondit-elle calmement.

— Quel âge as-tu ?

— Dix ans.

— Qu'as-tu mangé aujourd'hui au goûter ?

— De la tarte aux griottes.

— C'était bon ?

— Oui, très bon.

— Et tu as pris les vitamines que Mme Vannini avait mises dans l'assiette ?

— Elles sont amères, je les ai jetées dans les toilettes, avoua la fillette.

Les questions préliminaires permettaient à Gerber de tester la sincérité de la patiente, et il était bon signe qu'elle n'ait pas menti. Il tenta :

— C'est toi qui as pris le petit collier en corail, le rouge à lèvres, et les tennis de Maja ?

Eva marqua une pause.

— Oui.

L'hypnotiseur faillit pousser un soupir de soulagement : la farce dont il avait été à la fois victime et témoin allait prendre fin. Toutefois, cela ne suffisait pas.

— Pourquoi as-tu fait cela ?

— C'est *lui* qui m'a dit de voler ces choses.

Cette phrase tua l'espoir de Gerber. De toute évidence, Eva avait réellement développé une double personnalité, sinon il n'y en aurait pas eu trace sous hypnose. La piste de la schizophrénie redevenait fortement probable.

— D'où viennent les bleus que tu as sur les jambes

et sur les bras ? demanda-t-il en ignorant sa dernière réponse.

— Il se fâche toujours quand je refuse de faire ce qu'il me demande.

L'autoagression était le pire aspect de ce qui arrivait à Eva. Son autre personnalité était déjà devenue dominante.

— Qui est-il ? demanda le psychologue, espérant obtenir plus de réponses que la veille.

Cette fois, la fillette ignora totalement sa question.

— Il dit que je suis son amie.

— Que veut-il de toi ? insista Gerber, pour comprendre les raisons qui l'avaient poussée à se créer un soi-disant ami qui lui faisait du mal.

— Je ne sais pas. Il veut juste que quelqu'un le croie.

*Si tu ne crois pas à lui, il ne te parle pas.*

C'était ce qu'avait dit Eva lors de leur première entrevue.

— Croire à quoi ?

La fillette fit une petite grimace et pencha la tête, comme si elle essayait de comprendre les paroles de quelqu'un.

— Personne ne sait qu'il est ici, expliqua-t-elle. Il est resté seul longtemps, *trèèès* longtemps.

Cette fois encore, les intervalles entre les phrases de l'ami mystérieux et le compte rendu d'Eva étaient parfaits, comme si elle était réellement en train d'écouter et de référer ses paroles.

— Je voudrais lui demander quelque chose, déclara alors l'hypnotiseur. Mais je voudrais aussi qu'à partir de maintenant, tu répètes exactement ses paroles.

— Il est d'accord, répondit Eva. Qu'est-ce que tu veux lui demander ?

— Qu'il me raconte son histoire.

# 10

Je me souviens du vent. Et du soleil, aussi.

Je me souviens du vent qui entre par la fenêtre ouverte. L'air est chaud, c'est agréable. J'ai oublié comment je m'appelle, arrêtez de me le demander. Je ne sais plus.

Le reste est en train de disparaître aussi, donc il faut que je me dépêche de raconter cette histoire avant qu'elle n'existe plus. Je ne sais pas si les détails dont je me souviens sont importants. Parfois, ce ne sont que des *choses*. De petites choses que j'attrape avant qu'elles s'enfuient, comme les moucherons. Mais moi, je les dirai quand même.

Alors… le vent qui entre par la fenêtre ouverte apporte l'odeur de la mer. Mais aussi une odeur de pins, d'origan, d'herbe coupée, d'essence, de crème solaire, de beignets, de poisson grillé. Je voudrais mettre la tête dehors, comme les chiens, mais je sais que ça ne se fait pas, c'est dangereux. Je reste bien sage. Comme je suis en short, la peau de mes jambes colle au siège, alors je glisse mes mains sous mes cuisses en nage et je laisse pendre mes pieds. Pour une fois, je suis assis devant. Je ne devrais pas, je ne suis pas assez grand. Mais peut-être que j'ai l'âge, en fait.

Le vent me décoiffe. Mes cheveux sont trop longs. Maman n'arrête pas de répéter qu'elle aurait dû m'emmener chez le coiffeur avant qu'on parte à la mer et que maintenant c'est trop tard, je vais les garder longs jusqu'en septembre. Parfois maman dit qu'elle devrait me les couper elle-même, mais moi je n'ai pas trop confiance. Une fois elle a coupé ceux de mon frère, qui est plus grand que moi. Ensuite, on aurait dit que quelqu'un lui avait posé un chat mort sur la tête.

La voiture est bleue.

Ce n'est pas une belle voiture. On dirait une poubelle. D'abord, elle fume beaucoup. En plus le tableau de bord tremble, et il fait tellement de bruit qu'on n'entend pas la radio. Pourtant, il y a une chanson qu'ils passent toujours, même à la plage. *Bella*, de Jovanotti. Elle est joyeuse, d'habitude tout le monde danse dessus.

Papa la chante toujours à maman, mais il ne sait pas toutes les paroles, alors il baragouine. Ma maman sent le savon de Marseille, mon papa la mousse à raser. Mon grand frère pue. Le monsieur qui conduit la voiture ne sent pas très bon non plus. Il ne se lave pas assez les dents, je crois. Je sais que je ne devrais pas le dire, ce n'est pas gentil, mais je n'aime pas ses dents. Elles sont jaunes. Et il sent la cigarette. Il fume tout le temps. Il porte un débardeur gris plein de taches et trop large. Il est maigre et ses bras sont couverts de petites blessures, peut-être à cause des moustiques ou des taons. De temps en temps, il se gratte la tête. Il a les ongles sales.

Je ne sais pas où est le petit chien qu'il veut m'offrir.

Je pensais que ce serait plus près, qu'on irait à pied. C'est pour ça que je l'ai suivi. Quand il a ouvert la portière de la voiture, je ne savais pas quoi faire. Je devrais peut-être lui demander de me ramener, maintenant. Mes amis m'attendent, on doit finir notre jeu.

Mais ensuite, je pense à quand je reviendrai avec le chiot. Je suis sûr que papa me laissera le garder. Il me l'a promis, cet hiver. Mais il est toujours trop occupé par son travail, alors on n'est jamais allés au chenil en choisir un.

On arrive devant un portail avec une inscription rouillée : *C-A-M-P-I-N-G*. Le A est cassé. Je ne sais pas ce que veut dire ce mot. On entre avec la voiture. La route est pleine d'herbes plus hautes que moi.

— On est où ? je lui demande, parce que ça ne ressemble pas à un chenil.

Il ne répond pas.

— On est arrivés ?

— Sois sage, d'accord ?

Il fait attention aux trous de la route. On se gare devant des caravanes sans roues, posées sur des blocs de ciment.

Une dame sort d'une des caravanes. Elle a attaché ses cheveux blonds avec une pince décorée d'une fausse fleur rouge. Elle aussi, elle est très maigre et elle porte un débardeur blanc très large, assez sale. Dessous, elle a juste un slip rouge. Elle marche pieds nus. Ses épaules et son cou sont couverts de tatouages. Elle fume une cigarette.

— C'est qui, ça ? elle demande.

La dame aux tatouages parle de moi, sans me regarder. Elle est très en colère contre le monsieur aux piqûres de moustiques sur les bras.

— Calme-toi, il lui répond en descendant de la voiture bleue.

Moi, je reste à l'intérieur et je les observe par le pare-brise.

— Encore une de tes idées géniales ?

Elle me montre du doigt et crache la fumée comme un dragon.

— Fais pas la conne, je vais t'expliquer.

Peut-être que la dame ne veut pas donner son chiot. Je la comprends, je ferais pareil à sa place.

Ils m'ont demandé d'attendre dans la caravane, dans une chambre de la taille d'une boîte de conserve. Le désordre est « *cosmique !* », comme dit papa quand il entre dans notre chambre, à mon frère et moi. Tout est sens dessus dessous. Les draps et les oreillers sont entassés comme si quelqu'un s'était battu. Il y a plein de déchets par terre : mégots de cigarettes, canettes de bière froissées ou renversées sur la moquette tachée. À côté d'une chaussette trouée, je vois un élastique jaune comme celui de mon lance-pierre, une seringue, une cuiller tordue, un briquet et du papier d'aluminium brûlé.

J'entends le monsieur et la dame qui se disputent, dehors. Leurs voix résonnent bizarrement, dans la caravane, comme quand on parle dans un bocal. En fait, c'est elle qui crie. Lui, il essaie de lui expliquer. Ils me rappellent papi et mamie, même s'ils disent beaucoup de gros mots. Je pense que la dame aux tatouages et le monsieur aux boutons sont mariés. Je ne les vois pas, de là où je suis, mais j'essaie de comprendre pourquoi ils se disputent si fort.

— Tu m'expliques cette putain d'idée ?

— J'étais dans la voiture, je cherchais un truc à revendre… J'ai pensé : c'est dimanche après-midi et il fait chaud, tout le monde doit être à la mer ou en train de faire la sieste, c'est le moment de cambrioler une baraque, ni vu ni connu… Alors je suis arrivé par hasard dans ce quartier plein de villas avec piscine et j'ai pensé que les gens devaient être friqués. Je regardais dans les jardins mais, à part des trucs de plage et quelques tondeuses, rien qui valait la peine de prendre le risque. Et puis, j'y avais pas pensé, mais il y avait beaucoup de chiens de garde… Et ce môme est sorti d'un buisson, juste devant moi.

— T'as l'intention de le revendre ?

— Je me suis dit que je pouvais l'emmener un peu en voiture avec moi, lui acheter une glace. Ses parents vont s'inquiéter, à force. Ce soir je le ramène et, pour me remercier, ils me donneront de l'argent !

Moi, je n'ai pas eu de glace. En attendant, la dame aux tatouages se met encore plus en colère.

— C'est quoi ce plan de merde ?

— J'ai tout prévu : je raconterai à ses parents qu'il était perdu et que je l'ai aidé.

— Et t'as pas réfléchi au fait que ce petit chiard va leur dire la vérité ?

Il ne répond pas. Je crois qu'il n'a pas pensé à ça.

— Et puis, comment t'as pu avoir l'idée de l'amener ici ?

— J'avais plus d'essence, il dit avec la même voix que mon frère quand il fait une bêtise.

À mon avis, il regarde ses pieds.

— Ramène-le tout de suite, avant qu'ils s'en aperçoivent et qu'ils appellent les flics !

— Je vais aller faire un tour pour voir, d'abord. Je veux pas me faire choper avec le morveux dans la bagnole.

La dame aux tatouages est d'accord.

— Mais dépêche-toi.

Hé, je veux un chien, moi ! Il me l'a promis.

Juste après, je regarde par un hublot et je les vois en train de partager une seringue avec un médicament dedans. À mon avis ils ont le diabète, comme mamie. Ils s'allongent par terre, ils ferment les yeux et ils sourient. Maintenant ils ont l'air heureux.

Ensuite, le monsieur s'en va. Je reste seul avec la dame aux tatouages. Je lui demande un verre d'eau parce que j'ai très soif elle en remplit un d'un bidon en plastique, et ensuite elle m'ordonne de rester bien sage sur le banc de cette espèce de salon qui fait aussi cuisine et salle de bains. Elle s'allonge sur le lit et elle s'endort sur le ventre. Elle ronfle.

Je ne sais pas pourquoi, mais ils ne m'ont jamais demandé comment je m'appelle. Je ne connais pas leurs noms, d'ailleurs. Je sais juste que le monsieur aux piqûres de moustiques sur les bras est pour la Fiorentina, comme moi. C'est la première chose qu'il m'a dite, quand on s'est rencontrés. Je crois qu'en fait l'histoire du chiot est un mensonge. Je devrais peut-être rentrer à la maison. Je m'ennuie. Je ne sais pas quoi faire. Il n'y a même pas la télé, dans la caravane sans roues.

Sans m'en rendre compte, je m'endors sur le banc.

Quand je me réveille, il fait noir. J'ai oublié où je suis. J'ai entendu la voiture. Le mari a dû rentrer et la femme est sortie le voir. Je me mets à genoux sur le banc pour regarder par le hublot.

— T'avais raison, ça grouille de flics, dit le monsieur, qui a l'air très inquiet.

— Putain ! Putain ! crie sa femme. Je t'avais dit de pas faire de conneries !

— Va te faire foutre !

Il donne un coup de pied dans la voiture bleue, de toute façon elle était déjà toute déglinguée.

— Quel merdier…

La dame aux tatouages allume une cigarette.

Le monsieur aux piqûres fait les cent pas, il se gratte la tête et pleurniche comme un enfant :

— Et maintenant, qu'est-ce qu'on va faire ?

Elle prend son visage entre ses mains et le force à la regarder dans les yeux.

— Voilà ce qu'on va faire : le gamin va rester ici.

— Oui, d'accord, mais ensuite ?

Moi, je ne veux pas rester ici. Je n'ai même pas mon pyjama.

— Eh bien, c'était peut-être pas une mauvaise idée, de demander de l'argent, dit la dame avec un petit sourire. On va attendre quelques jours, et puis on passera un coup de fil…

Le monsieur aux piqûres se calme un peu.

— Et s'ils viennent le chercher ici ?

— Qui te dit qu'ils le trouveront ?

La pointe du stylo de Gerber resta suspendue au-dessus du carnet noir : il attendait la suite du récit. Eva s'était interrompue soudainement.

— Et ensuite, que s'est-il passé ? l'encouragea-t-il.

La respiration de la patiente accéléra. Elle grogna quelque chose, comme agacée.

— Je n'ai plus envie pour aujourd'hui, je suis fatigué, déclara-t-elle ensuite, jouant toujours le rôle de l'enfant.

L'hypnotiseur décida que cela pouvait suffire, pour une première séance. Il reboucha son stylo, se leva et alla actionner le carillon de la boule à neige qu'il avait offerte à Eva : la maison miniature aux fenêtres miroirs reprit vie sur les notes de Dvořák.

— Quand la musique s'arrêtera, tu rouvriras les yeux.

La fillette sortit de son état de transe.

Où avait-elle trouvé cette histoire ? Sans aucun doute, elle l'avait lue quelque part, ou vue dans un film. Et son esprit fantasque avait réélaboré la trame. Gerber allait devoir vérifier.

D'autres points communs avec l'histoire de Zeno Zanussi avaient émergé. Le dimanche après-midi d'été. Le quartier de villas qui rappelait Porto Ercole. Les jeux d'enfants. Un grand frère. La passion pour la Fiorentina.

*« J'ai oublié comment je m'appelle, arrêtez de me le demander. »*

L'idée que le petit Zeno ait été ferré grâce à un truc

comme le chiot et ait fini entre les mains d'un drogué était vraisemblable.

C'était pour cela que l'histoire de l'ami imaginaire d'Eva semblait aussi réelle.

Une de ces histoires banales qui se transforment en faits divers sordides. Et qui restent sans réponse pendant des dizaines d'années. Même si, souvent, la vérité est bien plus ordinaire que ce que l'on imagine.

L'homme aux piqûres de moustiques. La dame aux tatouages.

Monsieur B. disait toujours qu'il faut craindre les idiots plus que les monstres, parce qu'ils ne savent pas qu'ils sont dangereux.

La musique s'arrêta. Eva ouvrit les yeux.

— Je suis rentrée, annonça-t-elle comme si elle avait fait un long voyage.

Gerber lui posa une main sur l'épaule pour l'empêcher de se relever trop vite.

— Attends un peu. Tu te souviens où tu es allée ?

— Au camping, répondit-elle seulement.

— Bien. Tu as été très forte, la félicita-t-il en lui servant un verre d'eau.

— Merci, j'avais très chaud et très soif.

— Je reviendrai demain et on continuera ce jeu, d'accord ? demanda-t-il en espérant qu'Eva ne remarquerait pas son trouble – il n'avait aucune envie de revenir.

Eva fit mine de lui répondre, mais soudain elle se tourna vers un endroit situé dans le dos de l'hypnotiseur, qui estima qu'elle regardait à nouveau le petit fauteuil près de l'armoire blanche.

— Il dit qu'il a beaucoup aimé parler avec toi, docteur Gerber. Et que, si tu veux, on reprendra demain.

— Bien sûr, répondit le psychologue en rangeant son stylo et son carnet noir dans son trench.

— Tu as retrouvé ton beau stylo ! s'exclama la fillette avec étonnement.

Gerber se tourna vers elle. Elle le fixait de ses yeux inertes.

— Comment sais-tu que je l'avais perdu ?

Elle ne répondit pas.

# 11

— Docteur Gerber !

Il était presque arrivé à sa voiture quand Maja l'appela. Elle avançait vers lui en enfilant son gilet.

Le soleil disparaissait à l'horizon et les cheveux de la jeune femme semblaient attirer les derniers reflets orangés.

— Si vous êtes libre et que vous en avez envie, vous pourriez rester dîner, dit-elle.

Le psychologue ne s'attendait pas à cette invitation.

Remarquant sa surprise, et craignant d'avoir été trop audacieuse, elle ajouta :

— Mme Vannini a préparé une excellente *torta coi becchi*, bien trop grosse pour Eva et moi.

— Je ne permettrai jamais qu'une *torta coi becchi* soit gâchée, déclara-t-il solennellement.

— Alors c'est décidé, déclara gaiement Maja en retournant vers la maison.

Elle s'occupa d'abord d'Eva : elle lui apporta son dîner dans sa chambre, puis elle resta avec elle jusqu'à ce qu'elle s'endorme.

Gerber attendit, assis à la table en chêne devant la grande cheminée. Comme chaque jour, la gouvernante était rentrée chez elle avant le coucher du soleil, donc il n'avait personne avec qui bavarder. La tarte, qui reposait sous un torchon, sentait merveilleusement bon. Le psychologue avait compris que, en plus des chambres de Maja et de la fillette, la cuisine était la seule pièce utilisée.

Le reste de l'immense demeure était poussiéreux. Et silencieux.

*« Tu as retrouvé ton beau stylo. »*

Comment était-elle au courant de la disparition de l'objet ? Avait-elle lancé cela au hasard ? Le psychologue repensa au sifflement qu'il avait entendu dans son bureau, mais conclut que c'était impossible.

Une heure plus tard, Maja descendit l'escalier.

— Je suis désolée de vous avoir fait attendre aussi longtemps. Ce soir Eva n'arrivait pas à s'endormir.

— Ce n'est pas grave.

L'insomnie est un effet collatéral de l'hypnose, mais Pietro Gerber se retint de le dire, parce que cela constituait la preuve que la thérapie fonctionnait, or il ne comprenait toujours pas le sens de l'histoire que la fillette lui avait racontée quand elle était en transe.

Maja prit des verres à vin sur une étagère et sortit du frigo une bouteille de rouge déjà ouverte. Troublé par les yeux brillants de la jeune femme, Gerber ne fit aucun commentaire sur le sacrilège – conserver le vin rouge au froid.

— Venez avec moi, dit-elle en lui confiant les verres et la bouteille pour prendre la tarte.

Ils s'assirent sur les marches en pierre du perron, malgré la température. La lune les éclairait suffisamment. Ils mangèrent avec les mains.

— Mme Vannini insiste pour m'apprendre certaines de ses recettes, mais c'est inutile : je ne ferai jamais rien d'aussi bon, affirma la jeune femme, la bouche pleine.

Adele, la gouvernante de Porto Ercole, préparait une excellente *torta coi becchi*, elle aussi. Pietro Gerber n'avait pas oublié la recette.

— Farine, sucre, jaune d'œuf et beurre pour la pâte brisée. Et pour la garniture : bettes, pignons, raisins secs, pain rassi, une pincée de cannelle et, l'ingrédient secret, une goutte de rhum, énuméra-t-il. Le nom de tarte avec des « becs » vient de son bord relevé, ajouta-t-il en indiquant, au-dessus de leurs têtes, le rebord qui faisait le tour du toit de la maison, pour que Maja perçoive la ressemblance.

— Tu saurais la refaire ? demanda Maja, passant au tutoiement.

— J'ai passé tout un été la jambe dans le plâtre. Je m'ennuyais à mourir, et une personne qui m'aimait beaucoup m'a appris à cuisiner.

La jeune femme secoua la tête, amusée. Devant eux, au-delà des collines, brillaient les lumières de San Gimignano.

Maja but une gorgée de vin en regardant le village à l'horizon. Gerber remarqua qu'elle s'était assombrie.

— Tu ne peux pas savoir combien de fois j'ai pensé à quitter cette maison, avoua-t-elle.

En effet, il avait du mal à comprendre sa décision de s'isoler dans une immense maison vide avec une fillette problématique. Qui pouvait vivre ainsi ?

— J'ai presque terminé mon mémoire. J'ai envoyé le plus gros par mail aujourd'hui. Il ne manque que la dernière partie. Ensuite, je repartirai à Helsinki, ajouta-t-elle en guise d'explication.

— Si tu as l'impression d'abandonner Eva, sache que ce n'est pas le cas, commenta le psychologue. Ses parents l'ont déjà fait, surtout sa mère.

— Je ne sais presque rien de son père, reprit Maja. Elle n'en parle jamais, c'est comme s'il n'existait pas. Et sa mère m'a embauchée par téléphone. Je ne l'ai jamais vue.

— Donc tu ne sais pas à quoi ressemble Beatrice Onegli Catelani.

— Quand j'ai besoin de lui parler, je lui envoie un texto, puis elle me rappelle quand elle peut. Parfois cela peut prendre plusieurs jours.

Le psychologue savait ce que cela signifiait de vivre sans figure maternelle. La sienne était morte trop tôt et il avait été difficile de grandir avec un père aussi triste et distant que Monsieur B.

— Tu parles de Beatrice en l'appelant par son prénom. Je pensais donc que vous étiez assez proches.

— C'est elle qui me l'a demandé. C'est une femme ouverte et expansive. Elle est différente de mes autres employeuses, qui ont toujours été snobs avec moi.

— J'ai l'impression que Mme Vannini a une très mauvaise opinion de la mère d'Eva, remarqua Gerber.

— Et encore, elle ne mentionne que le père d'Eva pour l'insulter !

— Tu sais depuis combien de temps elle travaille dans cette maison ?

— Non, mais parfois elle me parle d'une époque révolue où elle dirigeait plusieurs domestiques et où la maison ne désemplissait pas. Apparemment, les Onegli

Catelani venaient surtout l'été, ils organisaient des fêtes incroyables qui duraient des jours. Les hôtes arrivaient des quatre coins du monde.

— Et tout a changé il y a dix ans, paria Gerber en pensant à l'âge de la fillette.

Après un silence marqué, Maja changea de sujet :

— À ton avis, Eva entend vraiment la voix d'un ami imaginaire ?

— Si elle est schizophrène, oui, tout à fait. Mais il est encore tôt pour poser un diagnostic. Par ailleurs, Eva est devenue habile pour mentir.

— Que veux-tu dire ?

— Par exemple, je la soupçonne d'avoir cherché des informations sur moi en ligne, mais aujourd'hui elle s'est plainte qu'internet ne fonctionne pas. Or tu viens de me dire que tu avais envoyé une partie de ta thèse par mail.

— En effet, le réseau fonctionne un peu au ralenti, précisa Maja. Mais cela ne change pas grand-chose : en effet, Eva t'a menti.

Gerber était content d'avoir une alliée. Généralement, les proches des menteurs chroniques ont tendance à nier l'évidence.

En posant son verre sur une marche, la jeune femme lui effleura la main. Il planta ses yeux dans les siens.

— Tu as été incroyable avec Eva, aujourd'hui, dit-elle sans détourner le regard. Au moment de se coucher, elle n'a pas arrêté de parler de toi.

Au lieu de lui confirmer que la séance s'était bien passée, il se perdit à nouveau dans le détail qui le taraudait.

*« Tu as retrouvé ton beau stylo. »*

Il était certain qu'Eva était une excellente menteuse, néanmoins cette histoire de stylo avait semé le doute en lui.

Maja lui avait demandé si le comportement de la fillette pouvait s'expliquer autrement que par la schizophrénie. Il n'avait pas aimé le ton de sa question, comme si elle suggérait qu'il existait une autre raison, qui échappait à leur compréhension.

— Que se passe-t-il ? demanda la jeune femme. J'ai dit quelque chose qu'il ne fallait pas ?

Gerber aurait aimé lui avouer qu'il ne se sentait pas en mesure de continuer avec Eva parce que ses certitudes avaient été balayées, en plus de pans entiers de sa vie, d'abord par Hanna Hall, puis par l'Affabulateur. Il avait tout perdu : sa femme, son fils… Il craignait de n'avoir plus grand-chose à offrir. Peut-être que l'ancien Pietro Gerber aurait été à la hauteur de la tâche, mais il n'était plus que l'ombre de lui-même.

— À Florence, on raconte une légende au sujet de l'artiste sur lequel tu écris ton mémoire. Un jour, Cimabue rencontra un jeune berger qui gravait un mouton sur un rocher. Il décida de devenir son maître, parce qu'il avait vu en lui un talent que personne d'autre n'avait encore perçu.

— Je ne connaissais pas cette histoire, dit Maja. Où est le rapport avec Eva ?

— Les enfants ont des dons mystérieux, qui sont parfois des malédictions. Un grand maître sait repérer les dons. Un psychologue pour enfants devrait savoir identifier les malédictions, or moi je n'en suis pas capable.

— Aucun homme ne l'est, tant qu'il n'a pas essayé,

le consola la jeune femme. Comment peux-tu être certain que Cimabue avait raison ?

— Parce que ce berger était Giotto, dit Gerber en la regardant avec étonnement.

Il eut l'impression que Maja ignorait que Cimabue avait été le maître de Giotto. Comment était-ce possible ?

Elle perçut probablement la défiance dans son regard, parce qu'elle détourna les yeux et se tut. Ce bref silence brisa l'enchantement.

— Je vais y aller, déclara Gerber en se levant.

Il lui proposa de rapporter les verres à la cuisine.

— Laisse, l'arrêta-t-elle, je m'en occuperai.

Elle semblait un peu déçue de l'épilogue de leur pique-nique improvisé au clair de lune. Toutefois, il n'était pas d'humeur à se demander si son impression était justifiée.

Elle le raccompagna à sa voiture. Leur souffle se condensait dans l'air.

— Comment apprend-on à hypnotiser les enfants ? demanda Maja après un long silence.

— C'est mon père qui me l'a appris.

— Je me disais bien que toi aussi, comme Giotto, tu avais dû avoir un bon maître, dit-elle pour dédramatiser l'équivoque.

— Je suis certain que, s'il n'était pas mort, les enfants le préféreraient à moi… Dans mon cabinet, il y a un fauteuil à bascule. Dans le sien, il avait recréé le décor du *Livre de la jungle* en carton-pâte. Moi, j'utilise un métronome pour induire l'état de transe, lui il passait *Il en faut peu pour être heureux* sur un vieux tourne-disque. Ses petits patients l'appelaient Monsieur B.

— Comme l'ours Baloo.

Gerber se réjouit d'avoir partagé ce souvenir avec elle. Elle rit – au moins, la soirée se concluait dignement.

Il monta dans sa Defender et alluma le moteur.

— Mais aujourd'hui tu n'as pas apporté de métronome, lui dit-elle en se penchant. Eva m'a dit que pour l'endormir tu avais utilisé la boule à neige que tu lui as offerte.

— Il y a un carillon à l'intérieur, expliqua Gerber.

Mais il ne lui confia pas que, dans la maison miniature aux fenêtres en miroir, il avait caché une microcaméra qui allait enregistrer tout ce qui se passait dans cette chambre.

# 12

Le lendemain, vers 16 heures, Pietro Gerber était au volant de sa Defender, en route pour San Gimignano. Il jetait des coups d'œil réguliers à son téléphone portable posé sur le siège passager. Il n'y avait pas de réseau dans les collines, or le psychologue voulait passer un appel.

Sur le siège, il y avait également un petit livre ancien à la couverture pourpre et aux pages jaunies. Avant de partir chez les Onegli Catelani, Gerber était passé à la librairie de livres anciens Gonnelli, via Ricasoli. L'endroit avait été fondé en 1875 et, les jours de pluie, il adorait s'y réfugier avec les inconnus qui aimaient comme lui les endroits où profiter des plaisirs secrets de Florence. L'odeur du papier et de la colle, le silence brisé uniquement par le bruit des pages feuilletées et les pas feutrés des clients, les messages transmis par les paroles séculaires.

Il avait acheté un volume rare et ancien sur Cimabue. C'était un cadeau pour Maja, pour la remercier de la soirée au clair de lune. Et pour se faire pardonner d'avoir insinué qu'elle ignorait que l'artiste avait été le maître de Giotto.

Toutefois, il n'était pas certain de le lui offrir. Quelque chose le freinait. Il ne comprenait pas les raisons pour lesquelles elle restait dans cette maison. En plus, il ne voulait pas qu'elle lise un sous-entendu dans ce présent. Pourtant, cela faisait longtemps que Gerber n'avait pas pensé à une femme.

Son téléphone retrouva enfin le réseau et Gerber put dicter le numéro à appeler, sans lâcher le volant.

— Vous m'aviez dit que vous étiez patient, l'apostropha Calindri dans le haut-parleur. Ça ne fait même pas deux jours, je n'ai aucune nouveauté à vous rapporter sur la PAL. Personne à localiser, précisa-t-il.

Pietro avait oublié l'amour de l'homme pour les acronymes.

— Je n'appelle pas au sujet d'Hanna Hall, l'arrêta Pietro Gerber. Je ne voulais pas vous déranger, mais j'ai besoin de savoir quelque chose.

— Je vous écoute.

— Avant-hier, je suis rentré à Florence vers 22 heures, mais au lieu de rentrer chez moi je suis passé à mon bureau. Je me demandais si, par hasard, vous y étiez.

Il lui avait suggéré de commencer par surveiller l'immeuble.

— Je ne savais pas que vous travailliez également de nuit, répondit l'autre, surpris.

La réponse était donc négative.

— Pas de problème, c'était juste au cas où, affirma Pietro.

Sur un coup de chance, il espérait apprendre qui lui avait rapporté son stylo.

— Que se passe-t-il, docteur ? s'inquiéta le détective privé engagé pour le suivre.

— Quelqu'un s'est visiblement introduit dans mon cabinet.

— On vous a volé quelque chose ?

— Je crois que le but était de m'intimider.

*Ou de me faire douter de ma santé mentale*, pensa-t-il en entendant le sifflement dans sa tête.

— Vous étiez là quand c'est arrivé ?

— Oui.

— Que comptez-vous faire, si cela se reproduit ?

— Rien, dit sincèrement Gerber.

— Vous avez un SDA ?

— Un SDA ?

— Un système de défense autonome. Une arme.

— Non. Je n'en ai jamais eu besoin.

— Les gens croient généralement pouvoir se protéger eux-mêmes, mais d'expérience je peux vous dire qu'avoir un pistolet n'est pas une solution.

— Je n'y avais même pas pensé, rétorqua Gerber, un peu agacé.

— Tant mieux.

Pietro ne s'était jamais senti en danger. Toutefois, Calindri avait instillé une crainte en lui.

— J'aurai l'œil, le rassura le détective privé avant de raccrocher.

Le psychologue secoua la tête, soupira et se concentra à nouveau sur la route. Il aperçut la grande maison. Il crut même distinguer une silhouette dans la cour, près de la fontaine vide. On aurait dit Maja qui regardait dans sa direction, comme si elle l'attendait.

Il aurait aimé que la jeune femme soit simplement impatiente de le voir, toutefois il supposa qu'il s'était passé quelque chose.

— Cette fois, je n'ai pas réussi à me contenir, déclara Maja, contrariée et secouée. Je le jure, la plupart du temps je suis compréhensive, je m'efforce de tout justifier. Mais je ne veux pas revivre ce qui s'est passé cette nuit.

Gerber ne comprenait pas.

— J'ai dû la gronder, poursuivit Maja. Je ne crie jamais, mais c'est difficile quand elle nie l'évidence. Et j'ai peur, oui, j'ai peur ! admit-elle avec colère. Cette enfant me fait peur : voilà, je l'ai dit ! Elle me terrorise, mais je n'arrive pas à l'abandonner. C'est idiot, n'est-ce pas ? ajouta-t-elle en se mordant la lèvre, au bord des larmes.

Le psychologue lui prit les mains pour la calmer.

— Tu vas tout me raconter calmement, d'accord ? Ensuite on décidera ensemble de la conduite à tenir.

— Viens, je vais te montrer, fit la jeune femme en l'entraînant vers la maison.

Les morceaux de la boule à neige étaient rassemblés dans une pelle en métal, prêts à être jetés à la poubelle par Mme Vannini. Maja avait insisté auprès d'elle afin de ne pas s'en débarrasser immédiatement. Elle voulait montrer cette preuve à Gerber.

— Elle m'a dit que la boule était *tombée* de l'étagère, expliqua-t-elle. De toute évidence, elle a été jetée par terre !

Gerber observa les tessons qui brillaient dans l'obscurité du cagibi attenant à la cuisine. Seule la maison miniature avec ses fenêtres miroirs avait résisté à l'impact. Sans l'eau et la fausse neige, elle avait un air spectral.

— Mais ce n'est pas le plus grave, poursuivit Maja : quand j'ai demandé à Eva comment cela avait pu arriver, elle m'a répondu avec son habituel air innocent qu'elle n'y était pour rien. Si elle avait évoqué un accident, je n'aurais pas insisté. Mais elle voulait me faire croire que la boule était tombée toute seule.

— Elle n'a pas accusé son ami imaginaire ? s'étonna le psychologue.

Cela aurait été le plus simple et le plus logique, du point de vue d'Eva. Quand on a un enfant invisible à disposition, pourquoi ne pas en profiter ?

— Non, répondit la jeune femme. Elle n'a pas fait allusion à lui.

— Et donc c'est arrivé cette nuit, affirma Gerber, qui voulait plus de détails sur la dynamique des événements.

— Vers 3 heures, estima Maja. Je dormais dans ma chambre, qui est en face de la sienne. Le bruit m'a réveillée. Je me suis précipitée et je l'ai trouvée assise sur le lit, dans l'obscurité. J'ai allumé et j'ai vu la boule à neige par terre, au milieu des peluches.

— Et donc Eva soutient qu'elle dormait quand c'est arrivé, supposa le psychologue en se représentant la scène.

Maja acquiesça.

*Très astucieux*, pensa Gerber. En ne nommant pas son ami imaginaire, Eva voulait qu'ils l'accusent, elle. Vous refusez de me croire, je vais vous y obliger. Tout à fait logique.

— Je peux jeter ces morceaux de verre avant que quelqu'un se coupe ? intervint Mme Vannini, irritée. Cette petite menteuse mériterait une bonne punition !

Gerber n'était pas convaincu de l'efficacité de cette solution. Il aurait sans doute été plus utile de la confronter à la vérité. Il se pencha donc sur ce qu'il restait de son cadeau et, discrètement, il ramassa la minuscule carte mémoire cachée à la base du carillon.

Elle contenait l'enregistrement des faits. Il comptait regarder le film le soir même.

— Maintenant, je vais aller voir Eva, annonça-t-il.

— Tu es en retard, lui fit remarquer la fillette avec son sérieux habituel.

Elle ne souriait jamais.

— Excuse-moi, dit-il en refermant la porte de sa chambre.

Malgré l'heure tardive, elle était toujours en pyjama et son lit était défait. La journée avait été agitée. Le psychologue remarqua l'espace vide sur l'étagère, mais les peluches avaient été rangées. Il ne comptait pas mentionner l'accident, notamment pour ne pas lui donner le moyen de lui mentir, à lui aussi.

— Ça te plairait qu'on recommence notre jeu ?

Comme toujours, la fillette se tourna vers le petit fauteuil en quête de la réponse.

— Il dit qu'il est d'accord. Mais comment je vais pouvoir dormir, sans la petite musique ?

L'allusion au carillon était clairement une provocation, toutefois Gerber ne se laissa pas manipuler.

Elle n'allait pas le forcer à parler des événements de la nuit.

— Heureusement, j'ai toujours ça avec moi, déclara-t-il en sortant de la poche de son trench une trousse à peine plus grande qu'une boîte d'allumettes.

Il en sortit un drôle d'engin, avec une petite aiguille au centre.

La fillette l'observa avec curiosité.

— C'est un métronome, expliqua-t-il.

D'une pichenette il lança l'aiguille, qui se mit à osciller avec un battement rythmique.

— Ça peut être plus lent ou plus rapide, précisa-t-il en le réglant sur soixante battements par minute.

— Je ne crois pas que ce truc va m'endormir, déclara Eva, sceptique.

C'était ce qu'ils disaient tous. Sur ce point, Eva ressemblait aux enfants de son âge. Cinq minutes plus tard, elle était en transe.

— Tu m'entends ? démarra l'hypnotiseur.

— Oui.

— Tu veux bien terminer l'histoire d'hier ? demanda-t-il à l'ami imaginaire.

Elle avait arrêté le récit au moment où deux voyous, comprenant leur erreur, pensaient encore pouvoir retourner la situation à leur avantage et tirer profit de cette séquestration improvisée. Mais surtout, la femme aux tatouages avait laissé entendre à son complice que, si la police venait chercher le petit otage, elle ne le trouverait pas.

Après avoir raconté cette menace, Eva avait cessé de parler.

À ce moment-là, elle prononça quelques mots, si bas que Gerber dut s'approcher pour comprendre.

— Tu peux répéter, s'il te plaît ?

— Je dois me taire, sinon ils vont me trouver.

# 13

Je suis caché depuis je ne sais pas combien de temps dans les hautes herbes, entre deux cabines, à côté d'une piscine vide où il manque des carreaux. On voit le béton et des orties poussent à l'intérieur. Je me demande comment c'était ici, avant, quand des gens venaient se baigner.

Cet endroit est très grand et abandonné.

Le monsieur aux piqûres de moustiques sur les bras et la dame aux tatouages me cherchent. Ils m'appellent, mais je n'ai pas confiance.

— Viens, je te jure, je te ferai rien, il promet.

Pourtant, il a une paire de ciseaux à la main.

Je suis avec eux depuis moins d'un jour et je ne suis pas content. Je leur ai demandé quand ils me ramèneraient chez moi et ils m'ont dit bientôt. Mais je dois être bien sage. Être sage, ça veut dire qu'il faut faire ce que les grands demandent. C'est rien qu'une excuse pour commander. Je dois aussi faire tout ce que dit mon grand frère à la maison. Je n'ai pas de chance. Pourquoi je ne peux pas donner d'ordres à quelqu'un, moi ? C'est pour ça que je veux un chiot. Au moins, je ne serai plus le plus petit.

— Tu es où ? On fait la paix, d'accord ?

Sans moi. Je sais ce que tu veux me faire. Je vous ai entendu parler, ce matin. Vous pensiez que je dormais mais j'étais réveillé.

J'ai passé la nuit sur le banc, dans la caravane sans roues. Il faisait une chaleur terrible ! Je n'arrivais pas à dormir, je n'arrêtais pas de me tourner et j'ai failli tomber par terre plusieurs fois. En plus ça puait tellement que j'avais du mal à respirer. Ça puait les pieds et les aisselles poilues. La bière et le pipi. Et même les pets. Je ne me souviens pas quand je me suis endormi, ni pour combien de temps. Mais à un moment, j'ai aperçu de la lumière et j'ai entendu la femme parler à son mari.

— Putain, à l'heure qu'il est ils ont dû diffuser la photo du morveux.

— Ce petit fils de pute va nous coincer, si on ne fait rien.

J'ai eu envie de leur crier que ma mère n'est pas *ce truc*. Je n'aime pas qu'on l'insulte. Une fois je me suis battu avec un garçon de ma classe qui avait appelé ma mère d'un nom qui ne m'avait pas plu.

— Il suffit de tenir jusqu'à ce soir…

Je ne sais pas ce qui va se passer ce soir. Ils vont peut-être me ramener chez moi, enfin. À mon avis ils attendent que le soleil se couche, pour qu'il fasse moins chaud.

— J'ai une idée, déclare la dame aux tatouages.

Elle va ouvrir un tiroir et revient avec un objet qu'elle tend au monsieur aux piqûres de moustiques. Des ciseaux.

— On peut déjà lui refaire le portrait.

— Bonne idée. Je vais lui faire la boule à zéro.

Comme je l'ai déjà dit, maman voulait m'emmener chez le coiffeur avant le départ mais on n'a pas eu le temps. C'est vrai que mes cheveux sont un peu longs, mais je ne veux pas me retrouver la tête rasée, comme mon grand frère quand il a eu des poux à l'école.

C'est à ce moment-là que je me suis enfui de la caravane et que je me suis mis à courir. Et depuis, ils me cherchent. Mais ils ne me trouveront jamais. L'important, c'est de ne pas faire de bruit. J'ai envie de faire pipi.

Quelqu'un m'attrape par mon t-shirt et me soulève, mes pieds ne touchent plus le sol : je vole.

— Je l'ai ! crie le monsieur aux piqûres de moustiques. J'ai chopé ce fils de pute !

— Laisse-moi tranquille et laisse ma mère tranquille !

Je donne des coups de pied, je griffe et je mords.

— Du calme, il me sort en essayant de m'immobiliser. Je t'ai dit de te calmer. Immobilise-le ! Attrape-lui les jambes ! il lance ensuite à la dame aux tatouages, qui nous a rejoints.

Mais même à deux, ils n'y arrivent pas. Je suis en nage et je lui glisse des mains comme une anguille.

— Aïe ! il hurle à un moment. Va te faire foutre !

Il me lâche. Je tombe par terre et le coup qu'il m'envoie est si fort que j'ai du mal à respirer.

— T'es vraiment con, lance la dame aux tatouages, mais ce n'est pas à moi qu'elle s'adresse.

Pour m'attraper, le monsieur aux piqûres avait mis les ciseaux dans sa poche. Maintenant il saigne d'une cuisse, la tache s'élargit sur son bermuda en jean. Il s'est fait mal tout seul.

— Et ça te fait rire ?

— Tu t'es fait avoir par un mioche !

Il tient sa jambe blessée avec ses mains et il gémit. À un moment il prend les ciseaux pleins de sang et il les lance dans les hautes herbes, loin.

— Bravo ! Là, il a vraiment gagné.

La dame aux tatouages rit tellement fort qu'elle ne peut plus s'arrêter.

Alors le monsieur aux piqûres se tourne vers elle, il la regarde d'un air très méchant, je n'oublierai jamais son visage, et il lui donne un coup de poing dans la mâchoire.

La dame aux tatouages, choquée, porte une main à sa bouche. Elle saigne des dents. Elle le regarde d'un air mauvais et elle jure tout bas. Mon frère m'a dit que, quand on jure, on doit tout de suite réciter cent Notre Père, sinon on prend cent ans de purgatoire. Le purgatoire, c'est pas l'enfer, mais c'est pas non plus le paradis.

— Allons-y, indique le monsieur aux piqûres en me regardant.

Il grince des dents comme un chien de garde derrière un portail. Je décide d'obéir. De toute façon, sans ciseaux, il ne peut plus me couper les cheveux.

Ils me ramènent à la caravane. La dame aux tatouages enroule une bande autour de la cuisse de son mari : elle utilise des serpillières et du scotch. Parfois, elle crache un peu de sang. Ils ne se parlent pas. Ils ne se sont pas fait de bisou, mais je crois qu'ils ont fait la paix.

Hier, au déjeuner, on a mangé des sandwichs. Au dîner, c'étaient des cornflakes, mais, au lieu du lait, moi j'ai mis de l'eau et eux de la bière. Maintenant il est presque midi et j'ai faim, je n'ai même pas pris mon petit déjeuner. Quand je le lui fais remarquer, la dame aux tatouages dit au monsieur aux piqûres de moustiques d'aller faire des courses, parce qu'il n'y a plus rien à manger dans la caravane. Avant de sortir, il enfile une sorte de veste militaire, même s'il fait très chaud et qu'il transpire. Quand il revient du supermarché, il a juste acheté du thon. Il a mis les boîtes dans toutes les poches de sa veste militaire. Bizarre. Quand je vais faire les courses avec papa, la caissière nous donne toujours un sac.

Il a acheté du lait, aussi, mais la dame aux tatouages me dit que j'en aurai ce soir, avant de me coucher.

— Il faut en mettre combien ?

— Aucune idée.

C'est l'heure de dormir. Ils ont rempli un verre de lait et ils discutent de combien de sucre il faut y ajouter. J'ai envie de dire au monsieur aux piqûres d'en mettre beaucoup, sinon ça n'a aucun goût. Mais ils ont juste un sachet, comme ceux qu'on trouve dans les bars. Il est en plastique transparent et le sucre est un peu marron. Peut-être du sucre de canne.

— Tu es sûre que ça va marcher ? Et si ça le rend malade ?

Je ne serai pas malade. À la maison, j'en mets *beauuuucoup* plus.

— Regarde comme il est petit. Cette dose agirait sur un cheval.

— Mais ensuite, y en aura plus pour nous.

— Tu préfères risquer à nouveau ta peau pour ce môme ?

Elle l'a convaincu : il verse tout, puis il touille avec une cuiller. Il tient une cigarette tordue entre ses lèvres. J'aurais bien aimé du cacao, avec le lait.

— Demain, tu passes le coup de fil. Tu demandes de l'argent, mais pas trop, sinon pour gagner du temps ils diront qu'ils ont besoin de passer à la banque. Il nous le faut tout de suite.

— Et s'ils demandent une preuve ?

— On a ses vêtements, non ?

— C'est vrai.

Je ne sais pas de quoi ils parlent et ça ne m'intéresse pas. Parfois, maman et papa parlent de sujets que je ne comprends pas. Des histoires de grands. Alors je fais semblant d'être invisible. Quand ils ont fini de parler, le monsieur aux piqûres et la dame aux tatouages se rappellent que j'existe. Ils m'apportent le verre.

— Bois tout, me dit la dame aux tatouages en me le tendant.

Mais moi, je ne veux pas. Je croise les bras et je boude.

— Je veux du cacao.

— Quoi ? s'énerve le monsieur aux piqûres. Maintenant tu bois ce lait, un point c'est tout !

Il jette son mégot.

— Bien sûr qu'il va le boire, dit la dame aux tatouages pour le calmer. Pas vrai, tu vas le boire ?

— Sans cacao, non.

Le monsieur aux piqûres donne un coup de pied dans la porte de la salle de bains de la caravane. Mais il a oublié qu'il était blessé à la jambe à cause des ciseaux et il se refait mal. Je me retiens de rire. Je ne veux pas de coup de poing dans la bouche.

— J'ai passé tout l'après-midi à creuser, maintenant tu vas boire !

Je ne sais pas ce qu'il a creusé et je m'en fiche. Sa femme lui fait signe de se taire. Puis elle s'agenouille devant moi et elle me sourit. Il lui manque une dent.

— Si tu bois le lait, tu vas bien dormir. Et demain matin, tu auras une belle surprise.

— Quelle surprise ?

Je me méfie. C'est sûrement un mensonge, comme pour le chiot. Je secoue la tête. Pas question. Alors la dame aux tatouages pose le verre sur la table.

— Dommage. Ça veut dire que tu sauras jamais.

Elle se relève et fait mine de partir, alors je tends la main et j'attrape le verre. Il est chaud, pas frais comme à la maison, parce qu'il n'y a pas de frigo dans la caravane. Mais ça vaut toujours mieux que l'eau que je bois ici. Ils ne me regardent pas, mais je sais qu'ils font semblant. Ils attendent de voir si je vais obéir. Je porte le verre à mes lèvres.

— Il y a quelqu'un ? crie une voix de femme à l'extérieur.

Le monsieur et la dame se regardent. Ils ont peur.

— Il y a quelqu'un ? répète la voix.

Alors ils jettent un coup d'œil par le hublot, et moi aussi. Dehors, au milieu du cercle de caravanes sans roues, il y a deux policiers. Un homme et une femme.

Ils ont dû arriver à pied parce que je ne vois pas leur voiture.

La dame aux tatouages me retire le verre des mains, puis elle parle tout bas au monsieur aux piqûres :

— Va voir ce qu'ils veulent.

Il acquiesce.

Elle me tire par le bras et me force à m'agenouiller.

— Tu parles pas, tu bouges pas.

Le monsieur aux piqûres sort de la caravane et se dirige vers les policiers. Ils discutent. D'ici, on n'entend pas ce qu'ils disent.

— Tu es allé faire des courses, aujourd'hui ? demande la policière.

— Je sais plus. Pourquoi ? répond le monsieur aux piqûres avec un rire nerveux.

Moi, j'imagine ses dents jaunes.

— Ah, tu ne sais plus, intervient le policier. Donc ce n'est pas toi qui as volé des boîtes de thon au supermarché d'Orbetello.

Je n'arrive pas à croire que le monsieur aux piqûres soit un voleur.

— J'en sais rien.

Menteur, en plus.

— Il y a quelqu'un avec toi, ici ? demande la policière.

— Non, je suis seul.

Encore un mensonge. Avec tous les gros mots et les carabistouilles d'aujourd'hui, il va prendre au moins mille ans de purgatoire !

— Et ta fiancée, qu'est-ce qu'elle est devenue ? demande le policier.

Alors le monsieur aux piqûres et la dame aux tatouages ne sont pas mariés. C'est nouveau.

— Cette salope m'a quitté, dit-il tout triste.

Mais je sais que ça aussi, c'est faux. Or on ne ment pas à la police. Je devrais peut-être dire que je suis là. Je n'ai plus envie de rester.

— Si ouvres ta grande gueule, me lance la dame aux tatouages à ce moment-là, ça va barder.

— Pourquoi ?

— Parce que les policiers vont t'arrêter.

— Je n'ai rien fait de mal, moi !

— Si… hier, tu es monté dans une voiture sans demander la permission à tes parents. Avec un inconnu, en plus.

C'est vrai. Papa et maman me répètent toujours de ne pas faire confiance aux inconnus.

— Il m'a promis qu'il allait me donner un chiot.

— Et alors ? Tu as désobéi, tu es un méchant garçon.

Je me tais. Elle a raison. J'ai envie de pleurer.

— On peut jeter un coup d'œil dans la caravane ? demande la policière. On trouvera peut-être une boîte de thon.

— Je vous en prie, dit le monsieur aux piqûres de moustiques sur les bras.

La dame aux tatouages vide le verre de lait dans l'évier. J'ai envie de lui demander pourquoi, et surtout si j'aurai ma surprise demain matin. Mais je me tais, parce que la policière a monté les marches, elle est juste derrière la porte. Elle la pousse, mais à ce moment-là on entend une radio qui grésille. Ils ont des talkies-walkies, comme à la télé.

— Il y a une bagarre devant un bar de Porto Santo Stefano, il faut y aller, indique le policier.

La policière regarde le monsieur aux piqûres d'un air sévère.

— Si on te chope à voler au supermarché, tu finis au trou !

Ils s'en vont.

Au bout d'un moment, la dame aux tatouages me fait sortir. Le monsieur aux piqûres s'assied par terre dans la poussière, au milieu du cercle de caravanes sans roues. Elle s'approche. Ils se font un câlin et se mettent à pleurer. Ils me font de la peine.

— Je veux plus de surprise demain matin, je leur dis.

Je vais m'allonger sur le banc de la caravane. J'ai sommeil, je veux juste dormir.

— On va s'arrêter là, annonce Gerber.

Cette fois, il interrompit lui-même le récit.

Eva obéit et se tut.

L'hypnotiseur la regarda. Il était assis sur le lit, à côté d'elle, mais il était comme paralysé. Il ne se décidait pas à la sortir de son état de transe.

*« J'ai passé tout l'après-midi à creuser, maintenant tu vas boire ! »*

Lui faire boire un verre de lait contenant une dose fatale d'héroïne était un piège cruel mais, dans le fond, plein de compassion. Au moins, il n'aurait pas souffert. Toutefois, la « dame aux tatouages » avait jeté le contenu du verre dans l'évier. Quel autre moyen ces deux voyous allaient-ils trouver pour se débarrasser de leur petit otage ? Le psychologue ne voulait pas le savoir.

Il se répétait que tout était inventé, mais il n'y croyait pas vraiment.

Que se passait-il ? D'où venait cette histoire ? Pourquoi n'arrivait-il pas à s'enlever de la tête que cet enfant pouvait être réel ?

Les synchronicités avec l'histoire de Zeno Zanussi pouvaient être considérées comme des coïncidences. Toutefois, Pietro Gerber ne pouvait pas se permettre d'ignorer ou de nier que le ton de ce récit lui était incroyablement familier.

La voix du narrateur ressemblait à celle de Zeno.

Or seuls ceux qui avaient connu le petit Batigol pouvaient le savoir. Seuls ceux qui avaient vécu à ses côtés pouvaient saisir le lien subtil qui reliait l'exposition des faits. Comme une note constante, un bruit de fond.

*Ou alors, je suis en train de devenir fou.*

En tant que psychologue, il ne pouvait pas exclure a priori d'être victime de suggestion. Mais il était convaincu que, même si la fillette était une excellente actrice, elle n'aurait jamais pu susciter en lui la même sensation d'intimité.

Simplement parce que Eva ne pouvait en aucun cas être consciente de ce que ressentait Gerber, à moins qu'elle ne lise dans ses pensées. Il s'agissait d'émotions anciennes qui, tels des sédiments, s'étaient accrochées à ses souvenirs et aux images imprimées dans sa mémoire.

Comment pouvait-on reproduire ou simuler quelque chose d'aussi personnel ?

C'était pour cela que l'hypnotiseur n'était pas encore

prêt à entendre le reste. *Demain*, se dit-il. Il inspira profondément.

— Maintenant on va compter jusqu'à dix, et tu pourras ouvrir les yeux.

## 14

Il avait croisé Mme Vannini en sortant de la chambre d'Eva. Elle l'avait dévisagé avec perplexité, s'interrogeant probablement sur les raisons de sa hâte.

Ou alors elle avait remarqué son air abattu.

La femme l'informa que Maja avait profité de la séance pour aller se promener.

— Dites-lui que je reviens demain, avait simplement répondu le psychologue avant de filer.

Il n'était pas d'humeur à voir Maja. Pourtant, en arrivant quelques heures plus tôt, il avait le projet d'offrir à la jeune femme le livre rare qu'il avait acheté pour elle. Il espérait profiter de sa stupeur et de ses joues rougies par l'émotion.

Sur la route du retour, le petit volume pourpre était toujours sur le siège passager de la Defender, aussi inutile que toutes les choses légères quand la vie est submergée par la réalité. Désormais, la futilité de ce cadeau lui semblait inappropriée. Il n'était pas là pour Maja, mais pour Eva. Comment avait-il pu l'oublier ?

En réalité, en cette douce soirée de février, Pietro Gerber était surtout en colère contre lui-même. Il cherchait des prétextes pour se flageller. L'enfant prisonnier dans l'histoire d'Eva ne pouvait pas être libéré, il n'avait aucun moyen de l'aider. Personne ne pouvait plus rien faire pour lui.

En supposant que cet enfant ait vraiment existé.

Soudain, ce détail lui sembla insignifiant, parce que les histoires qui concernent les enfants nous touchent en profondeur, même quand elles sont inventées.

*« J'ai passé tout l'après-midi à creuser, maintenant tu vas boire ! »*

La phrase du voyou lui résonnait dans la tête. Il voulait comprendre.

— Comment vas-tu, depuis tout ce temps ? s'exclama la voix qui provenait de son smartphone, posé sur le siège passager à côté du livre pour Maja.

— Je vais bien, répondit Gerber sans quitter la route des yeux. Et toi ? Gloria ? Les filles ?

— Tout se passe à merveille, merci.

Depuis des années, Iscio et lui s'appelaient pour se souhaiter la bonne année, guère plus. La dernière fois qu'ils s'étaient vus, c'était à l'enterrement de Monsieur B.

— Tu ne viens jamais nous voir à Milan, lui reprocha son cousin. Je ne sais pas combien de fois je t'ai invité.

Il s'occupait d'investissements en Bourse pour une banque d'affaires. Un destin que personne n'aurait imaginé quand ils étaient enfants. Petit, Iscio voulait devenir explorateur de volcans, et il en parlait avec tellement de conviction que Pietro était persuadé qu'il y parviendrait. Aujourd'hui, son travail sédentaire lui avait fait prendre une vingtaine de kilos et retiré une dizaine d'années d'espérance de vie : il paraissait bien plus vieux que Gerber, bien qu'ils aient quasiment le même âge.

— La raison de mon appel va te surprendre, commença le psychologue. Ce que je vais te demander n'a sans doute pas beaucoup de sens, mais j'ai besoin de savoir…

— Tu peux me demander ce que tu veux, Pietro, le rassura son cousin. Que se passe-t-il ?

— Est-ce qu'il t'arrive de repenser à l'été 1997 ? se lança-t-il.

S'il n'osait pas poser sa question, Iscio ne saurait jamais pourquoi il l'avait appelé.

— Ton chien était mort au printemps et tes parents t'avaient envoyé chez nous pour te distraire.

— Saturne, mon caniche, se rappela Iscio. Je l'avais oublié.

— Et il t'arrive de penser à Zeno Zanussi ?

Son cousin se tut quelques secondes avant de répondre :

— J'y pense chaque fois que mes filles s'éloignent de moi et que je ne les vois plus, admit-il en soupirant, comme s'il se libérait d'une peur qu'il n'avait jamais confiée à personne. Encore maintenant. Quand je les accompagne au lycée en voiture, quand je les laisse devant la salle de sport, je reste le plus longtemps possible pour les regarder s'éloigner. Quand on part en excursion ou qu'on va au restaurant avec des amis, une partie de moi se détache de la conversation, des rires, pour aller chercher Claudia et Federica. Personne ne s'en aperçoit. Et quand je les vois en train de s'amuser avec leurs amis, je me sens l'homme le plus chanceux du monde.

Gerber était certain que son cousin n'avait pas parlé à sa femme de son habitude irrationnelle : secrètement il se méfiait de tout, et cette impulsion était générée par une angoisse qui venait de loin. Une illusion de contrôle, parce que personne ne peut veiller chaque seconde. Pour le psychologue, en revanche, il était plus simple d'éviter de penser au pire, de ne pas s'imaginer de scénarios catastrophe, étant donné que Marco vivait à Livourne avec sa mère.

— Tu ne me demandes pas pourquoi je te pose cette question, après toutes ces années ?

— C'est vrai, nous n'en avons jamais parlé, admit son cousin. Mais je me moque de savoir pourquoi tu le fais aujourd'hui. Tu dois avoir tes raisons. Et surtout, je suis heureux que l'un d'entre nous ait enfin dit le nom de Zeno. Je sentais comme une sorte de tabou.

— Nous n'avons pas non plus reparlé de Deborah, d'Ettore, de Carletto, de Giovannone ni de Dante, répondit Pietro en dressant la liste de leurs amis de cet été maudit.

En les nommant, il voulait peut-être se pardonner d'avoir rayé le petit Batigol de la vie réelle, de l'avoir relégué dans l'espace de la mémoire réservé aux souvenirs qui doivent rester silencieux.

— Après ce qui est arrivé à Zeno, on a fait ce truc avec la radio, pendant un moment, se rappela Iscio.

— C'est vrai.

Son cousin faisait allusion à une idée d'un des membres du groupe : un jour, il avait affirmé avoir entendu dire que, sur certaines fréquences hertziennes, on pouvait écouter les voix de l'au-delà. Les sept enfants s'étaient regroupés autour du vieux transistor du salon de la villa des Gerber et ils avaient attendu un message qui n'était jamais arrivé. En secret, chacun d'entre eux espérait entendre la voix du petit Batigol.

Pietro n'avait pas oublié cette étrange expérimentation, mais il n'avait pas envie de revenir dessus. Pas maintenant. Il pensa à la voix que seule Eva entendait.

— Je me demande ce que sont devenus les autres, reprit son cousin, changeant de sujet. Toi qui retournes à Porto Ercole, tu as dû les croiser.

— Cela fait des années que je n'y suis pas allé.

— Des années ? s'étonna Iscio. Et Adele ? Qu'est-ce qu'elle est devenue, notre Adele ? Ce qu'on a pu la faire enrager… Elle n'est pas morte, au moins ?

— À ma connaissance, elle est en excellente santé. Elle vit dans une maison de retraite à l'Impruneta.

— Elle préparait les meilleurs goûters que j'ai jamais mangés.

— Pain, beurre et confiture, se souvint Gerber.

— Mais la plus grosse part était toujours pour Zeno, dit Iscio en s'assombrissant – le plus jeune de la bande était le préféré d'Adele.

— À ton avis, on aurait pu l'éviter ?

— Oui, répondit Iscio sans réfléchir.

— Surtout moi, avec ma jambe cassée. Je voyais le jardin d'en haut quand vous jouiez aux statuettes de cire, admit Pietro. J'aurais pu voir ce qui arrivait à Zeno, mais j'étais aveuglé par ma stupide jalousie, parce que vous vous amusiez très bien sans moi.

— Tu avais onze ans.

Cela ne faisait aucune différence. Les enfants pensent que les adultes sont meilleurs qu'eux et qu'en grandissant on devient plus sage, ou plus respectueux.

Mais personne ne change, avec les années : on apprend seulement à mieux cacher ses défauts.

Une voiture passa à côté de la sienne en klaxonnant.

— Tu es où ? Au volant ? s'enquit Iscio.

— Je rentre de San Gimignano. D'ailleurs, je suis presque arrivé, mentit Pietro.

— Alors je te laisse. Cela fait des lustres que je ne suis pas allé en Toscane. Merci pour le coup de fil.

— Merci à toi, dit Pietro Gerber avant de raccrocher.

Iscio avait envie de retourner sur les lieux de leur enfance. Ses paroles exprimaient la nostalgie et le regret. Comme si quelque chose le tenait à distance de l'endroit où il était né.

Le psychologue fut sorti de ses pensées par un panneau rouillé au bord de la route.

Il était presque arrivé. Le camping se trouvait un kilomètre plus loin, sur la droite.

# 15

Il avait effectué une rapide recherche en ligne avant de se rendre sur les lieux.

La mode des campings était passée, après leur âge d'or dans les années quatre-vingt. Depuis les années quatre-vingt-dix, on parlait de tourisme minoritaire et de formule sur le déclin. Pour cette raison, de nombreuses structures d'accueil de la région de l'Argentario s'étaient reconverties en clubs de plage ou bungalows pour vacanciers.

D'autres avaient définitivement fermé.

En théorie, le camping qui intéressait Gerber était déjà à l'abandon en 1997. Il se souvenait d'un établissement sur la route de l'Argentario. Quand Eva avait évoqué le vol de boîtes de thon dans un supermarché, commis par « le monsieur aux piqûres de moustiques sur les bras », il s'était souvenu du nom de la localité.

Il avait vu le portail de l'entrée sur Google Street View. Sur le panneau « CAMPING » placé à côté, il manquait le A et le G était à l'envers, ce qui pouvait correspondre au récit de l'enfant qu'entendait Eva.

Maintenant qu'il se trouvait devant cette inscription bancale, éclairée par les phares de sa Defender, le psychologue se demanda si ce qu'il faisait était raisonnable. Derrière les barreaux métalliques, une imposante barrière verte empêchait de voir ce qu'il restait de l'établissement touristique.

De toute façon, Gerber n'était pas certain d'être au bon endroit : l'ami imaginaire de la fillette n'avait pas fourni beaucoup d'indications, sa description sommaire aurait pu correspondre à des dizaines d'endroits similaires.

Toutefois, quelque chose le poussait à descendre de sa voiture pour aller voir. Dans le fond, il était venu jusqu'ici. Pourquoi s'arrêter maintenant ?

Il se laissa guider par sa curiosité.

Il coupa le moteur, sortit une lampe torche de la boîte à gants, puis il escalada le portail et se fraya un chemin dans la végétation. Plus il s'éloignait de la Defender, moins il se laissait la possibilité de changer d'avis.

Il suivit pendant quelques minutes une trace d'asphalte, probablement une ancienne allée, qui s'élargit soudain. Il balaya les alentours de sa lampe et découvrit qu'il se trouvait au centre d'un cercle de vieilles caravanes sans roues, calées par des blocs de béton.

Il prit la décision de toutes les inspecter, bien qu'ignorant ce qu'il cherchait. Des preuves, remontant à vingt-cinq ans, de quelque chose qui ne s'était probablement jamais passé ?

À l'intérieur, elles étaient toutes similaires. Même mobilier en formica, même disposition : la chambre à gauche, la salle de douche étroite et la petite cuisine au milieu. Il s'arrêta devant tous les bancs qui jouxtaient les tables repliables. Ils étaient tellement étroits et inconfortables que seul un très petit enfant aurait pu y dormir.

Les personnes qui avaient disposé ces habitations métalliques en cercle imaginaient sans doute créer une sorte de petit village. Gerber supposa qu'il s'agissait d'un refuge pour voyous et marginaux, alcooliques ou toxicomanes, qui s'adonnaient paisiblement à leur dépendance.

C'était assez courant, dans ce genre d'endroits abandonnés.

Après avoir visité la dernière caravane, il inspecta les environs. Il reconnut une ancienne piscine en forme de haricot : elle était recouverte de terre et on apercevait à peine le bord. Les cabines pour se changer étaient tombées les unes sur les autres, tels des dominos.

Cela rappela à Gerber l'endroit où l'enfant s'était caché pour échapper à la coupe de cheveux. Il ne savait pas si le récit d'Eva influençait sa perception de la réalité ou si c'était son esprit qui remodelait l'histoire en l'adaptant à la scénographie qu'il avait devant les yeux. Probablement les deux à la fois.

*« Immobilise-le ! Attrape-lui les jambes ! »*

Il aurait été stupéfiant de trouver, quelque part, les ciseaux rouillés, avec quelques résidus oxydés du sang du ravisseur.

Lassé de son imagination, Gerber prit la direction de la sortie.

Deux sifflements brefs.

Il s'arrêta et regarda autour de lui, effrayé. Il avait entendu exactement le même bruit la nuit où il avait retrouvé son stylo. Mais cette fois, il était beaucoup plus net.

Ce n'était pas un acouphène.

Cette fois non plus le sifflement ne se répéta pas, toutefois il lui avait semblé qu'il provenait de derrière les arbres, sur sa droite.

*La statuette de cire veut attirer mon attention*, pensa-t-il.

Cette considération irrationnelle aurait dû le pousser à tourner les talons et à prendre la fuite. Pourtant, quelque chose le poussait à suivre cet appel de l'obscurité.

« La curiosité des papillons de nuit », comme l'appelait Monsieur B.

Il avança vers le bosquet et remarqua une butte qui s'élevait au milieu d'une petite clairière. Il se trouvait exactement à mi-chemin entre le cercle de caravanes et la piscine. Il y était passé à l'aller, mais il ne l'avait pas remarquée. C'était comme si le terrain s'était soulevé. Il s'apprêta à en faire le tour.

À ce moment-là, ses pieds perdirent contact avec le sol. Sans comprendre comment cela était possible, Gerber fut aspiré vers le bas.

La même sensation que quand, âgé de onze ans, il était tombé du balcon de la villa de Porto Ercole. Le même vide dans le ventre. La même terreur. La même impuissance.

Quand ses Clarks touchèrent la terre, ses genoux se plièrent et il aurait fini la tête contre un rocher pointu s'il n'avait eu l'instinct de tendre les bras. Ses doigts s'enfoncèrent dans le sol. Il sentit la violence de l'impact dans tout son corps, comme une décharge électrique.

Il poussa un cri étouffé. La roche pointue était à quelques centimètres de sa figure.

Il était conscient et vivant. Son cœur ne s'était pas arrêté : heureusement, car cette fois Monsieur B. n'était pas dans les parages pour le réanimer.

Il espéra ne s'être rien cassé. Il savait d'expérience que la douleur, la vraie, arrive toujours après. Le souvenir de l'été avec la jambe cassée émergea en lui, et il pria pour ne pas ressentir le même ennui.

Il arrivait à bouger : c'était bon signe.

Il reprit son souffle et regarda en l'air. Il fut soulagé de voir le ciel étoilé. C'est alors qu'il remarqua son annulaire gauche, plié de façon tout sauf naturelle. L'os était probablement fracturé. Il grimaça de douleur, mais essaya de se concentrer sur les parois du gouffre qui l'avait englouti : elles mesuraient environ deux mètres de hauteur. Leur forme régulière indiquait qu'il ne s'agissait pas d'un éboulement. Ce trou était l'œuvre de quelqu'un.

*« J'ai passé tout l'après-midi à creuser, maintenant tu vas boire ! »*

Le monticule de terre à côté du trou indiquait même que quelqu'un avait creusé, mais n'avait pas rebouché.

Ils ne l'avaient donc pas tué.

Cette idée le fit retomber dans son erreur, considérer l'histoire d'Eva comme réaliste. Il tenta de retrouver la raison, toutefois il regrettait de n'avoir pas entendu la suite de l'histoire, qu'il avait renvoyée à la prochaine séance.

Il n'aurait pas su dire à quel moment la fosse avait été creusée. Il aurait sans doute pu le déduire de la couleur de la butte. Si le trou était récent, la terre aurait été plus foncée.

Pour le découvrir il devait sortir de là, mais cela n'allait pas être simple. Il ne distinguait pas de prises grâce auxquelles se hisser, parce que la torche, qui lui avait échappé des mains lors de sa chute, était restée à la surface.

Le rayon lumineux traversait l'embouchure en diagonale. Grâce au Ciel, elle fonctionnait encore.

Gerber tâtonna et repéra des racines sur une paroi. Avec sa main valide, il s'agrippa à celle qui lui parut la plus robuste. Mais d'abord, il en testa la résistance : il n'avait aucune envie de faire un deuxième vol plané. Il planta ses pieds dans le mur de terre, en espérant que ses Clarks ne le trahiraient pas, ce n'était pas le moment. Il chassa de sa tête l'image de lui-même, la jambe cassée, agonisant sans que personne puisse entendre ses cris. Il se hissa et regarda en haut.

Une ombre traversa très rapidement le rayon de lumière.

Pietro Gerber s'arrêta net. Il pensa à un sanglier ou un autre animal, mais il n'avait entendu aucun frottement, aucun bruit de broussailles au-dessus de lui. Avec la précipitation et l'inconscience qui caractérisent les hommes effrayés, il escalada la paroi devant lui. Il planta ses mains à l'extérieur du trou et enfonça ses doigts, y compris celui qui était fracturé. Ignorant la douleur, il se souleva sur ses coudes et se hissa au bord. Il regarda autour de lui, ne remarqua rien : ni animal, ni humain. Il n'avait plus qu'une hâte, quitter cet endroit au plus vite. Il courut jusqu'au portail et enjamba la barrière métallique. Il se heurta le genou.

Il monta dans sa Defender et tourna la clé de contact. Les phares éclairèrent à nouveau l'entrée du camping, l'inscription au A cassé. En nage, essoufflé, il croisa son reflet dans le rétroviseur. Son visage était recouvert d'un masque de terre.

Il aurait dû faire marche arrière et prendre la fuite, mais quelque chose le poussait à rester.

La main tremblante, il sortit de la poche de son trench boueux la carte mémoire qu'il avait cachée dans la boule à neige offerte à Eva. Il la regarda, puis il la rangea et démarra.

Le moment était venu de regarder enfin ce maudit enregistrement.

# 16

Son appartement était plongé dans l'obscurité et le froid. Il était tellement fatigué qu'il n'alluma aucune lumière et ne retira même pas son Burberry maculé de boue. Dans la pénombre, il traîna ses Clarks jusqu'à la cuisine, laissant des empreintes terreuses. Il sortit une petite bouteille d'eau du réfrigérateur et la vida d'une traite, pour chasser la poussière de sa gorge. Puis il ouvrit une deuxième bouteille, en but quelques gorgées, la referma et l'emporta au salon.

Il fouilla un tiroir et y trouva du gros scotch, dont il coupa une longue bande avec les dents qu'il enroula plusieurs fois autour des doigts de sa main gauche pour bloquer son annulaire, probablement cassé.

Il s'installa sur un canapé avec son ordinateur portable, glissa la carte mémoire dans la fente appropriée et attendit que la vidéo se lance. Sans quitter l'écran des yeux, il but encore un peu d'eau.

Bientôt, il vit la chambre d'Eva.

L'enregistrement, qui durait quelques heures, s'était interrompu quand la boule à neige avait volé en éclats, toutefois Gerber commença au début : sa première séance d'hypnose avec la fillette. Il la regarda du point de vue de la caméra, comme il faisait souvent avec les enfants qu'il recevait à son cabinet, parce que l'objectif captait parfois des détails qui lui avaient échappé, et le micro révélait des nuances dans le ton des petits patients en état de transe. Pourtant, cette fois il ne releva rien de significatif, par rapport à ce qu'il avait vu. Le récit de l'ami imaginaire d'Eva était tel qu'il s'en souvenait.

Toutefois, il était plus intéressé par la suite, la partie où Eva était seule dans sa chambre, entourée de son papier peint à marguerites.

Après son départ, la petite fille avait joué avec sa poupée comme si de rien n'était. Le soleil s'était couché, mais elle n'avait pas jugé nécessaire d'allumer. C'était Maja qui l'avait fait, quand elle était entrée avec le plateau du dîner préparé par Mme Vannini. Elle l'avait posé sur le bureau, à côté de l'ordinateur décoré d'autocollants de licornes. Puis elle s'était assise auprès d'Eva et elle lui avait tenu compagnie pendant que celle-ci mangeait une part de la *torta coi becchi* qu'eux-mêmes avaient savourée ensemble au clair de lune.

Jusque-là, la fillette ne s'était plus adressée à son ami imaginaire, ce qui était un élément important. En revanche, elle avait beaucoup parlé de Gerber : elle avait décrit le peu dont elle se souvenait de la séance d'hypnose, comme le lui avait rapporté Maja.

Après le dîner, la jeune femme et la petite fille étaient sorties ensemble du champ de la caméra, et le psychologue supposa qu'Eva était allée à la salle de bains pour se brosser les dents et se préparer pour la nuit. À leur retour, elle était en pyjama.

Pendant que cette scène se déroulait, lui-même était en bas, à la cuisine.

À l'écran, Maja et Eva s'allongèrent ensemble sur le lit à baldaquin, à la lumière de la lampe de chevet. La fillette avait la tête posée sur les jambes de la jeune femme, qui lui caressait les cheveux d'une main. De l'autre, elle tenait un livre. Eva écoutait l'histoire, une fable qui parlait de princesses et de dragons. Elle était préoccupée et mit un certain temps à s'endormir. Quand ses yeux se fermèrent, Maja arrêta la lecture. Elle reposa le livre, lui souleva délicatement la tête, la posa sur l'oreiller et glissa lentement du lit. Elle la borda, éteignit, puis elle descendit rejoindre Pietro Gerber.

Seule la lune éclairait la chambre, filtrant à travers les volets.

Eva dormit sans changer de position. La vidéo durait déjà depuis deux ou trois heures. Gerber accéléra jusqu'au moment où la fillette s'était réveillée. Maja avait parlé de 3 heures du matin. Elle se serait levée, dirigée vers l'étagère des peluches, et aurait jeté par terre la boule à neige qu'il lui avait offerte.

Plus le moment approchait, plus l'hypnotiseur était inquiet. Elle n'avait pas accusé son ami imaginaire : cela aurait été trop attendu. Elle espérait ainsi être plus crédible.

Le film continuait en mode accéléré, et Pietro Gerber se demandait quand il allait se passer quelque chose. Une minute avant les faits, il eut une intuition, mais c'était impossible car il refusait de croire qu'Eva dormait toujours sagement dans son lit.

Dix secondes avant l'heure fatidique, il remit la vitesse normale de lecture et il attendit.

Ce fut soudain. Il y eut un bruit, comme un coup sec. Eva était toujours dans le champ, puis la caméra tomba rapidement, comme si une force venue de nulle part l'avait violemment jetée par terre.

Pietro Gerber eut l'impression de voler en éclats, comme la boule à neige.

# 17

Pour rencontrer le professeur Benedetto Elleri, il suffisait d'aller aux urgences de Florence entre 5 et 6 heures du matin, n'importe lesquelles, et d'attendre.

En effet, chaque jour de l'année, le célèbre neuropsychiatre rendait visite à toutes les structures hospitalières dans le cadre de sa recherche, commencée de nombreuses années auparavant. Il se postait en observateur. Pour éviter que sa présence n'entrave le déroulement normal des activités, il profitait du changement de service des médecins et personnels infirmiers pour mener ses expérimentations le plus discrètement possible.

Il exploitait les quelques minutes où le mouvement ralentissait.

Pietro Gerber fut chanceux : il le trouva du premier coup, à l'hôpital Santa Maria Nuova.

Grâce à son doigt cassé, il fut enregistré à l'accueil, mais au lieu de se rendre au service d'orthopédie, il se faufila dans une des chambres inoccupées de l'unité de réanimation cardio-pulmonaire.

Il surprit Elleri en équilibre sur une chaise, un pied sur le dossier, en train d'essayer de relier un panneau avec une étoile verte dessinée dessus à la partie supérieure d'un des appareils de réanimation. D'autres panneaux semblables étaient étalés sur le lit vide, sous le scialytique éteint, en attendant d'être positionnés ; un cercle rouge, un 3 jaune, un Q orange, un point d'interrogation bleu. Elleri les transportait dans une vieille valise en plastique.

— Attendez, je vais vous aider, proposa Gerber.

Elleri se tourna vers l'inconnu qui lui tenait les jambes pour qu'il ne tombe pas. Il sourit avec gratitude.

— D'habitude on me laisse un escabeau, mais aujourd'hui je ne l'ai pas trouvé, se justifia-t-il avant de se remettre à l'ouvrage.

Ils avaient en commun leur allure négligée.

De prime abord, Elleri n'avait pas l'air d'un professeur mais d'un vieil homme à la barbe jaunie et hirsute, aux cheveux trop longs qui lui tombaient sur les épaules, aux vêtements froissés qui sentaient généralement le cigare et la transpiration. Ses collègues et ses étudiants à la faculté de médecine se moquaient de son aspect. Pourtant, Gerber savait par Monsieur B. que cet homme était détenteur d'un savoir unique, en plus de ses compétences rares dans le domaine des neurosciences.

— Passez-m'en un, dit-il en indiquant les panneaux à Gerber.

— Lequel ?

— Peu importe, ça ne fait aucune différence.

Le psychologue choisit le Q orange, qui fut placé au-dessus d'une armoire métallique contenant des médicaments, à deux mètres du sol. Le panneau était à plat.

— Voilà, annonça le professeur en descendant de sa chaise avec l'agilité d'un vieux chat.

Il se frotta les mains sur sa veste en tweed marron, puis dévisagea l'inconnu qui l'avait aidé.

— On s'est déjà rencontrés ?

— Je m'appelle Pietro Gerber, je suis psychologue pour enfants, spécialisé en hypnose. J'ai suivi vos cours dans le passé, c'est pour cela que je suis ici.

— Vous êtes certain que c'est moi que vous cherchez ? s'étonna le professeur, visiblement plus habitué à faire fuir les gens qu'à les intéresser.

— Sûr et certain. Je voudrais vous parler.

La matière de prédilection de Benedetto Elleri était la mort.

Quand Monsieur B. lui avait suggéré de suivre ses cours, il avait ajouté que le neuropsychiatre était une sorte de laissé-pour-compte de la communauté scientifique florentine. Il aurait pu poursuivre une carrière académique bien plus glorieuse, s'il avait choisi de se spécialiser dans une autre discipline.

« Je suis une sentinelle qui veille sur la frontière », aimait-il dire à ses étudiants qui, souvent, ne fréquentaient ses cours que pour le défier.

Sa crédibilité avait souffert de son obsession pour une chose insondable – on ne pouvait ni faire d'expérimentations, ni recueillir de témoignages. En effet, il était impossible de franchir plus d'une fois la frontière sur laquelle Elleri veillait. Pour la simple raison que personne n'en revenait pour le raconter.

— Vous savez que cet hôpital est un des plus anciens d'Europe ? lui demanda le vieux professeur pendant qu'ils se dirigeaient vers le cloître des Medicherie. Il a été construit au XIII$^{e}$ siècle, financé par

Folco Portinari, le père de la Beatrice célébrée par Dante. C'était un banquier, et comme beaucoup de ses semblables, à un moment de sa vie, il a senti le besoin de racheter son âme.

Bien sûr, Gerber connaissait déjà l'histoire de l'hôpital Santa Maria Nuova, toutefois il n'interrompit pas l'exposé d'Elleri, imaginant que l'homme avait peu d'occasions de parler. On racontait qu'il portait malheur.

— Au XVe siècle, les médecins les plus prometteurs de toute l'Europe venaient se former ici, affirma-t-il en glissant un cigare entre ses dents.

Quand il eut gagné la confiance de l'homme, Pietro Gerber se lança :

— Mon père était psychologue, lui aussi, c'est lui qui m'a encouragé à suivre vos cours. Il ne m'a jamais expliqué pourquoi, mais je pense que c'était lié au fait que quand j'étais petit mon cœur s'est arrêté pendant trente secondes, après une chute d'un balcon.

Elleri ralentit le pas et le dévisagea en se grattant la tête.

— Je parie que votre père et vous n'avez jamais parlé de ces trente secondes…

— J'ai perdu ma mère quand j'étais très jeune, nous évitions le sujet de la mort. Nous n'en avions pas peur, mais elle nous faisait trop penser à elle.

— Je comprends, répondit Elleri sur un ton dubitatif.

— Je peux vous demander pourquoi vos panneaux sont tournés vers le plafond ? reprit Gerber, qui faisait allusion aux étranges dessins qu'il l'avait aidé à placer dans la salle de réanimation.

— Cette pièce est l'endroit le plus proche de l'au-delà, affirma l'homme en s'asseyant sur un des murets du cloître, à côté d'une colonne, avant de retirer une chaussure pour se masser le pied, comme si c'était la chose la plus normale du monde. L'avantage, avec les patients qui ont un accident cardiovasculaire, c'est que souvent, quand les médecins les ramènent de l'abysse en faisant repartir leur cœur, l'état de conscience n'a pas eu le temps d'être compromis de façon irréversible. Ce qui signifie que leur souvenir de ce qui s'est passé est assez frais.

Le psychologue n'était pas d'accord. Il ne se rappelait rien de cette demi-minute où il était mort, à onze ans. Toutefois, il se tut.

— Les heures passant, la mémoire des patients se corrompt aussi à cause du choc, poursuivit le professeur en remettant sa chaussure. Bien sûr, je ne peux pas les interroger pendant le processus de réanimation. Alors j'ai trouvé le truc des panneaux avec des formes, lettres, symboles et numéros différents.

Mais Gerber ne comprenait toujours pas.

— Quel est le but de l'expérience ?

— La plupart de ceux qui réchappent de la mort décrivent plus ou moins la même chose, c'est incroyable, affirma Elleri. Le tunnel, la lumière intense, la sensation de bien-être, la vie entière qui défile devant les yeux comme un film en accéléré, l'impression d'être entourés de présences familières décédées longtemps auparavant, la rencontre avec une entité bienveillante, l'absence totale de douleur et de peur : autant d'éléments qu'on ne peut pas vérifier empiriquement mais qui pourraient avoir une explication scientifique. Par exemple, le tunnel de lumière serait une réaction du nerf optique qui s'éteint. L'état de bien-être est lié à la libération des endorphines, qui sont l'antidouleur naturellement présent dans notre cerveau. Et ainsi de suite…

— Rien de surnaturel, donc, conclut Gerber.

Elleri alluma son cigare.

— Toutefois, il y a un élément qui revient souvent dans ces récits, le seul sur lequel on peut réellement enquêter : l'expérience extracorporelle. Beaucoup de gens déclarent que, dans ces moments, ils pouvaient s'observer d'en haut. Non seulement ils se voyaient allongés sur leur lit d'hôpital, mais en plus ils étaient capables de décrire assez minutieusement l'aspect des médecins et des infirmières qu'ils n'avaient jamais vus avant, et même la procédure complexe de réanimation. Clairement, ceci peut être remis en cause, parce que le patient n'a généralement pas les yeux fermés et son audition continue de fonctionner, donc il est probable que le cerveau continue d'imaginer et d'élaborer des informations sur ce qui se passe autour de lui. Et puis, une simple perte de l'orientation, due à une carence en oxygène, fait croire au patient qu'il est en train de fluctuer au plafond.

— Ces panneaux ne peuvent être vus que d'en haut, poursuivit Gerber qui avait compris. Donc si ces personnes sont capables de dire ce qui y est dessiné, alors…

Il s'interrompit, émerveillé par la simplicité du stratagème, avant de demander :

— Combien de fois cela est-il arrivé ?

— Jamais, répondit Elleri. Et maintenant, dites-moi : que puis-je faire pour vous, docteur Gerber ?

Malgré sa déception, le psychologue lui expliqua ce qu'il se passait avec Eva.

Il partit des données cliniques, avec la description du trouble agoraphobe, puis il exposa sa crainte que l'isolement forcé ait favorisé l'incubation d'une seconde personnalité. Il dressa la liste de tous les éléments qui, à son avis, laissaient supposer une schizophrénie infantile. Après avoir clarifié tout cela, il relata le contenu des deux séances d'hypnose, en soulignant les étranges synchronicités entre l'histoire de l'ami imaginaire et la disparition de Zeno Zanussi, advenue vingt-cinq années plus tôt et jamais élucidée.

Il n'omit aucun des détails les plus gênants et inexplicables qui le concernaient directement : la lettre avec le mot « Arimo », le fait qu'Eva savait qu'il avait perdu puis retrouvé son stylo, la présence qu'il avait perçue dans le camping abandonné et, surtout, la scène enregistrée par la microcaméra, qui apportait la preuve que la fillette avait dit la vérité quand elle avait affirmé que ce n'était pas elle qui avait fait tomber la boule à neige de l'étagère.

— Donc maintenant vous vous demandez si cet enfant invisible est vraiment son camarade de jeu, conclut le neuropsychiatre. C'est compréhensible.

Il tira sur son cigare et se mit à réfléchir, enveloppé de fumée grise.

Gerber espérait ne pas être passé pour fou. Il craignit que, pendant ce silence prolongé, il ne cherche en réalité une excuse pour se débarrasser poliment de lui. Mais Elleri reprit la parole :

— Il y a deux réponses possibles, et donc deux

pistes à explorer. La première concerne le scientifique, donc vous, docteur Gerber : nous croyons en ce que nous avons besoin de croire… Selon cette interprétation, vous êtes victime de suggestion, mon ami, en lien avec des coïncidences avec votre vie privée et avec des faits non résolus du passé. Vous êtes trop engagé en tant que thérapeute et vous auriez donc le devoir de rompre immédiatement les contacts avec la patiente.

*Nous croyons en ce que nous avons besoin de croire*, se répéta le psychologue.

— C'est tout à fait sensé, dit-il.

— Bien, alors vous pouvez rentrer chez vous. Je suis heureux d'avoir pu vous aider, dit-il en se relevant.

— Attendez, le retint Gerber. Vous avez dit qu'il y avait deux réponses et deux pistes… Et la deuxième, alors ?

— Admettre qu'il existe deux pistes et deux réponses ne signifie pas qu'on est préparé à les accepter toutes les deux… C'est comme avec la mort : elle peut être la fin de tout ou le début d'autre chose, mais la plupart des gens préfèrent l'éviter, plutôt que savoir de quoi il s'agit.

— Je n'ai aucun problème à affronter une autre vérité, affirma Gerber. Expliquez-moi ce qu'il y a à savoir.

Elleri se rassit et parla calmement :

— La seconde piste est celle selon laquelle vous êtes en train de vivre une expérience unique et irrépétible, qui mérite un approfondissement soigné.

— Vous dites cela parce que c'est ce que vous faites tous les jours ? Approfondir ce que les autres ne veulent pas connaître ?

— Je ne sais pas si nous avons une âme, docteur Gerber. Et je ne suis pas un chasseur de fantômes, même si cette définition me plaît beaucoup. Pourtant, je suis convaincu qu'il y a quelque chose d'inexploré dans l'existence humaine et que les hommes ont le devoir de le chercher. Les animaux, par exemple, ne ressentent pas cette même exigence. Vous vous êtes déjà demandé pourquoi ?

— C'est peut-être une conséquence de l'évolution ?

— Ou c'est peut-être parce que quelque chose en plus est octroyé aux hommes, répondit le neuropsychiatre. Réfléchissez : que ferait un animal de l'au-delà ? Cela lui servirait simplement à continuer à faire ce qu'il fait déjà sur terre. En revanche, pour l'homme, cela représenterait un niveau supérieur de connaissance et une possibilité d'amélioration, ou bien de simple rédemption.

— Nous désirons tous une seconde vie pour corriger les erreurs de la précédente, convint l'hypnotiseur.

Les yeux d'Elleri brillaient, comme s'il était détenteur d'un précieux secret.

— Je suis convaincu que chacun d'entre nous sait déjà ce qu'il se passera après, docteur Gerber. Parce que chacun d'entre nous y est déjà allé.

— Que voulez-vous dire ?

— Peut-être que, pour trouver les réponses sur la mort, nous devrions remonter aux débuts de la vie…

— Je ne comprends pas.

— Vous avez des enfants, docteur ?

— Un. Il s'appelle Marco.

— Nous pensons que les nouveau-nés ou les bébés ne savent rien du monde et doivent tout apprendre de zéro, donc on leur apprend les choses et on observe leurs progrès… Mais avez-vous remarqué que les tout petits enfants ont des capacités qu'ils perdent ensuite en grandissant ? Par exemple, la plupart des nourrissons savent nager, et ensuite ils oublient.

— C'est vrai, constata le psychologue sans savoir où il voulait en venir.

— Et il y a sans doute eu des situations où votre fils vous a donné l'impression d'en savoir plus que vous, de posséder une sorte de connaissance ancestrale, qui est restée inexpliquée parce que Marco n'avait pas encore le don de la parole…

Pietro Gerber repensa à une visite à un spécialiste. Marco avait un an, il pleurait à chaudes larmes. Il était recouvert d'électrodes, à cause d'un soupçon de souffle au cœur. Silvia et lui essayaient de le rassurer même si, en tant que jeunes parents, ils étaient rongés par l'angoisse. Soudain son fils avait cessé de pleurer, il avait regardé un endroit vide de la pièce et il s'était mis à rire comme si quelqu'un lui faisait une grimace.

Exactement comme Eva, qui observait le petit fauteuil vide à côté de la grande armoire blanche de sa chambre. Avant cet instant, le psychologue n'avait jamais fait le parallèle entre les deux scènes.

Benedetto Elleri lut sur le visage de Gerber que celui-ci avait compris le sens de ses paroles, en faisant le lien avec un événement précis de sa vie.

— Si votre fils avait pu parler, il vous aurait probablement expliqué ce qui se passait. Plus grand, il a acquis le langage, mais il avait déjà oublié ce qu'il aurait pu révéler… La mémoire se consolide vers trois ans : tout ce qui a lieu avant est emmagasiné en tant qu'expérience, ou simple apprentissage, mais pas comme souvenir.

— Et donc tout cela concerne aussi Eva ?

— Vous essayez de la soigner. C'est peut-être là votre erreur : vous devriez faire autre chose.

— Quoi donc ?

— Écouter, affirma l'homme avec un grand sourire plein d'espoir. Il y a dans le monde des personnes magiques. Nous ne les voyons pas pour ce qu'elles sont réellement, souvent nous ne nous apercevons même pas de leur existence, ou alors nous les considérons comme inférieures. Alors nous nous adressons à elles avec compassion. Mais nous devrions être reconnaissants envers elles d'être parmi nous… Souvent, il s'agit d'enfants.

# 18

Après sa rencontre avec le neuropsychiatre, Gerber se précipita chez les Onegli Catelani pour mettre ses conseils en pratique au plus vite.

En plus, il avait une nouvelle idée pour la thérapie avec Eva.

Alors qu'il traversait les couloirs de l'immense maison, il fut attiré par le tintement du bracelet à porcs-épics de Mme Vannini, qui évoquait la clochette au cou d'un chat.

Toujours sobre et élégante en jean, chemise blanche et baskets, la femme polissait l'argenterie de l'un des salons, équipée de gants en coton et de produits spéciaux. Le psychologue jugeait absurde de devoir préserver de l'usure du temps des objets que plus personne n'utilisait.

— Que faites-vous ici à cette heure et que vous êtes-vous fait à la main ? l'apostropha-t-elle en indiquant son bandage de fortune.

— Un petit accident, minimisa-t-il. Je sais, j'aurais dû prévenir : je suis venu plus tôt pour éviter de rentrer à Florence en pleine nuit.

— Je comprends. Et puis, j'ai entendu la météo : ce soir ça va être la tempête.

Pour le moment, le soleil éclairait cette splendide matinée hivernale.

— Savez-vous où est Maja ?

— Elle est au téléphone avec son petit ami, affirma Mme Vannini. Il a un drôle de nom, c'est un Finlandais, lui aussi.

Gerber essaya de ne pas se décomposer.

— Ils se disputent depuis hier, ajouta malicieusement la femme.

La veille, il n'avait pas pris congé de Maja qui, aux dires de la gouvernante, était partie se promener. Peut-être voulait-elle être seule pour téléphoner.

L'existence d'un petit ami était un élément de plus qui questionnait la présence de Maja dans cette maison.

Ils entendirent alors les pas de la jeune femme, qui arriva dans leur dos. Elle portait une robe blanche et des chaussures vernies bordeaux.

— Bonjour, docteur, le salua-t-elle froidement.

— Je suis désolé de ne pas avoir prévenu.

— Aucun problème. Eva va être contente de vous voir.

Puis elle se désintéressa de sa présence et s'adressa à Mme Vannini pour organiser les repas du jour.

Il assista au dialogue. Devant la gouvernante, ils avaient repris un ton formel, sans doute pour éviter que celle-ci soit tentée de colporter des potins. Il n'imaginait pas avoir blessé Maja. Parfois, l'attitude de Silvia était indéchiffrable : il ne comprenait jamais quand elle lui en voulait ou quand elle était seulement de mauvaise humeur. Mais pourquoi comparait-il son ex-femme à cette jeune fille ? Avec cette dernière, il avait une relation professionnelle, se rappela-t-il.

— Venez, docteur, je vais vous accompagner auprès d'Eva, dit-elle enfin.

Son sourire était tiré. La conversation avec son petit ami finlandais avait dû être tendue. Pietro Gerber se demanda pourquoi elle ne l'avait jamais mentionné devant lui.

Ils montèrent.

— Hier je suis parti plus tôt, s'excusa-t-il.

Il voulait tester : allait-elle rester froide, même sans la présence de Mme Vannini ?

— Y a-t-il des nouveautés dont je devrais être mise au courant ?

Elle était donc fâchée contre lui : son ton sec était sans équivoque.

— Aucune, répondit-il.

Elle remarqua son bandage à la main mais ne fit aucun commentaire. L'indifférence de Maja le blessait.

— Eva est punie pour avoir cassé la boule à neige, l'informa-t-elle.

Il ne savait pas comment lui expliquer que la fillette n'y était pour rien. Toutefois, en plus de lui décrire la scène surréaliste de la boule qui tombait seule de l'étagère, il aurait dû lui révéler comment il s'était procuré ces images. Il aurait été trop compliqué de lui expliquer pourquoi il ne lui avait pas dit qu'une microcaméra y était cachée. Maja l'aurait interprété comme un signe de méfiance envers elle.

— Parfois, les enfants mentent pour se défendre.

Avant d'entrer dans la chambre d'Eva, la jeune

femme se tourna vers lui, comme si elle ne pouvait plus se retenir.

— Pourquoi tu ne m'as pas donné le livre ?

Il eut la vision du volume pourpre, toujours sur le siège passager de sa voiture. Il ne savait pas quoi dire.

— C'est un livre sur Cimabue, je suppose qu'il est pour moi, le pressa-t-elle.

Elle avait dû regarder par la vitre de la Defender.

— Je n'avais pas encore décidé si j'allais te l'offrir ou non, avoua-t-il en espérant que l'honnêteté paierait. C'était pour te remercier de la soirée et de la *torta coi becchi*, mais je ne voulais pas que mes intentions soient mal interprétées.

— Qu'est-ce que j'aurais dû mal interpréter ? demanda Maja, visiblement vexée.

— Rien. Je ne voulais pas que cela semble…

Il ne trouvait pas les mots. Sa tentative maladroite de sauver les meubles se retournait contre lui.

— Alors pourquoi en avoir parlé à Eva ?

Son sang se glaça, mais il la laissa poursuivre.

— Pourquoi lui raconter que tu m'avais acheté un livre, si tu n'avais pas l'intention de me le donner ?

Maja continua de se défouler, mais l'esprit de Gerber était ailleurs. Comment la fillette pouvait-elle savoir, pour ce livre ancien ? Elle ne sortait jamais de la maison : elle n'avait donc pas pu aller lorgner dans la Defender. Et puis, ils avaient passé l'après-midi ensemble.

— C'est Eva qui t'a dit que je lui en avais parlé ? Elle a employé précisément ces mots ?

— Elle m'a dit que tu avais apporté un livre pour moi, répondit-elle. Quelle différence cela fait-il ?

*La différence, c'est que ce n'est pas moi qui lui en ai parlé*, pensa Gerber. Mais il garda cette idée pour lui.

— Tu as raison, j'ai eu tort, s'excusa-t-il faussement.

La jeune femme se calma. Pietro, en revanche, était de plus en plus troublé.

— J'aurais besoin de contacter la mère d'Eva, s'il te plaît, déclara-t-il alors, bien conscient que la seule façon était d'envoyer un message à Beatrice Onegli Catelani et d'attendre qu'elle rappelle. Je fais toujours un entretien préliminaire avec les parents pour qu'ils me fournissent d'éventuels éléments utiles pour la thérapie.

Si tu veux connaître un enfant, tu dois connaître sa famille. Monsieur B. le répétait souvent.

— J'ai compris que le père d'Eva ne veut plus entendre parler de sa fille, poursuivit Gerber. Mais il n'est pas normal que je n'aie pas encore pu m'entretenir avec la mère.

Il essayait de ne pas heurter la sensibilité de la seule personne, avec lui et Mme Vannini, pour qui Eva avait une importance.

— D'accord, répondit Maja sur un ton à nouveau cordial. Je lui enverrai un message avec ton numéro de téléphone.

Gerber entra dans la chambre avec une sensation de malaise. *Ceci n'est pas ma place*, songea-t-il. Et la gaieté des marguerites du papier peint lui parut de nouveau insupportable.

Assise à son secrétaire, Eva dessinait. Un verre de lait et des vitamines étaient posés à côté d'elle.

— Je parie que tu ne m'attendais pas, commença-t-il avec un sourire forcé.

Il était venu en avance pour subvertir ses plans.

La fillette portait de nouveau sa robe noire et ses chaussons en velours rouge : elle se tourna vers lui, mais ne dit rien. Elle piochait ses crayons de couleur dans une boîte posée devant elle.

— Je peux ? demanda Gerber en s'approchant.

Eva acquiesça.

Il se posta à côté d'elle. Sur le dessin, Maja et lui se tenaient par la main. Il se demanda comment la petite fille avait eu cette idée, car ils n'avaient jamais été aussi intimes. *C'est son imagination*, pensa-t-il. Il est naturel qu'elle nous voie ainsi : nous sommes sa famille, en ce moment. Ses patients aux parents séparés faisaient la même chose : ils continuaient de dessiner papa et maman encore ensemble. Toutefois, plus que tout l'hypnotiseur fut frappé par les détails : les portraits étaient incroyablement fidèles. Elle avait non seulement un talent figuratif, mais aussi une incroyable capacité d'observation.

Gerber retira son imperméable et en sortit le métronome, ainsi qu'un paquet de cartes.

— Tu es prête à t'endormir une nouvelle fois ?

Eva remarqua les cartes dans sa main.

— Elles servent à quoi ?

— Je te le dirai très bientôt, dit-il avec un murmure empreint de magie.

# 19

Quinze minutes plus tard, les rideaux étaient tirés et Eva était allongée sur son lit à baldaquin, plongée dans un état de calme profond.

Gerber ne s'assit pas à côté d'elle. Il déambula dans la pièce sans faire de bruit ni interférer avec le battement du métronome.

— Salut, lança-t-il quand il se sentit prêt. Tu es ici, pas vrai ?

— Salut, répondit l'ami imaginaire avec la voix d'Eva. Hier tu es parti alors que je n'avais pas fini de te raconter mon histoire.

— Je sais. Mais il m'est assez difficile de croire que tu existes vraiment. À mon avis, tu es une invention d'Eva.

L'autre ne répondit pas.

— J'ai besoin d'une preuve, tu comprends ?

— Je t'en ai donné beaucoup, répondit l'enfant.

— C'est vrai, convint l'hypnotiseur en pensant au mot « Arimo », au stylo et au livre qu'il avait acheté pour l'offrir à Maja. Mais c'est toujours toi qui as choisi tes preuves. Et puis, tu refuses d'être décrit ou dessiné. Et tu ne veux pas me dire ton nom.

— Je ne sais plus comment je m'appelle !

Gerber ignora cette réponse pleine de colère et prit le jeu de cartes qu'il avait apporté.

— Ce sont des cartes spéciales, expliqua-t-il.

Le psychologue Karl Zener les avait créées dans les années trente. Il y en avait vingt-cinq, divisées en cinq groupes.

— Le Cercle, la Croix, le Carré, l'Étoile et la Vague, présenta Pietro.

Zener s'en servait pour tester les individus qui disaient posséder des dons de télépathie ou de voyance : il choisissait une carte et demandait au sujet ce qui y figurait. L'autre avait une chance sur cinq de deviner. Mais plus le jeu avançait, plus les chances de succès se réduisaient. Ce jeu était une expérimentation scientifique fondée sur la statistique. Gerber avait eu l'idée de le proposer à Eva en voyant les panneaux d'Elleri. Cela dit, l'hypnotiseur envisageait des règles simplifiées, adaptées à une enfant de dix ans.

— Alors, tu veux jouer avec moi ? demanda-t-il en battant les cartes.

Eva ne répondit pas, mais elle commençait à s'agiter.

Gerber tira une carte au hasard et la montra à la chaise vide à côté de la grande armoire blanche.

— Qu'y a-t-il dessus ?

La petite patiente avait les yeux fermés et de toute façon, de là où elle était, elle n'aurait pas pu distinguer la forme de la vague. La tension augmentait. Il tenait toujours la carte bien en vue, sans céder. Son but était d'énerver l'ami imaginaire. S'il faisait du mal à Eva quand il était contrarié, alors il allait révéler sa présence, d'une manière ou d'une autre.

— Aïe !

La fillette bougea son bras gauche, comme si elle avait reçu un coup.

Le psychologue posa la carte et s'approcha. Il souleva sa manche : une trace rouge était apparue sur sa peau blanche. Il avait imaginé assister à un acte d'auto-agression, mais ceci dépassait largement ses attentes.

Une réaction psychosomatique immédiate.

Cela se produisait quand une émotion refoulée trouvait une porte de sortie sur le corps du patient. Cela prenait souvent la forme de douleurs ou de difficultés respiratoires. Parfois du psoriasis ou, comme dans le cas d'Eva, un érythème pudique.

En psychiatrie, les cartes Zener étaient utilisées pour débusquer les fausses personnalités des schizophrènes. Toutefois, Gerber était à nouveau en proie au doute. Benedetto Elleri avait parlé de deux voies pour affronter ce cas. Il avait déjà exploré celle de la raison, sans succès. Il restait donc l'autre.

Écouter.

— Je ne suis pas certain de vouloir entendre la suite de ton histoire, affirma-t-il durement.

— Je vais lui refaire mal, menaça l'enfant imaginaire.

— Je ne dis pas que ça ne m'intéresse pas, se corrigea Gerber. C'est que je ne suis pas certain de pouvoir. C'est pour cela que je me suis enfui, hier.

La fillette fronça les sourcils.

— De quoi as-tu peur ?

— Je ne veux pas savoir ce que t'ont fait le monsieur aux piqûres de moustiques sur les bras et la dame aux tatouages, avoua Pietro, qui était sincère. Parce que tu es mort, pas vrai ? Sinon tu ne serais pas ici…

L'autre réfléchit avant de répondre. Ils n'avaient jamais abordé ce sujet. Dans le fond, l'intention d'Eva semblait être de faire croire à tout le monde qu'elle communiquait avec un enfant que personne d'autre n'entendait. C'était Gerber qui en avait tiré la conclusion que son ami imaginaire était mort, uniquement parce que Zeno Zanussi n'avait jamais été retrouvé.

Mais Eva n'avait jamais parlé de fantômes.

Et c'était justement le point qui faisait vaciller le psychologue : les personnalités multiples des schizophrènes étaient toujours vivantes.

— Tu peux partir, si tu veux, répondit l'enfant sur un ton calme.

— Tu as changé d'avis ? s'étonna Pietro Gerber.

— Si tu ne veux pas le savoir, alors je ne veux pas te le dire. Mais tu te trompes…

— En quoi est-ce que je me trompe ? demanda l'hypnotiseur.

— Ce ne sont pas eux qui m'ont fait mourir.

## 20

— T'avais raison, j'ai fait une bêtise.

— Oui, mais ça sert à rien de pleurnicher : il faut trouver une solution.

Ils parlent à voix basse. Moi, je suis bien sagement assis par terre dans la caravane, dans le noir. Le monsieur aux piqûres de moustiques et la dame aux tatouages sont dehors, ils boivent des canettes de bière et ils fument.

C'est comme si je n'étais pas là. Ils ne me surveillent même pas.

— Qu'est-ce qu'on peut faire ?

— Je sais pas, mais si les flics reviennent c'est la merde.

— Imagine : avec mon casier, j'en prendrai au moins pour vingt ans…

— Peut-être que tu devrais appeler l'avocat.

— Tu parles ! La première chose qu'il me demanderait, c'est si j'ai les sous pour le payer. Et je les trouve où, moi ? Et puis, il va pas se mouiller : si je lui raconte ce que j'ai fait, il me foutra dehors.

— Quand même, on lui a pas touché un cheveu, au gamin. Et c'est lui qui a voulu venir avec toi, il est monté dans la voiture, non ? Ils peuvent rien nous dire…

— On lui a même donné à manger.

Juste du thon. Des pâtes, jamais.

— Si on le laisse partir, il racontera tout et on se fera choper.

— Le truc bien, c'est que t'as pas appelé les parents pour leur demander des sous.

— Ils peuvent toujours dire qu'on est des pervers, qu'on l'a pris pour s'amuser avec lui.

Hier je voulais jouer à cache-cache mais ils n'ont pas voulu. Ils n'ont même pas de ballon. Comment c'est possible, de ne pas avoir de ballon ?

— Il faut qu'on trouve une idée, sinon ça va barder.

— Attends, j'en ai peut-être une…, suggère la dame aux tatouages.

— Quoi ? demande le monsieur aux piqûres de moustiques sur les bras.

Je crois qu'elle lui parle à l'oreille.

Le matin, je me réveille sur mon banc et je sens tout de suite qu'il y a un problème. Je me frotte les yeux, ils sont assis à la table et ils me regardent avec un drôle de sourire.

— Bonjour, tu as bien dormi ? me demanda la dame aux tatouages.

Elle n'a jamais été aussi gentille.

Pour le petit déjeuner, je vais sûrement avoir du thon. Hier ça ne me faisait pas envie, alors j'ai demandé du lait et des biscuits et la dame aux tatouages m'a donné des crackers et un verre d'eau.

Mais aujourd'hui, il y a une odeur que je connais.

Sur la table je vois un croissant et un verre en plastique rempli d'un liquide qui ressemble à du chocolat au lait. Le monsieur aux piqûres de moustiques est allé me les chercher au bar. J'en salive et j'entends mon ventre qui gargouille. J'ai très faim, mais je n'ai pas confiance. Qu'est-ce que ça cache ? Ils me font penser à papa et maman quand je dois aller chez le docteur. Papa m'achète des images de joueurs de foot et maman me prépare des lasagnes.

— Qu'est-ce qui se passe ? T'aimes pas ça ? demande le monsieur aux piqûres. Si t'en veux pas je le mange, hein ?

J'attrape le croissant avant qu'il me le vole et je mords dedans.

— Bravo !

Il sourit. Il a les dents jaunes. Il devrait peut-être se les brosser, de temps en temps.

Pendant que je mange, ils me parlent.

— Aujourd'hui c'est un jour spécial, annonce la dame aux tatouages. C'est le carnaval.

— L'été ?

— Oui, l'été, insiste le monsieur aux piqûres de moustiques. Tu aimes le carnaval, pas vrai ?

J'acquiesce. Drôle de question : bien sûr que j'aime le carnaval ! L'hiver, papa nous emmène à celui de Viareggio.

— En allant chercher ton petit déjeuner, j'ai vu ça, dit-il en me tendant un petit tract coloré avec un grand masque doré sous une pluie de confettis.

— Il y aura des chars ? je demande avant de boire une gorgée de chocolat au lait.

— Bien sûr, il y a un défilé au bord de la mer, avec des chars en carton-pâte qui viennent de toute la région, raconte la dame aux tatouages. Il y en a un énorme qui vient de Viareggio.

— Oui, de Viareggio, confirme le monsieur aux piqûres de moustiques.

J'aime bien les chars avec les personnages géants. Même leurs yeux bougent, c'est impressionnant. Et j'aime aussi la musique et les gens qui dansent en lançant des confettis. En fait, j'ai vraiment envie d'y aller !

— Alors on y va ?

J'espère qu'ils vont me dire oui.

— Bien sûr, répond le monsieur aux piqûres de moustiques.

— Maintenant ?

— Il fait trop chaud la journée, donc c'est le soir.

Je suis un peu déçu de devoir attendre.

— Et puis, à minuit, il y aura un feu d'artifice sur la mer, annonce la dame aux tatouages. Tu pourras manger des *cenci fritti* et des *frittelle di riso*[1].

— Je pourrai aussi avoir une glace à la vanille ?

— Bien sûr, affirme le monsieur aux piqûres de moustiques.

— Tout ce que tu voudras, promet la dame aux tatouages. Mais à une condition…

Je le savais. C'est une arnaque.

— Aujourd'hui tu devras faire tout ce qu'on te demandera.

---

1. Bugnes saupoudrées de sucre glace et beignets de riz au lait. *(Toutes les notes sont de la traductrice.)*

— *Tout*, répète le monsieur aux piqûres de moustiques en tendant la main pour que je la lui serre, comme font les grands.

Je réfléchis. Je ne sais pas ce qu'ils veulent, mais ici je m'ennuie à mort. Je m'essuie la bouche sur le bras, puis je serre sa main toute molle.

— D'accord. Je le jure.

*« Mai più chiasso né frastuono,*
*giuro giuro starò buono.*
*Non farò mai più capricci,*
*né pasticci, né bisticci.*
*E se il diavolo ballerino*
*poi ci mette lo zampino,*
*finirò dritto all'inferno*
*e lìballerò in eterno*[1]... »

— Je ne mettrai pas ça.

— Tu as promis de faire tout ce qu'on te demande.

— *Im-pos-sible.*

Maman dit que je suis une tête de mule.

— On a fait un pacte.

— Tant pis !

— Un pacte, c'est un pacte. On s'est même serré la main.

— Je ne mettrai pas une robe de fille. Non, non, et non !

---

1. Littéralement : « Plus jamais de tapage ni de vacarme, je jure je jure que je serai sage. Je ne ferai plus jamais de caprices, ni de bêtises, ni de disputes. Et si le diable danseur y met sa patte, je finirai droit en enfer, et là je danserai pour l'éternité… »

Ils veulent que je me déguise en princesse. Avec une jupe argentée. Jamais de la vie.

— Tu choisis : pas de robe, pas de carnaval !

— Pas de carnaval.

Ils s'éloignent pour parler, à voix basse.

— Qu'est-ce qui t'es passé par la tête ? Tu pouvais pas prendre un déguisement de garçon ?

— J'ai pas vraiment eu le choix : j'ai pris le premier que j'ai vu dans le magasin et j'ai filé. Et puis, en fait c'est mieux, comme ça on est sûrs que personne le reconnaîtra : il a même les cheveux assez longs pour passer pour une fille.

Je n'entends pas la suite, mais ils finissent par revenir.

— J'ai une idée, suggère la dame aux tatouages. Si on te donne aussi un masque à mettre sur ton visage, personne saura si t'es un garçon ou une fille.

— Qu'est-ce que ça change ?

Je ne comprends vraiment pas.

— Personne pourra se moquer de toi ! s'agace le monsieur aux piqûres de moustiques.

Je réfléchis.

— Je ne veux pas me séparer de mon t-shirt préféré.

— Tu l'enlèves juste pour ce soir, comme ça on le lave, et demain il sera tout propre.

— Bon, d'accord.

Le masque est un morceau de carton rouge où la dame aux tatouages a fait deux trous pour les yeux avec un couteau. Il n'est pas très beau, mais c'est mieux que rien.

Quand il fait noir, on monte dans la voiture bleue

déglinguée. Cette fois, je m'assois à l'arrière. On arrive à la mer. Ils avaient raison, c'est noir de monde. Beaucoup de gens sont déguisés, d'autres sont en maillot de bain. Le défilé a commencé, il y a des chars en carton-pâte. La musique est très forte, les gens dansent, ça sent les *cenci fritti* et les *frittelle di riso*.

Tout le monde s'amuse, sauf le monsieur aux piqûres de moustiques et la dame aux tatouages. Ils ne rigolent pas et ils regardent tout le temps autour d'eux.

— Par là, indique le monsieur aux piqûres de moustiques, assez fort pour couvrir la musique.

Il me prend par la main et m'entraîne vers une place au bord de la mer. La dame aux tatouages nous suit.

On s'arrête à côté d'un banc.

— Tu vois ce marchand de glaces ? demande le monsieur aux piqûres de moustiques en m'indiquant un camion avec un store vert et jaune et des petites tables devant. Va te chercher un cornet à la vanille.

Il fouille dans la poche de son jean et me donne mille lires.

— Vous ne voulez pas de glace, vous ?

Papa dit toujours que je dois être poli.

— On aime pas la glace, indique la dame aux tatouages.

À mon avis, elle est folle.

— On t'attend ici, elle précise en me poussant, avant de s'asseoir sur le banc.

Je ne suis jamais allé acheter une glace tout seul.

C'est à quelques mètres, mais j'ai l'impression de faire une chose de grand. Avec mille lires, ils me donnent une seule boule de vanille, j'en espérais deux. La glace coule, je la lèche mais elle me goutte quand même sur la main. Ils ne m'ont pas donné de serviette en papier.

Quand je reviens au banc, à la place du monsieur aux piqûres de moustiques et de la dame aux tatouages, il y a des amoureux qui s'embrassent avec la langue.

Où ils sont passés ? Je ne peux pas croire qu'ils m'ont laissé tout seul.

Maman me dit toujours que, si je me perds dans la foule, je dois rester immobile à un endroit et ne pas m'éloigner. Mais là, je ne suis pas perdu. C'est plutôt eux, qui sont perdus. Mais bon, je m'assois sur le banc et j'attends qu'ils reviennent me chercher.

Les personnes à côté de moi changent plusieurs fois, mais ils ne reviennent toujours pas. Personne ne me remarque. Personne ne me demande rien. Comme si j'étais invisible.

Avec la chaleur, ma robe de princesse me gratte et mon masque en carton est trempé de sueur. Je le retire, tant pis si quelqu'un voit que je suis un garçon en jupe. Je m'éloigne pour aller boire à la fontaine.

Pendant que je bois, je lève la tête et je vois un monsieur qui me regarde. Il est coiffé avec la raie sur le côté. Il a une chemise à carreaux bleus et verts, à manches courtes. Des lunettes et des sandales. Il s'habille comme mon papa. Lui aussi il est papa, il tient deux petites filles par la main, il leur a acheté des serpentins. Il y a une dame blonde avec eux, sans doute la maman.

Le monsieur à lunettes m'a vu, c'est la seule personne qui m'a remarqué, de toute la soirée. Mais il ne dit rien : il me regarde, c'est tout. Je n'ai pas l'impression de le connaître. Peut-être qu'il me connaît, lui. Mais ensuite, il s'éloigne avec la dame blonde et les deux petites filles.

Je reste seul. Qu'est-ce qui va se passer quand la fête finira ? Je vais dormir où, cette nuit ?

J'ai peur.

Les gens commencent à rentrer chez eux. La musique est plus basse, maintenant, les bars sont en train de ranger leurs tables. Il y a beaucoup de déchets par terre, des jeunes jouent au foot avec une canette. Même le marchand de glaces est en train de fermer. Je ne sais pas où aller.

Mais ensuite, je m'aperçois que le monsieur à lunettes est revenu. Il vient vers moi. Il est seul, maintenant.

Il me prend par la main. Avant de partir, il regarde autour de lui. Je ne lui demande rien, je le suis. Nous traversons la rue et nous arrivons sur un parking à moitié vide. Il sort une petite télécommande de sa poche, il appuie sur un bouton et les lumières d'une voiture s'allument. Il ouvre la portière arrière et me fait monter. Il y a encore les serpentins de ses filles sur la banquette, et aussi une poupée.

Le monsieur à lunettes s'assoit au volant, mais il n'allume pas le moteur. Il tend le bras pour prendre quelque chose dans la boîte à gants. Un papier. Il le regarde. Je le vois, moi aussi : il y a ma photo dessus. Je ne sais pas quand elle a été prise. Je souris et il me manque deux dents, comme maintenant, mais mes cheveux sont plus courts. Le monsieur à lunettes se tourne vers moi, puis il regarde le papier, puis de nouveau moi. Quand il est certain que c'est moi, il démarre.

Sous ma photo, il y a un numéro de téléphone.

On s'arrête à côté d'une cabine. Dans le ciel noir, il y a des éclairs. Le monsieur à lunettes descend en emportant le papier. Il laisse le moteur allumé. Il compose un numéro.

À mon avis personne ne répond, parce qu'il ne parle pas, et puis il raccroche.

Il remonte dans la voiture. Il ferme sa portière. Il regarde devant lui, les mains sur le volant. Il ne bouge pas. Je ne sais pas pourquoi il fait ça. On passe un bon moment comme ça, le moteur toujours allumé. Il se met à pleuvoir.

Finalement le monsieur à lunettes appuie sur l'accélérateur et on part, tout doucement. Il met les essuie-glaces en marche. Je ne sais pas où il m'emmène. Peut-être chez lui, où il y a la dame blonde et ses deux jolies petites filles. Ce serait fantastique de jouer avec elles. J'espère qu'elles ne se moqueront pas de ma robe de princesse.

Le monsieur à lunettes ne me parle toujours pas. Il ne me dit rien. Rien du tout.

# 21

Cette fois encore, Gerber avait interrompu la séance avec Eva. Elle commençait à montrer des signes d'impatience pendant la transe. Comme si elle résistait à quelqu'un ou à quelque chose qui essayait de la contrôler de l'intérieur.

Sa seconde personnalité ?

De nouveau, il avait quitté la maison sans saluer Maja. Mais il avait laissé le livre sur Cimabue bien en vue sur la table de la cuisine. Il n'avait pas mis de dédicace parce qu'il jugeait qu'écrire sur un livre ancien était un sacrilège. Il n'avait pas non plus laissé de petit mot, par crainte que Mme Vannini le lise.

Au volant de sa Defender, sur les routes du Chianti, sous un ciel noir, il essayait de remettre de l'ordre dans ce qu'il avait entendu pendant la séance d'hypnose.

L'ami imaginaire d'Eva avait introduit un nouveau personnage dans son récit. Le monsieur à lunettes ressemblait à un bon père de famille. Or quand les enfants décrivent les protagonistes de leurs propres peurs, ils imaginent généralement des monstres, pas des personnes normales.

Cet homme était inquiétant justement parce qu'il

semblait inoffensif. Il n'avait eu aucun geste violent, du moins pour le moment, mais on sentait une intention mauvaise dans ses actes.

Le psychologue était convaincu qu'Eva, à l'instar du petit héros de son histoire, ne saisissait pas l'ambiguïté menaçante de ce comportement ordinaire. Le fait que le monsieur à lunettes ait reconnu l'enfant au beau milieu du carnaval et que, sans rien dire à personne, il soit revenu après avoir raccompagné sa famille chez eux était d'une perversion qui dépassait la capacité imaginative de n'importe quel enfant.

Pietro s'interrogea, cette fois encore, sur l'origine de ce récit si précis. S'il n'était pas vrai, il en restait tout à fait vraisemblable, au point de le faire vaciller encore plus.

Aussi, en arrivant à Florence, il avait décidé de rendre visite à une personne. Cela n'allait pas être simple.

On n'accédait à la via dei Cimatori qu'à pied. Si on la remontait du côté du Palazzo Rinuccini, on passait devant un tripier, ce qui plongeait nécessairement dans les effluves de bouillon de *lampredotto*[1]. Toutefois, pour le moment il pleuvait à verse et l'odeur était neutralisée par celle de la pluie.

La rue était surtout célèbre pour ses boutiques historiques. Gerber s'arrêta devant l'une d'elles, s'abritant tant bien que mal sous son porche. L'eau coulait sur son visage et le long de son Burberry. À travers le rideau,

1. Il s'agit d'une caillette, l'une des quatre poches de l'estomac des bovins.

il apercevait le magasin de tissus, qui était resté identique et géré par la même famille depuis son ouverture dans les années cinquante.

L'enseigne au néon indiquait le nom de l'entreprise et son année de création. Les vitrines étaient éclairées par de petites appliques en laiton. À l'intérieur, on distinguait un homme en veste sombre et cravate rouge, qui se tenait derrière un long comptoir en bois. Des piles d'étoffes de toutes les textures et couleurs formaient une mosaïque harmonieuse derrière lui.

Il était presque 19 heures quand le dernier client s'en alla. L'enseigne s'éteignit, puis les lumières à l'intérieur. Avant que le propriétaire sorte baisser le rideau métallique, Gerber quitta le porche et se dirigea vers l'entrée.

Son arrivée fut annoncée par la clochette placée au-dessus de la porte. L'homme en veste sombre et cravate rouge était en train d'enrouler un coupon de laine et il s'apprêtait à lui dire que la boutique était fermée, mais il s'arrêta net.

— Comment vas-tu ? demanda Gerber en essayant de lui montrer que sa visite était amicale.

— Qu'est-ce que tu veux ? répliqua durement l'autre.

Ses cheveux grisonnaient sur les tempes et il avait pris quelques kilos, toutefois il ressemblait encore au petit garçon avec qui Gerber avait passé d'interminables journées de jeux, lors d'étés qui semblaient infinis.

— C'est normal que tu m'en veuilles encore, dit Pietro pour le calmer. Moi aussi j'aurais de la rancœur, si j'avais eu un petit frère et qu'il lui était arrivé ce qui est arrivé à Zeno.

— C'est justement le problème. Nous ne savons pas ce qu'il lui est arrivé.

— Je ne pensais pas que cela finirait ainsi. Franchement, je pensais que des réponses arriveraient, tôt ou tard.

— S'il était mort, avec le temps nous aurions trouvé un peu de paix, affirma Pietro Zanussi. Mais j'ai assisté au lent déclin de mes parents, qui se sont consumés dans l'espoir de savoir.

— Cela n'a pas dû être facile, concéda Gerber.

— En effet, répondit l'autre sur un ton glacial, avant de regarder autour de lui. Ce magasin a nourri deux familles : celle de mon grand-père et celle de mon père. Mais après les événements de Porto Ercole, les clients ont cessé de venir. Personne n'avait le courage d'affronter le regard de mes parents, personne ne savait quoi dire. Au moins, quand il y a un mort, on peut recourir à des phrases de circonstance, on s'en sort avec une banalité qui ne signifie rien d'autre que « je préfère que ça t'arrive à toi qu'à moi ». Mais il n'existe pas de phrases toutes faites quand un enfant de cinq ans disparaît.

— Il n'y en a pas, en effet.

— Au bout de dix ans, et contre l'avis de mon père, ma mère a demandé une déclaration judiciaire de décès au tribunal. Papa pensait qu'elle renoncerait, mais elle voulait une tombe sur laquelle se recueillir.

Il faisait allusion au faux enterrement de Zeno au cimetière des Porte Sante : au lieu du corps, on avait enseveli une petite malle remplie de souvenirs.

Gerber aurait dû être encore en colère contre Pietro Zanussi, à cause de l'interview qu'il avait donnée à ce moment-là au quotidien *La Nazione*. Il avait cité les noms de tous les membres de la bande de Porto Ercole, qu'il accusait d'être responsables de l'accident. Toutefois, cette attitude agressive avait cédé la place à une mélancolie douloureuse, et Pietro n'eut pas le cœur de s'acharner.

— Quand on se retrouvait pour jouer, Zeno nous enviait parce qu'il était trop petit et qu'il se sentait exclu, dit son vieil ami. Quand je suis sorti de la bande et qu'il y est entré, vous auriez dû tenir compte de son jeune âge.

— Deborah se chargeait de nous le rappeler, lui assura Gerber.

Elle avait toujours protégé le petit Zeno.

— Pourtant vous étiez là, l'après-midi où il a disparu. Vous jouiez à ce stupide jeu des statuettes de cire. Vous étiez sept. Toi, Iscio, Deborah, Ettore, Carletto, Giovannone et Dante, énuméra-t-il avec rage. Comment avez-vous pu ne vous apercevoir de rien ?

— Moi, je ne jouais pas, se défendit Gerber comme s'il avait onze ans.

L'autre laissa échapper un petit rire méprisant.

— C'est vrai, tu étais là-haut, sur le balcon, avec ta jambe plâtrée… Comment est-il possible que de là tu n'aies rien vu, rien entendu, rien remarqué ?

Il était absurde d'évoquer leurs comportements d'alors, de les charger du même sens ou de la même valeur qu'une conduite adulte. Malgré cela, tous les choix de ce maudit après-midi de juillet, même celui de se cacher derrière un buisson ou dans la cabane à outils pour échapper aux statuettes de cire, avaient lourdement pesé sur l'avenir.

Dans tous les cas, Pietro n'était pas venu ressasser les erreurs du passé.

— Il y a une chose que je voudrais savoir, dit-il. Juste après la disparition de Zeno, est-ce que ta famille a fait imprimer des tracts avec son visage et un numéro de téléphone ?

— On a fait installer une deuxième ligne exprès pour cela, confirma l'autre. Et alors ?

— Qui répondait à ce numéro ?

— Un répondeur téléphonique. Mon père avait enregistré une annonce où il invitait quiconque avait des informations à nous laisser un message.

Gerber était venu à cause de l'appel muet de l'homme aux lunettes.

— Est-ce que vous avez conservé les messages de ce répondeur ?

— Pourquoi tu me demandes ça ?

Pietro Gerber avait beaucoup réfléchi avant de franchir le seuil de cette boutique, mais il n'avait pas trouvé de réponse convaincante à cette question, qu'il redoutait.

— Je ne peux pas en parler, répondit-il en espérant que cela suffirait.

Il aurait pu invoquer le secret professionnel, mais à quoi cela aurait-il servi ?

Son vieil ami secoua la tête, incrédule.

— C'est le comble : tu viens remuer les souvenirs et tu ne prends même pas la peine d'inventer une bonne excuse !

— Tu as raison. Je préférais ne pas te mentir.

— C'est très gentil, merci, ironisa l'autre.

— Je ne veux pas créer de faux espoirs, esquiva Gerber. Si je te disais que cette information pourrait aider une petite fille, cela te suffirait ?

L'autre se tut.

— Ma petite patiente s'est créé un ami imaginaire, poursuivit Gerber, conscient qu'il avait ouvert une faille dans l'obstination de son ami. Pour le rendre crédible à mes yeux, elle a inventé une histoire sur lui, probablement à partir de ce qu'elle a pu lire en ligne sur Zeno… Et elle n'aurait pu faire aucun lien entre moi et les événements de 1997 si elle n'avait pas lu mon nom dans cette fameuse interview.

Il était conscient que cette dernière phrase sonnait comme une accusation. Toutefois, il n'avait pas le choix.

Pietro Zanussi se raidit, puis sourit méchamment.

— J'ai entendu que tu n'avais pas la grande forme, docteur Gerber.

— S'il te plaît, insista Pietro, ignorant la provocation.

— Va-t'en. Je ne veux plus parler de cela avec toi.

C'était l'issue que Pietro Gerber redoutait. Il joua le tout pour le tout.

— Je suis désolé d'avoir débarqué ici et d'avoir sorti cette histoire du placard. Je sais que ça ne fait aucune différence, mais je n'ai pas oublié Zeno.

— Ça ne fait aucune différence, en effet.

Gerber se dirigea vers la sortie. Les semelles de ses Clarks mouillées grinçaient à chaque pas. Il s'arrêta devant la porte et, de dos, se mit à réciter :

— *Mai più chiasso né frastuono, giuro giuro starò buono. Non farò mai più capricci, né pasticci, né bisticci. E se il diavolo ballerino poi ci mette lo zampino…*

— *Finirò dritto all'inferno e lì ballerò in eterno...*, acheva pour lui le grand frère de Zeno. C'était notre comptine.

Pour une raison inexplicable, Eva la connaissait aussi, même si c'était son ami imaginaire qui l'avait chantée. La comptine et le tract avec la photo et le numéro de téléphone : encore des synchronicités avec l'histoire de Batigol.

— Je conserve absolument tout de cette période, admit Pietro Zanussi. Y compris les enregistrements de ce fichu répondeur téléphonique.

# 22

Il baissa le rideau métallique et ils montèrent ensemble au petit appartement au-dessus du magasin. On y accédait par la porte jouxtant la vitrine.

Gerber comprit vite que Pietro Zanussi vivait seul. Il ne lui posa aucune question à ce sujet.

Il y avait un lit simple fait au carré, une petite cuisine spartiate et une salle de bains sans fenêtre. Un vieux fauteuil était placé devant le téléviseur. Un ordinateur était posé sur un bureau en métal, des classeurs alignés sur des étagères au-dessus.

Gerber s'arrêta net.

Devant lui, un mur était entièrement recouvert de coupures de journaux, positionnées autour d'une carte du promontoire de l'Argentario, où son vieil ami avait aussi planté des petits drapeaux, probablement pour délimiter la zone où Zeno avait été cherché.

— Tu veux un café ? proposa l'hôte.

— Oui, merci, répondit Pietro sans quitter cette œuvre des yeux.

Dans un coin, il aperçut de grosses chaussures pleines de boue et un bâton de marche, seuls éléments détonnant dans cet appartement si ordonné.

— Il y a eu beaucoup de failles, dans l'enquête de l'été 1997, affirma Pietro Zanussi. Pour commencer, la police a été appelée trois heures après la disparition de Zeno. Tu trouves ça normal ?

En effet, c'était absurde.

— Je m'en souviens, répondit Gerber. Nous, les enfants, on a tout de suite prévenu qu'on ne trouvait pas Zeno, mais au début les adultes étaient convaincus qu'il restait caché pour gagner la partie… Les heures passant, ils ont compris qu'il y avait un problème, mais personne ne se décidait à appeler la police. C'est incroyable quand on y pense.

Après avoir été réveillés de leur sieste, les adultes du voisinage, en maillot de bain et claquettes de plage, avaient appelé Zeno un peu partout, mais sans grande conviction. Ils étaient persuadés que tout allait rentrer dans l'ordre. S'il était déjà arrivé qu'un enfant disparaisse dans la campagne ou sur la plage, il avait toujours été retrouvé. Dans ce quartier résidentiel, tout le monde se connaissait et on refusait de penser au pire. Ou bien, simplement, ils agissaient ainsi parce qu'ils étaient en vacances.

— Même papa et maman n'ont pas jugé nécessaire de s'alarmer, dit Pietro Zanussi en mettant le café dans la moka. Mes parents étaient hébétés. À l'époque, je ne comprenais pas pourquoi. Moi, j'étais terrorisé.

Dans ce genre de situation, l'esprit peut tromper la panique, ou bien refuser l'explication la plus funeste. En tant que psychologue, Pietro Gerber était souvent confronté à des parents qui niaient sans raison le diagnostic posé sur leur enfant.

Toutefois, le fait d'avoir tardé à appeler les secours avait coûté cher au petit Batigol.

— Je me souviens que ton père était le plus anxieux de tous, affirma son ami en posant la cafetière sur le feu.

En effet, Monsieur B. avait compris avant les autres la gravité de la situation. Il essayait de transmettre son appréhension, mais personne ne l'écoutait.

En attendant que le café soit prêt, Pietro Zanussi sortit un classeur de l'étagère au-dessus du bureau.

— À propos, dit-il en l'ouvrant, ceci est le résultat d'années de messages sur le répondeur téléphonique.

L'étui en plastique bleu contenait une dizaine de cassettes audio, parfaitement rangées.

— Je n'ai conservé que les messages les plus significatifs, bien sûr. Le tract était une idée de mon père : il voulait se sentir utile, peut-être pour sortir de son inertie. Les premières semaines, on avait des centaines de signalements par jour. On les transmettait à la police, mais ils n'avaient pas le temps de tout passer au crible. Il y a eu beaucoup de mythomanes, ou de gens qui voulaient faire un canular.

Gerber ne comprenait pas comment on pouvait s'amuser de la disparition d'un enfant de cinq ans.

— En plus, les gens multipliaient les signalements d'enfants portant le maillot numéro neuf de la Fiorentina.

En effet, Batistuta était tellement populaire qu'il n'aurait pu en être autrement. Le footballeur argentin était une idole.

— La police allait vérifier, et la plupart du temps

l'enfant ne correspondait pas à la description de Zeno. Même l'âge différait.

— Vous avez dû recevoir aussi beaucoup de demandes de rançon, supposa le psychologue.

— De simples témoins qui chassaient les récompenses, ou bien des gens qui prétendaient savoir quelque chose et voulaient nous vendre l'information : ils ont inventé de tout pour nous soutirer de l'argent. Pour assurer leur crédibilité, certains nous envoyaient des maillots de foot comme preuve : on a dû en recevoir une cinquantaine. Parfois, papa payait, avoua Pietro Zanussi, l'air encore plus sombre. C'étaient évidemment des arnaques, mais c'était plus fort que lui, il ne pouvait pas rester sans rien faire. Payer une prétendue rançon était comme acheter un petit espoir, même s'il le savait faux. Ou bien un peu de paix, une petite trêve dans l'angoisse qui ne le quittait jamais.

Gerber ne pouvait qu'imaginer le drame de ce père. Les parents de Zeno étaient tous les deux morts jeunes.

— Je suppose que beaucoup de gens ont appelé le répondeur sans laisser de message, affirma Pietro.

Comme le monsieur à lunettes dans la cabine téléphonique.

— C'est drôle que tu dises ça, commenta Pietro Zanussi avec étonnement.

Il indiqua sur une étagère un téléphone fixe blanc et bleu ciel à touches, un modèle très courant des années quatre-vingt-dix. Il était relié à un répondeur à l'ancienne, qui contenait une petite cassette audio.

— Au fil des ans, il y a eu toute une série de versions possibles sur la mort de mon frère, expliqua-t-il. Au début, les journaux soutenaient la thèse du monstre et ils ont convaincu tout le monde. La police a suivi cette piste pour ne pas se mettre à dos l'opinion publique, mais avec le temps d'autres hypothèses ont vu le jour, moins prisées des médias mais tout aussi probables. Par exemple, la possibilité que Zeno soit tombé dans la mer, peut-être du promontoire, en atterrissant sur les rochers. Ou bien qu'il se soit perdu dans la forêt de l'Argentario, qu'il y soit mort et que son cadavre ait été dévoré par les sangliers.

Le regard de Gerber se posa sur les chaussures boueuses et le bâton de marche. Pietro Zanussi cherchait toujours son frère. Il l'imagina, pendant ses jours de congé, en train de fouiller seul ces lieux inaccessibles, espérant trouver un lambeau de tissu, une chaussure ou, hypothèse plus macabre, des restes humains.

Toutes les alternatives citées par son ami impliquaient que l'enfant était mort. C'était bien naturel.

— Après tout ce temps, la version la plus plausible me semble tout de même celle de l'enlèvement, reprit Pietro Zanussi.

— Pourquoi ?

— Je n'ai aucune preuve à l'appui, mais c'est une sensation qui s'est renforcée avec les années. Cet après-midi-là, quelqu'un a enlevé Zeno.

Le psychologue repensa au monsieur aux piqûres de moustiques sur les bras et à sa complice couverte de tatouages. Toutefois, il n'avait pas l'impression que Pietro Zanussi imaginait deux voyous comme eux. Que savait-il ou croyait-il savoir ?

— Quelqu'un a fait quelque chose à mon frère,

quelque chose de moche. Zeno est mort, j'en suis certain.

Gerber pensa à l'homme à lunettes.

— Et je suis certain que le coupable est toujours là, quelque part, poursuivit-il, la voix plus faible, le regard dans le vide. Il vit avec son terrible secret depuis vingt-cinq ans. Il a tranquillement continué sa vie. Mais je suis sûr que parfois il est curieux de savoir si quelque chose a changé… Alors il vient m'espionner. Oui, il m'observe en cachette.

Pietro Zanussi regarda Gerber qui, soudain, se sentit pris à parti. Lui aussi avait épié son ami, posté devant sa boutique, un peu plus tôt.

— Peut-être qu'un jour il aura le courage de sortir de l'ombre…

Le psychologue ne savait pas quoi répondre. L'autre éclata de rire.

— Je n'imagine pas une seule seconde que c'est toi ! Tu étais trop petit, et puis tu avais l'alibi de ta jambe dans le plâtre.

Un instant, Pietro Gerber avait craint que Pietro Zanussi le croie coupable. D'ailleurs, il n'était pas certain de la lucidité de son ex-compagnon de jeu. Il poussa un soupir de soulagement et regarda la cassette glissée dans le répondeur.

— Si l'existence de ce ravisseur est une sensation, alors qu'est-ce que tu veux me faire écouter ?

— Je l'appelle l'homme silencieux.

*« Le monsieur à lunettes ne me parle toujours pas. Il ne me dit rien. Rien du tout. »*

Gerber eut la chair de poule. Au moment où son vieil

ami allait appuyer sur le bouton pour démarrer la lecture, la cafetière posée sur le feu se mit à gargouiller.

— Attends, dit alors Pietro Zanussi, le café est prêt.

Il se dirigea vers la cuisine sans ajouter un mot.

# 23

Deux tasses sales sur le bureau. Il avait cessé de pleuvoir mais le ciel du soir était encore couvert.

Gerber était debout au centre de la pièce, Pietro Zanussi adossé au mur.

— Tu avais raison : il y a eu beaucoup d'appels muets sur le répondeur, au fil des années. La plupart étaient des curieux qui téléphonaient après avoir lu le numéro sur le tract : ils écoutaient le message de papa et raccrochaient… Mais il y avait tout de même des bizarreries : chaque été, le jour anniversaire de la disparition de mon frère, quelqu'un composait le numéro et se taisait. Parfois quelques secondes, parfois pendant une minute entière.

Pietro Zanussi démarra la lecture. En réalité, il s'agissait d'un ensemble confus de bruits de fond, qui donnaient clairement une ambiance. Néanmoins, on ne pouvait pas comprendre d'où appelait la personne, ni même si elle était dehors ou à l'intérieur.

Toutefois, en tendant l'oreille, on percevait la respiration de l'homme silencieux. Lente, régulière, imperturbable. La respiration d'un homme qui gardait le contrôle de lui-même et de la situation. Une épreuve de force, et aussi un message d'intimidation.

Ne me cherchez pas.

L'enregistrement s'interrompit.

— Chaque année, c'est la même chose, expliqua Pietro Zanussi à Gerber. Nous nous en sommes aperçus parce que, avec le temps, les gens ont oublié Zeno et ont cessé de laisser des messages. Mais pas le mystérieux auteur de ces appels : il était le seul à se souvenir de nous, il maintenait une sorte de tradition, dit-il avec amertume. Alors, même si au bout d'un moment cela n'avait plus aucun sens de conserver cette ligne téléphonique, j'ai décidé de ne pas la résilier, précisa-t-il en soulevant le combiné pour montrer qu'elle était encore active. Mais cela fait sept ans qu'il n'a pas appelé.

— Et toi, tu l'attends encore ? demanda Gerber avec étonnement.

— Peut-être qu'un jour il aura à nouveau envie, qui sait ? Dans tous les cas, ce que tu viens d'entendre est son dernier appel.

— À ton avis, pourquoi il le faisait et pourquoi il a arrêté ?

— Je pense qu'il voulait nous faire savoir qu'il existe vraiment, en chair et en os, et n'est pas seulement le fruit de nos pires peurs. Je crois qu'il se nourrit de la douleur des autres, qu'elle lui procure du plaisir, en un sens.

Grâce à ses études de psychologie, Pietro Gerber savait que son ami avait vu juste. S'il existait réellement un ravisseur, il était probable qu'il s'agisse d'un sadique qui aimait revivre dans sa tête son expérience avec Zeno. Pour réitérer la sensation de danger, d'invincibilité, l'excitation. Le plus efficace pour cela était de tourmenter cette famille déjà rudement éprouvée.

— D'accord, mais pourquoi avoir arrêté ? s'interrogea Gerber.

— Ce coup de téléphone annuel n'était peut-être qu'un test, pour savoir s'il serait à nouveau recherché. Comme cela n'arrivait pas, il a fini par se sentir suffisamment certain de son invisibilité et de son impunité. Alors il a arrêté, de but en blanc. Ou peut-être que ce salaud a crevé, qui sait.

— Mais toi, tu ne penses pas qu'il est mort, n'est-ce pas ? l'interpella Gerber, qui sentait qu'il y avait autre chose.

Pietro Zanussi ne répondit pas, mais il alluma son ordinateur.

— J'ai créé un site internet, dit-il. En apparence, il sert à conserver la mémoire de Zeno : j'y ai mis le compte rendu de l'affaire, mais aussi des photos de lui, ses chansons préférées, des éléments sur la Fiorentina dans les années quatre-vingt-dix et tout ce qu'il aimait, y compris la recette de la *pappa al pomodoro,* la soupe à la tomate de maman qu'il adorait.

— Tu as dit « en apparence », remarqua Gerber. Alors à quoi il sert, réellement ?

Pietro Zanussi cliqua sur une sous-section d'un menu bien caché sur le site.

— À ça ! annonça-t-il.

Gerber se pencha sur l'écran. Il vit une liste des dernières fois où Zeno avait été vu avec quelqu'un, avec chaque fois les nom et prénom du témoin oculaire. Elles racontaient la vie de Zeno ce dernier dimanche de juillet 1997 : le moment où il avait été réveillé par sa mère, le petit déjeuner en famille, les heures sur la plage, le moment où il était allé, seul, acheter le pain et une revue pour lui. La chronologie des événements s'achevait dans le jardin de la villa de Porto Ercole pendant le jeu des statuettes de cire.

À côté de l'horaire, il y avait le nom de Pietro Gerber.

— Il m'a semblé évident que, du balcon, tu avais été le dernier à voir Zeno avant sa disparition, expliqua son ami.

C'était probablement vrai. Pietro Gerber n'y avait jamais pensé et cela le fit vaciller.

*Le dernier*, se répéta-t-il, incrédule.

Mais son ami oublia vite ce détail, car il voulait lui montrer autre chose.

— Il y a désormais très peu de visiteurs, sur ce site. Je le sais parce qu'il y a un compteur. Je ne peux pas remonter à leur identité, mais il me suffit de savoir que quelqu'un vient… Et je suis convaincu que le ravisseur fait partie des visiteurs habituels et que, régulièrement, il vient voir cette page pour savoir si on a trouvé un signalement, si quelqu'un s'est souvenu de quelque chose, vingt-cinq ans plus tard… Peut-être qu'il la consulte par superstition, ou alors parce qu'il est conscient que l'enlèvement d'un enfant en plein jour ne peut pas passer totalement inaperçu.

Les témoins tardifs de crimes ne sont pas un phénomène rare. Il leur faut du temps pour relier une bizarrerie ou une anomalie à laquelle ils ont assisté dans le passé à un fait divers irrésolu. Il faut des années à leur inconscient pour élaborer l'évidence, même la plus banale.

Parce que, la plupart du temps, la nature humaine n'est pas malicieuse, disait Monsieur B. en rappelant l'histoire d'une femme qui, en route pour son propre mariage, avait remarqué un véhicule arrêté à un feu rouge dont le conducteur était couvert de sang. Obnubilée par l'émotion de ce jour spécial, elle n'avait pas donné de poids à la chose. Mais à l'occasion de ses noces de cristal, en feuilletant l'album photo de la fête, le souvenir était revenu. Grâce à elle, on avait pu capturer un criminel qui avait échappé à la justice pendant quinze ans.

— Peut-être qu'on peut le trouver, affirma Gerber – si le ravisseur existait vraiment et s'il surveillait le site, comme le soutenait Pietro Zanussi. Mais cette fois, je voudrais que tu me fasses confiance et que tu ne poses aucune question.

Cette tentative était fondée sur le récit de la seconde personnalité d'une fillette de dix ans. Toutefois, comme l'avait laissé entendre le professeur Elleri, parfois il faut se fier à l'inconnu.

— Qu'est-ce que je dois faire ? demanda son vieil ami, acceptant le pacte.

Gerber avait vérifié : quelques jours après la disparition de Zeno en 1997, il y avait en effet eu un carnaval sur le front de mer à Marina di Pisa, avec des chars venus de toute la région. Cela avait été la première et unique édition estivale de l'événement.

Pietro Zanussi ne posa aucune question, il se contenta d'ajouter un signalement anonyme et un horaire pendant la soirée.

— S'il se sent menacé, il trouvera le moyen de

réapparaître, affirma Gerber en regardant le répondeur téléphonique.

— S'il donne des nouvelles, je te préviens, promit l'autre.

# 24

— Toujours aucune trace de votre ancienne patiente.

— Je ne vous appelle pas au sujet d'Hanna Hall, précisa Gerber. J'ai besoin de retracer plusieurs personnes.

— Dans quel but ? demanda Calindri, agacé.

— Des retrouvailles.

— Il y a les réseaux sociaux pour cela, non ?

— J'ai besoin de leurs numéros de portable.

Pietro Gerber était certain que le détective privé avait le moyen de se procurer ce genre d'informations auprès des compagnies de téléphonie.

— Cela va vous coûter plus cher, clarifia l'homme.

— D'accord. Je vous envoie les noms par SMS.

L'homme à la montre à gousset raccrocha sans saluer.

— J'espère qu'il n'est pas trop tard…

— Pas du tout, j'étais en train de coucher Eva.

— Je voulais te prévenir que je ne viendrai pas faire de séance demain.

— Que se passe-t-il ?

— Un rendez-vous de longue date, mentit-il.

Maja se tut. Elle se demandait s'il disait la vérité.

— Merci pour le livre, reprit-elle. Même si j'espérais que tu me le donnerais en personne.

— Je ne suis pas très fort pour ces choses-là. Et sinon, je voulais te prévenir d'une chose… je crois que Mme Vannini écoute tes conversations téléphoniques en cachette.

— Je vais faire attention, merci, dit seulement la jeune femme, sans évoquer son petit ami.

Il aurait préféré qu'elle le fasse pour en avoir le cœur net.

— Comment va Eva ? demanda-t-il pour changer de sujet.

— Elle a été agitée aujourd'hui. Je l'ai entendue parler à voix haute et, quand je suis entrée dans sa chambre, elle s'adressait encore à ce satané fauteuil vide.

La situation se détériorait rapidement.

— Tu as pu te mettre en contact avec la mère ?

— Je lui ai envoyé un message avec ton numéro, comme convenu.

— Elle ne m'a pas encore appelé.

— Je suis certaine qu'elle le fera.

— Je t'appelle demain pour savoir comment ça va.

— D'accord, bonne nuit.

— Bonne nuit.

La conversation avait duré moins longtemps que Gerber ne l'aurait souhaité. Mais surtout, il avait senti une distance entre eux.

— Je ne peux pas quitter Milan en plein milieu de la semaine.

— Je te demande une journée.

— Comment je fais pour mon travail ? Je ne

peux pas tout lâcher du jour au lendemain, j'ai des responsabilités.

— Je croyais que tu étais un gros bonnet ! le provoqua Gerber. C'est toi qui décides, non ?

— Un *énorme* bonnet, ironisa Iscio en retour. Et puis, qu'est-ce que je dirais à Gloria ?

— Tu expliqueras à ta femme que ton cousin te réclame à Florence. Tu peux aussi lui dire que je suis à l'article de la mort : elle ne pourra pas t'empêcher de venir.

— Idiot.

— J'ai vraiment besoin de toi.

— Je ne sais pas…

— Cela ne peut pas se faire sans toi.

— Et les autres ?

— Ils viendront.

— Tu es sûr ? demanda Iscio, sceptique.

— On le lui doit tous.

Pietro n'eut pas besoin de spécifier envers qui ils avaient une dette.

À l'autre bout du fil, son cousin soupira.

— D'accord, concéda-t-il enfin. Je ne sais pas ce que tu as en tête, mais je vais faire en sorte d'être là.

Pietro Gerber n'aurait pas pu être plus satisfait. Toujours assis sur son canapé, il tenait dans ses mains le carnet noir consacré à Eva et son stylo. Il relut la page où il avait noté les synchronicités entre l'affaire de Zeno et le récit de son ami imaginaire, puis il ajouta :

*Homme silencieux.*

La définition de Pietro Zanussi s'accordait avec la caractéristique principale du monsieur à lunettes qui avait emmené l'enfant déguisé en princesse pendant le carnaval d'été.

Par ailleurs, les deux hommes silencieux avaient appelé le numéro figurant sur le tract : une coïncidence éclatante.

L'un des deux avait continué à téléphoner à chaque anniversaire de la disparition.

*Jusqu'à sept ans auparavant.*

Le psychologue nota également cette donnée, en se demandant une fois encore pourquoi l'appeleur mystérieux avait soudain arrêté. La page du site internet où figuraient les signalements du petit Batigol suffirait-elle pour résoudre son dilemme entre réalité et invention ? Si l'homme silencieux se manifestait à nouveau, même par un simple appel sur la ligne du répondeur, alors cela signifiait que l'épisode du carnaval avait vraiment eu lieu et qu'Eva était crédible.

*« Ou peut-être que ce salaud a crevé, qui sait »*, avait dit Pietro Zanussi.

Dans ce cas, il n'y aurait aucune confirmation.

Gerber savait à quel point il est dangereux de suivre ses propres suggestions. En outre, chercher des preuves pour réfuter ou confirmer le récit d'Eva n'était pas la meilleure manière de l'aider.

Toutefois, il était trop impliqué personnellement. La situation le plongeait dans le doute. Il avait du mal à l'admettre, mais une partie de lui désirait fortement que tout soit vrai : si c'était le cas, il aurait eu des réponses aux interrogations qui le déchiraient depuis vingt-cinq ans.

Qu'était-il arrivé à Zeno Zanussi ?

Il aurait aimé offrir au grand frère de son jeune ami une vérité libératoire, bien que tardive. Mais Gerber avait conscience qu'il le faisait aussi pour Monsieur B. : son père aurait été fier de lui, s'il avait résolu un mystère qui avait causé autant de douleur.

Toutefois, Monsieur B. n'était plus. Gerber ne supportait pas son souvenir, à cause de tout ce qui était arrivé après sa mort, pourtant il ne pouvait pas s'empêcher de se confronter à ce qu'aurait dit ou pensé son père s'il avait été en vie.

Il y avait aussi une autre raison, pour laquelle le psychologue espérait qu'Eva était sincère.

*« Il m'a semblé évident que, du balcon, tu avais été le dernier à voir Zeno avant sa disparition. »*

La phrase de Pietro Zanussi avait alourdi son sentiment de culpabilité. Paradoxalement, si la fillette de dix ans avait réellement été en contact avec le petit Batigol, il n'aurait plus cette primauté.

Il chassa cette pensée, dont il se repentait. Il était un professionnel de santé, il ne devait pas l'oublier.

À ce moment-là son portable vibra, annonçant l'arrivée d'un SMS. Il était 22 heures.

Gerber découvrit une liste de noms et de numéros de téléphone.

Iscio avait juré qu'il viendrait, mais il n'allait pas être simple de convaincre les autres membres de la bande de Porto Ercole de participer aux retrouvailles.

D'abord, parce qu'ils ne s'étaient pas revus depuis le jour du faux enterrement de Zeno. Le jour où chacun d'entre eux avait déposé quelque chose dans la malle à souvenirs.

Ensuite parce que, pour atteindre son objectif, il allait devoir les berner.

# 25

Il avait réservé une table pour sept à la terrasse couverte du Pellicano. Il s'était assuré qu'ils seraient les seuls clients à occuper cette partie du restaurant. Il espérait que la vue sur la mer hivernale, l'excellent poisson et le bon vin l'aideraient à se faire pardonner de leur avoir tendu un piège.

Pour l'occasion, il s'était rendu présentable : il s'était taillé la barbe et il avait proprement bandé son annulaire fracturé.

Ettore se présenta le premier. Petit, il avait l'habitude de prendre des pentes très raides à vélo et, fidèle à son tempérament téméraire, il arriva à moto. Pietro n'avait eu aucun mal à le convaincre mais, comme les autres, il pensait qu'il s'agissait d'un déjeuner à deux.

— Qui attendons-nous ? demanda-t-il en posant son casque et ses gants sur une chaise.

C'est alors que Carletto fit son entrée. Il était désormais le professeur Carlo Bonini, enseignant à la faculté d'ingénierie aérospatiale de Pise, grâce à sa mère qui, dans son enfance, lui imposait des devoirs l'été.

Les deux amis se reconnurent sans hésiter, et ne se plaignirent pas de la ruse de Gerber.

Au téléphone, Giovannone avait toujours la voix joyeuse et le rire franc. Vingt-cinq ans plus tard, il avait doublé de volume, mais cela était compensé par sa taille, qui lui donnait des airs de géant sympathique. Il était vendeur de voitures d'occasions et l'idée du Pellicano l'avait immédiatement séduit.

Dante était devenu avocat en droit des assurances. Ses clients ignoraient sans doute que, petit, il détruisait tous les objets qui lui passaient entre les mains, juste pour voir comment ils étaient faits à l'intérieur.

Les deux derniers arrivés ne trouvèrent rien non plus à redire sur la rencontre surprise. Ils trouvèrent sympathique l'idée de reconstituer la bande, après tant de temps.

Personne ne soupçonnait qu'ils étaient réunis pour une raison précise.

Iscio tint parole, il arriva de Milan vers midi et demi. Pour commencer, il serra longuement Pietro dans ses bras. Après des années ponctuées uniquement de quelques appels audio ou vidéo, ce dernier aima ce moment : il était précieux d'avoir un cousin qui, jusqu'à l'adolescence, avait été comme un frère.

Deborah arriva la dernière. Elle était la seule à avoir subodoré une intention cachée. En effet, mi-sérieuse, mi-facétieuse, elle lança de but en blanc :

— J'espérais ne jamais revoir vos sales têtes, qui ne me rappellent que de mauvais souvenirs !

Elle les embrassa un à un. Elle était plus belle que jamais. À quatorze ans, elle avait laissé Gerber lui toucher les seins pendant une minute entière : il ne l'avait pas oublié. Aujourd'hui, elle gérait une agence immobilière avec son mari, avec qui elle avait trois enfants.

Ce déjeuner leur permit d'évoquer leurs aventures estivales à Porto Ercole et de se mettre au courant de leurs vies. Hormis Carletto, ils s'étaient tous mariés au moins une fois et ils avaient mis au monde des héritiers, sauf Ettore, qui imaginait tout de même avoir semé un paquet d'enfants illégitimes au fil des ans.

Le temps passa entre vin blanc, rires et souvenirs. Personne ne nomma Zeno Zanussi. Toutefois, son fantôme planait sur eux : ils évitaient soigneusement la moindre allusion à 1997.

C'était comme s'il n'y avait pas eu d'été, cette année-là.

Pietro Gerber estima que ce déjeuner allait lui coûter les yeux de la tête et que, si la conversation restait superficielle, ce ne serait pas un investissement rentable.

Après avoir commandé les cafés, il se leva et tapa sa cuiller contre son verre. Seul Iscio savait ce qu'il allait proposer, et il avait promis de le soutenir en cas de besoin.

— Je vous remercie d'être venus et d'avoir mangé à mes frais, affirma-t-il, suscitant quelques rires. Toutefois, je ne vous ai pas réunis uniquement pour vous embrasser à nouveau après tout ce temps, ni pour vérifier à quel point nous avons vieilli.

Autres rires. Il marqua une pause.

— La raison principale, c'est que l'été prochain cela fera… vingt-cinq ans.

— Moi, je m'arrêterais là, l'interrompit Deborah, soudain très raide. Je ne gâcherais pas cette belle journée.

Les autres ne semblaient pas non plus apprécier les mots de Gerber mais il poursuivit, imperturbable :

— Ce n'est pas facile pour moi non plus, croyez-moi. Je ne sais pas comment vos vies sont désormais, mais moi, j'ai toujours traîné une sorte d'ombre.

— Que nous reproches-tu exactement ? l'attaqua Dante. Tu penses être meilleur que moi parce que j'ai réussi à laisser derrière moi quelque chose qui ne dépendait pas de ma volonté ?

— C'est là que tu te trompes, répondit le psychologue. D'une certaine façon, cette histoire nous concerne tous.

— Si j'avais su que tu voulais organiser une sorte de thérapie de groupe, je ne serais pas venu, ajouta l'avocat en secouant la tête.

— Dante a raison, renchérit Ettore.

— Attends, tu ne comprends pas..., tenta Gerber.

— Qu'est-ce qu'il y a à comprendre ? lança Deborah avec dureté.

— Je suis allé voir Pietro Zanussi, raconta l'hypnotiseur. Il habite seul un appartement au-dessus de la boutique de ses parents et il cherche encore Zeno dans les forêts de l'Argentario. Sa vie a été bouleversée par cet événement.

— Ne pas se résigner, c'est un choix, remarqua cyniquement Giovannone. Personne ne l'a obligé à se consumer dans le souvenir de son frère.

— Je crois que Giovannone veut dire que nous avons tous des deuils à faire, corrigea Carletto, et que pour autant nous ne sommes pas obligés de nous renfermer sur nous-mêmes, de nous couper du monde.

— Tu as raison, mais Zeno n'est pas mort.

L'assemblée fut secouée. Gerber lut sur l'effroi sur leurs visages.

— Tu penses vraiment qu'il est vivant, quelque part ? demanda Carletto avec un mélange de reproche et de compassion.

— Je ne pense pas qu'il est vivant, spécifia Pietro. Je sais que c'est improbable. Vous ne voulez vraiment pas savoir si c'était un accident, une fatalité ou s'il y avait quelqu'un derrière ? Vous ne vous sentiriez pas mieux, en connaissant la vérité ?

— Par exemple en découvrant qu'il a été la victime d'un pervers ? Non merci, s'agaça Deborah.

— Quoi qu'il lui soit arrivé, Zeno était seul, reprit Pietro. Nous aurions dû veiller sur lui.

— Pourquoi ? lança Dante.

— Parce que sa famille savait qu'il était avec nous.

— Nous étions des enfants, objecta Ettore.

— Nous étions responsables de sa sécurité, rétorqua Gerber. Pas seulement parce qu'il était le plus jeune. Nous devions tous veiller les uns sur les autres. Si à l'époque l'un de nous avait eu besoin d'aide, il savait qu'il pouvait compter sur ses amis… non ?

— Pietro a raison, intervint Iscio. Si moi, ou vous, avions été en danger, sur qui aurions-nous compté ?

— Sur ceux qui étaient là, dit Deborah. Sur ceux qui étaient là.

C'était le nœud du problème.

— Pas sur nos parents, mais sur nos copains, lui donna raison Giovannone.

Ils se sentaient soudain coupables, Gerber le comprit à leurs regards défaits. Ils n'avaient plus envie de lui répondre.

— Qu'est-ce que tu proposes de faire, vingt-cinq ans plus tard ? demanda Dante. Comment tu penses remédier à ce problème ?

— Je ne peux pas. Aucun d'entre nous ne le peut. La seule chose envisageable, c'est de mettre en commun nos souvenirs pour vérifier qu'il n'a rien manqué à la reconstitution des faits, l'été 1997.

— La police nous a interrogés un à un, rappela Carletto. Ça a duré des jours et des jours.

Il était le plus fragile et le moins sûr de lui. Toutefois ces procédures les avaient tous traumatisés.

— Les flics nous ont mis sous pression, se rappela rageusement Ettore. Malgré notre âge et ce que nous ressentions. Juste parce qu'ils ne s'en sortaient pas. Alors pourquoi nos souvenirs seraient-ils plus précis aujourd'hui qu'à l'époque ? Cela n'a aucun sens…

— Ils nous traitaient comme si nous l'avions fait disparaître, l'appuya Deborah. Et les gens nous regardaient comme si nous aurions dû avoir honte de quelque chose, vous l'aviez oublié ?

— Impossible de l'oublier, s'en mêla Dante. Mes parents m'adressaient à peine la parole parce qu'ils jugeaient que je les avais couverts de déshonneur.

— Même si tout le monde parlait d'un monstre, plus personne ne croyait en nous, fit remarquer Giovannone.

— Sans personne à accuser, c'était nous, le monstre, approuva Gerber.

— Pas toi, le reprit durement Dante. Toi, tu étais insoupçonnable parce que tu étais resté sur ce putain de balcon à cause de ta jambe dans le plâtre.

Deux semaines plus tôt, j'étais mort pendant trente secondes, aurait-il voulu répondre. Il avait mérité son alibi. Pourtant, il se sentait aussi coupable qu'eux. Mais il se tut, pour ne pas rentrer dans un jeu infantile.

En attendant, la conversation prenait une tournure périlleuse, et cela ne promettait rien de bon.

— Bon, maintenant on va se calmer.

Iscio s'était levé et tendait les bras de façon presque œcuménique, pour apaiser les âmes.

— Moi, je crois qu'on devrait au moins écouter l'idée de Pietro…

— C'est vrai, qu'est-ce que tu proposes ? le provoqua Dante. Allez, c'est quoi, cette idée qui lavera nos consciences ?

Gerber prit une grande inspiration.

— C'est vrai : il y a vingt-cinq ans, ils ont écouté nos témoignages, mais personne ne nous a demandé de faire la chose la plus naturelle…

— Quoi donc ? insista Deborah.

La partie la plus difficile arrivait.

— Un jeu.

Les autres le regardèrent, ahuris, mais il maintint son cap.

— Je vous propose de retourner dans le jardin de la villa et de refaire le jeu des statuettes de cire.

# 26

Il avait trouvé difficile, lui aussi, de revenir après si longtemps.

Rouvrir la vieille maison. Être submergé par des souvenirs d'enfance qui semblaient l'attendre, tapis dans la pénombre des volets fermés, avec la poussière et l'odeur de moisissure. Traverser la cuisine qu'Adele emplissait des arômes de ses délicieuses recettes. Monter à l'étage. Passer devant la porte fermée de la chambre de Monsieur B. et devant celle de la chambre lilas, où se trouvait la collection de flacons de parfum de sa mère, essences de spectres.

Derrière ce meuble, il y avait le balcon dont il était tombé.

Toutefois, le plus difficile dans l'absolu fut d'entrer dans sa chambre d'enfant, parce que c'est dans cette pièce qu'il prit conscience du passé. Jusque-là, ce n'était qu'un film nostalgique de sa mémoire. Quand il y entra, tout sembla petit et terne. Mais les meubles et objets qui lui paraissaient différents ne l'étaient pas du tout. En réalité, rien n'avait changé. Sauf lui.

L'étranger qui déambulait maintenant dans sa chambre n'aurait pas plu au Pietro de onze ans. Le fantôme de lui-même enfant était toujours là, il le jugeait pour ses choix de vie.

Gerber l'ignora et ouvrit les volets pour sortir sur le balcon où il avait passé la plus grande partie de sa convalescence, après l'accident.

Le vent marin balayait le jardin nu de la villa à grandes rafales d'humidité saumâtre.

— Comment ai-je pu me laisser convaincre ? râla Dante l'avocat en se serrant dans son manteau croisé.

Son costume était inadapté à cette froide journée de fin d'hiver.

Pietro Gerber n'en revenait toujours pas de les avoir tous entraînés sur les lieux.

— Ça va prendre combien de temps ? se plaignit Ettore. J'ai un rendez-vous de travail tout à l'heure !

Pourtant, personne n'avait compris son métier. Ils le soupçonnaient de conclure des affaires pas très nettes.

— Et moi je dois être à l'université à 18 heures, ajouta Carletto, en remontant ses lunettes.

Giovannone fumait cigarette sur cigarette. Il se taisait mais secouait la tête, l'air contrarié.

— Vous avez beau jeu de vous plaindre, les réprimanda Deborah du haut de ses grands talons. Iscio doit rentrer à Milan et il n'a rien dit, lui. Moi non plus, ça ne m'enchante pas, d'être ici, mais faisons en sorte que cela serve à quelque chose.

Ils étaient tristes et en colère.

— Voilà comment on va procéder, dit Pietro. En nous fondant sur nos souvenirs de ce dimanche après-midi de juillet, on va répéter exactement toutes nos actions.

— Ça fait trop longtemps ! protesta Ettore.

— On va s'entraider, le rassura le psychologue. Dante était la première statuette de cire et il avait capturé Giovannone. Deborah s'était cachée derrière un tas de broussailles, plus ou moins ici, indiqua-t-il. Toi, Ettore, tu étais derrière ce buisson.

— Et moi, je m'étais allongé sous ce banc en pierre, intervint Carletto.

Enfin quelqu'un témoignait de l'intérêt pour cette expérimentation.

— Et moi, j'étais où ? demanda Iscio en se grattant la tête.

— Derrière la cabane à outils, comme toujours, se rappela Deborah.

— Tu es sûre ?

— Certain, confirma Gerber.

— Réexplique-moi pourquoi nous devons faire ça…, demanda Dante, le plus rétif.

— Parce que les adultes n'ont pas donné de crédit à notre alerte et qu'ils ont appelé la police trois heures plus tard, précisa de nouveau Gerber. Parce que le destin a eu cent quatre-vingts minutes d'avance pour faire de Zeno ce qu'il voulait. Et si aujourd'hui on pouvait retrouver un détail qui nous a échappé à l'époque, cela voudrait dire que notre Batigol aurait une chance de sortir des ténèbres qui l'ont englouti. Disparaître dans le néant, c'est pire que mourir. Personne ne mérite de finir ainsi.

Les mots de Pietro Gerber firent leur effet : ils se dispersèrent dans le labyrinthe de troènes. Ils eurent du mal à reconstruire la dynamique du jour fatidique de juillet 1997 mais, en s'entraidant, ils parvinrent à tracer le plan des différents déplacements dans le jardin.

À un moment l'atmosphère s'allégea et certains sourirent même en répétant les gestes qu'ils croyaient oubliés. Quand il était la statuette de cire, Giovannone s'acharnait sur les vivants en s'abattant sur eux avec toute la force de sa stature. Deborah avait retiré ses chaussures à talons pour mieux courir. Ettore avait retrouvé le sifflement par lequel il annonçait la charge. Carletto était toujours aussi gauche. Même Dante se détendit un peu. Ce fut comme assister à une véritable bataille entre enfants.

Pendant quelques minutes, ils redevinrent la bande de Porto Ercole.

Toutefois, le psychologue ne devait pas se laisser distraire par la nostalgie. De là où il était, il essayait de dessiner mentalement la carte des mouvements de Zeno. Au bout d'un moment, la mauvaise humeur revint.

Iscio ne savait jamais où aller ni où se placer, il passait son temps à s'excuser de sa mémoire défaillante. Bien vite, Dante se lassa et se chamailla avec Deborah. Ettore fit des blagues stupides qui énervèrent tout le monde, Carletto répéta qu'il avait à faire et Giovannone renonça : il s'assit sur un rocher et alluma une cigarette.

N'arrivant pas à en venir à bout, Gerber décida de mettre fin au jeu.

— D'accord, annonça-t-il du balcon, on s'arrête là.

— Je t'avais dit que ça ne servirait à rien, le blâma Dante, toujours défaitiste.

— Pauvre Zeno, il ne méritait pas cette mascarade, commenta Ettore avec mépris.

Personne ne le contredit.

Pietro Gerber était déçu. Toutefois, le plus douloureux

fut d'assister, peu après, au départ de ses vieux amis. Il y avait de la frustration dans leurs regards muets, et peut-être aussi de la rancœur.

Deborah fut la seule à lui adresser un geste affectueux.

— Tu n'as pas changé, Pietro, dit-elle.

Impossible de comprendre s'il s'agissait d'une insulte ou d'un compliment.

Chacun reprit son véhicule et son chemin. L'après-midi touchait à sa fin.

Pietro Gerber était certain qu'ils ne se reverraient jamais.

— C'est ma faute, dit Iscio derrière lui.

Il fixait la pointe de ses chaussures, comme quand il était enfant. De même que, petit, il endossait déjà la responsabilité des erreurs des autres, même quand il n'était pas coupable. Il le faisait pour s'attirer les bonnes grâces de ses camarades, parce qu'il avait l'impression de ne pas mériter leur amitié.

— Je ne savais pas quoi faire, où aller.

— Au moins tu as essayé.

En un sens Pietro l'enviait d'avoir effacé de sa mémoire les traces de cette terrible journée.

— Je suis désolé de t'avoir fait venir ici pour rien.

— Tu as eu raison d'essayer.

— Il m'arrive de m'emporter.

— Je ne sais pas pourquoi j'ai tout oublié. Par exemple, au téléphone, tu as nommé Saturne, mon caniche. Je l'avais oublié. Et pourtant, j'y étais tellement attaché…

— L'été 1997, tes parents t'avaient envoyé chez nous pour te remettre de la mort de ton chien. Apparemment ils ont réussi, dit Pietro Gerber en souriant.

— En effet. Tu te souviens comment il est mort, toi ?

— Non. Mais il vaut peut-être mieux ne pas le savoir, tu ne crois pas ?

Iscio soupira et regarda le jardin.

— Il y a une chose que je n'ai pas oubliée, affirma-t-il. On appelait cet endroit « le jardin sans espoir ».

— Quand une balle atterrissait dans un buisson, il n'y avait aucune possibilité de la retrouver, se rappela Pietro.

— Je me demande combien il y en a, perdues pour toujours, répondit son cousin, dont le visage s'assombrit soudain.

Le jardin sans espoir était l'endroit parfait pour la disparition de Zeno. C'était pour cela que par la suite, ce nom n'avait plus été employé.

Ils se saluèrent, plus rapidement cette fois, et Pietro Gerber n'attendit pas que la voiture d'Iscio disparaisse de sa vue pour aller fermer la maison.

Il se dépêcha, pour ne pas se retrouver dans le noir. Dans les chambres les rires d'enfants étaient emprisonnés, ils résonnaient dans le silence, déguisés en courants d'air. Il entendait encore le bruit des pas de Monsieur B., l'empreinte sonore de son âme inquiète. Et il y avait l'esprit d'une mère que Pietro n'avait jamais connue, sous la forme de flacons de parfum. Dans un coin du salon, le vieux transistor que ses amis et lui avaient utilisé pour essayer d'entrer en contact avec Zeno traînait toujours dans un coin. Ils avaient sondé les fréquences hertziennes à la recherche d'un message de l'au-delà.

Gerber chassa ce souvenir macabre. Mais au moment où il regardait la radio, quelqu'un se mit à siffler.

La statuette de cire était revenue.

*Je deviens fou*, songea-t-il.

Le sifflement venait du monde des morts. Il regarda autour de lui, perdu, attendit un nouveau signal de l'autre dimension. Son portable sonna dans sa poche. Il sursauta : ce bruit était réel.

Gerber saisit son téléphone et prit le temps de se calmer avant de répondre. Il ne connaissait pas le numéro qui s'affichait sur l'écran.

# 27

— Beatrice Onegli Catelani à l'appareil, se présenta une voix très lointaine.

La mère d'Eva était en croisière à la Barbade.

— Bonsoir, dit-il sans savoir quelle heure il était pour elle.

— J'ai reçu un message de Maja disant que vous voulez me parler, affirma la femme.

— Je suis inquiet pour votre fille.

— Je ne vous entends pas !

Le réseau était mauvais dans ce secteur de Porto Ercole, pour autant Gerber ne voulait pas différer cette conversation. Il se déplaça, dans l'espoir d'améliorer la situation.

— Je disais que je suis préoccupé pour votre fille : à dix ans, elle établit déjà une distance dangereuse avec ce qui l'entoure, et cela risque de s'aggraver.

— Eva a toujours été comme cela, répondit Beatrice. Elle n'a jamais fait preuve d'empathie. Autant que je me souvienne, elle ne s'est jamais attachée à personne.

— Vous vous êtes demandé pourquoi ?

— Des millions de fois. Même avec moi, il n'y a jamais eu de réel lien d'affection.

— Et avec son père ?

La femme se tut.

— Je ne veux pas me mêler de ce qui ne me regarde pas, mais il est important que je sache si Eva a perçu le désamour qui a conduit à votre séparation.

— Le père d'Eva et moi n'avons jamais été vraiment amoureux. Il n'y a jamais eu entre nous ni affection, ni complicité. Donc je ne vois pas comment Eva aurait pu être troublée par la fin de notre relation.

*Brutal mais efficace*, constata le psychologue. Pour connaître un enfant, il faut connaître sa famille. Monsieur B. avait raison.

— Je suis désolée, docteur : si vous avez en tête un certain modèle familial, nous avons toujours été très loin de cette image idéale, ajouta la femme.

— Ce n'est pas anodin que vous ayez disparu tous les deux de la vie d'Eva, affirma-t-il sur le ton du constat, et non du reproche. Et grandir seule dans cette maison n'a pas dû l'aider.

La femme éclata de rire.

— Vous croyez vraiment que c'est moi qui ai décidé de la laisser seule ?

En effet, il le croyait.

— Le père d'Eva a disparu du jour au lendemain, mais moi je suis restée tant que j'ai pu. C'est ma fille qui m'a délibérément éloignée.

Mme Vannini soutenait le contraire, même si Gerber s'abstint de le signaler.

— Comment est-il possible qu'Eva vous ait exclue de sa vie ? demanda-t-il, incrédule.

— Vous pensez que le seul problème d'Eva est l'agoraphobie ? À un an, elle se réveillait la nuit en hurlant et pleurant, elle était inconsolable.

— Le *pavor nocturnus*, ou terreur nocturne, est un phénomène de somnambulisme très courant à cet âge.

— C'est ce que nous disaient les médecins, mais ils précisaient aussi que ce sont des crises de trente minutes au plus : celles auxquelles j'ai assisté duraient toute la nuit, jusqu'à ce qu'Eva s'endorme enfin dans mes bras, exténuée… Je suis certaine qu'il ne s'agissait pas d'un simple trouble. Quelque chose l'effrayait dans ses rêves.

Au ton de Beatrice, Pietro Gerber comprit que ce n'était que le début de l'histoire.

— Eva n'a pas parlé avant ses cinq ans, mais à quatre elle savait déjà écrire. Vous y croyez ? Elle noircissait des feuilles entières de noms et de prénoms. Des femmes et des hommes inconnus, qu'elle n'aurait jamais pu rencontrer. Il n'est même pas certain qu'ils aient réellement existé. Où se procurait-elle ces patronymes ?

Pietro avait du mal à y croire, et encore plus à l'expliquer. En plus, cela l'affolait.

— Vous avez sans doute remarqué le talent d'Eva pour les portraits.

— Oui, admit Gerber, qui avait été impressionné par celui de lui et Maja se tenant par la main.

— Un jour, elle a dessiné un visage et elle nous l'a montré, à son père et moi. C'est la raison pour laquelle mon ex-mari n'a plus voulu entendre parler de sa fille.

— Je ne comprends pas.

— C'était le visage de la petite sœur qu'il avait perdue quand il était encore très jeune. Eva ne l'avait jamais vue, même pas en photo.

Le psychologue n'était pas disposé à donner du crédit à une telle énormité. Beatrice Onegli Catelani le comprit.

— Pour revenir à votre question sur le fait que c'est ma fille qui nous a éloignés d'elle, je peux vous assurer qu'Eva n'a besoin ni de moi, ni de son père. Et peut-être pas de vous non plus, docteur Gerber. Depuis sa naissance, elle est entourée de nombreuses présences.

Il se retint de rire.

— Nous devrions donc supposer que l'histoire de l'ami imaginaire…

— Oui, l'interrompit la femme. C'est pour cela que je ne retournerai pas à San Gimignano tant que vous n'aurez pas résolu ce mystère, docteur.

*« Il dit qu'il se montrera quand ce sera le moment. »*

— C'est ridicule, laissa échapper Gerber.

Entre-temps, les ombres s'étaient emparées de la maison de Porto Ercole et le vent marin secouait les volets. La villa de son enfance était le pire endroit pour écouter cette histoire. Mais il comptait bien ne pas se laisser impressionner.

— Je suis désolé, mais je ne peux pas vous croire.

— Alors demandez à Maja…

Quel rapport avec la jeune femme ?

— Pourquoi une étudiante en histoire de l'art devrait-elle me faire changer d'avis ?

— Je crains que notre jeune Finlandaise ne vous

ait pas dit la vérité sur les raisons pour lesquelles je l'ai embauchée pour s'occuper d'Eva.

Pietro Gerber devenait nerveux.

— Quelles seraient ces raisons ?

— Maja Salo étudie la parapsychologie.

# 28

Un violent orage s'était abattu sur Florence, inondant la moitié de la ville. Il n'avait pas dormi de la nuit. La perturbation gravitait maintenant au-dessus du Chianti.

— Pourquoi tu ne me l'as pas dit ?

— Je ne voulais pas te mentir, mais c'était nécessaire.

— La nuit où la boule à neige est tombée de l'étagère, tu m'as dit « Cette enfant me fait peur ».

— Je m'en souviens…

— Tu jouais un rôle.

Ils étaient au pied de l'escalier qui montait au premier. Ils parlaient tout bas pour ne pas être entendus, mais certains mots se perdaient dans l'immensité du lieu et se mêlaient au bruit de la pluie.

— Je n'arrive pas à croire que je t'aie fait confiance.

Il avait senti que la jeune femme cachait quelque chose, mais il n'avait délibérément pas prêté attention à ce que lui suggérait la raison.

— Réfléchis : comment aurais-tu réagi si je t'avais avoué dès le début de quoi je m'occupe ?

Il s'était souvent demandé pourquoi Maja avait accepté de vivre loin de tout avec Eva. Il savait maintenant pourquoi.

L'enfant était son objet d'études.

*« À votre avis, est-ce que cela peut être autre chose que de la schizophrénie ? »*

— Maintenant, tu vas m'expliquer comment tu es arrivée ici.

Il ne croyait plus à cette histoire d'annonce sur le site de l'université pour trouver du travail comme jeune fille au pair à l'étranger.

— Beatrice a contacté le département de parapsychologie par mail, expliqua patiemment Maja. Elle demandait si un étudiant accepterait de venir en Toscane pour étudier l'origine de phénomènes étranges dont souffrait sa petite fille depuis qu'elle était bébé. Le département nous a mises en contact parce que l'italien est ma seconde langue. Nous avons discuté et j'ai accepté le travail. C'est tout.

— L'ami imaginaire d'Eva s'était donc manifesté avant ton arrivée, objecta Pietro Gerber, qui se rappelait une autre version des faits.

— Il était déjà présent, confirma-t-elle. Qu'importe, cela ne change rien au problème.

En effet, elle avait raison sur ce point. Ce qui blessait Gerber n'était pas le mensonge en soi, mais concernait son propre orgueil. Il craignait d'avoir été utilisé, et que cette espèce de cour dans laquelle ils s'étaient tous les deux aventurés n'ait été pour elle qu'une stratégie pour obtenir ce qu'elle voulait. Il avait conscience que sa réaction était puérile, mais il ne la contrôlait pas.

— Reste le fait que tu ne m'as pas dit la vérité.

— Maintenant, tu la connais. Alors, comment tu veux continuer ? demanda ouvertement Maja.

Gerber avait toujours été sceptique envers certaines

approches peu conventionnelles. Il était conscient que la parapsychologie était issue de la philosophie. C'était d'ailleurs un philosophe qui avait inventé le terme à la fin du XIXe siècle. Mais avec le temps, elle était devenue l'objet d'étude d'un mouvement de chercheurs qui analysaient scientifiquement des phénomènes comme la télépathie, la télékinésie, la voyance, les expériences extrasensorielles et les apparitions, la force odique et les autres énergies du mesmérisme, ainsi que certains aspects psychiques du spiritisme.

Des années trente à la seconde moitié des années soixante-dix, dans ce qui fut défini comme la période Rhine, du nom du psychologue américain à qui l'on doit les premières recherches empiriques sur la télépathie, de nombreuses universités du monde entier ouvrirent des départements et des laboratoires qui s'occupaient d'expérimentations extrêmes, et où l'on supposait l'existence d'un côté obscur, à la fois dans l'esprit humain et dans la réalité qui l'entoure.

— L'hypnose fait partie des méthodes d'enquête de la parapsychologie, lui rappela Maja.

Force était de constater que même Carl Gustav Jung, que Gerber admirait, avait mené des recherches sur le pouvoir de la transe, grâce à une cousine médium âgée de quinze ans. Et Pietro avait lui-même utilisé un jeu de cartes de Zener dans cette maison.

— Longtemps, les hypnotiseurs ont risqué d'être accusés de charlatanisme, poursuivit la jeune femme. Vous n'avez été sauvés du pilori que parce que, à un moment, vous avez renié votre filiation avec la parapsychologie.

— Je ne vais pas avoir ce débat avec toi, répondit-il

avec détermination. Je veux savoir si tu as espionné mes séances avec Eva.

— Ça, c'est plutôt le genre de Mme Vannini, s'agaça-t-elle. Je ne sais que ce que tu m'as dit. Je ne t'ai posé aucune question et je me suis toujours contentée de ce que tu as décidé de partager avec moi.

— J'ai du mal à y croire.

— Tu penses vraiment que je n'ai pas remarqué la carte mémoire parmi les restes de la boule à neige ?

Un coup de tonnerre retentit. Gerber ne savait pas quoi répondre.

— C'est pour cela que j'ai menti le lendemain en te confiant que j'avais peur d'Eva… Est-ce que je t'ai demandé à quoi cela servait de placer une caméra ? Je ne sais même pas ce qu'il y avait sur cet enregistrement.

— Non, tu ne l'as pas fait, admit-il. Tu ne l'as pas regardé, n'est-ce pas ?

— À ton avis, j'aurais pris la carte, visionné le film, et je l'aurais remise à sa place ? C'est cela que tu insinues ?

Elle était vexée.

Quand Gerber était arrivé à la villa ce jour-là, il avait trouvé Maja hors d'elle parce que Eva niait obstinément avoir brisé la boule à neige pendant la nuit. Cette réaction lui avait semblé authentique.

— La fillette a dit la vérité, affirma-t-il, révélant ainsi le contenu de l'enregistrement. La chambre était fermée, elle dormait et la boule à neige est tombée seule de l'étagère.

Maja le regarda fixement.

— C'est aussi ce que je pense.

— Mais tu l'as tout de même punie.

— Le sujet doit continuer à penser que nous ne le croyons pas, c'est le seul moyen d'évaluer ses réactions.

Soudain, l'enfant était devenue « le sujet » et Maja avait parlé sur un ton détaché de chercheuse.

— La destruction de la boule à neige est une énigme que je n'arrive pas à résoudre, admit Gerber.

Si toutes les synchronicités pouvaient passer pour un mélange entre le récit d'Eva et les prédispositions du thérapeute à se laisser suggestionner, il n'y avait aucune explication pour cet épisode.

Après cette révélation, Maja fixa Pietro en essayant de comprendre ses intentions.

— Tu me le dis parce que tu me fais à nouveau confiance ?

Il ne démentit pas, mais ne confirma pas non plus.

— Il est temps que tu connaisses l'histoire de Zeno Zanussi.

Il résuma les événements des derniers jours, en remontant à 1997 et en essayant de ne rien oublier.

— Tu as vécu une expérience de mort imminente, commenta la jeune femme après avoir appris la chute du balcon de Porto Ercole.

— Ce n'est pas ainsi que je la définirais, parce que je ne me souviens que de l'obscurité.

Pour Maja, c'était un détail important.

— Si cet événement ne s'était pas produit quinze jours avant la disparition de ton ami, penses-tu que tu me raconterais ton expérience avec des termes différents ?

— Bien sûr, parce que je ne me serais pas cassé la

jambe et j'aurais participé au jeu des statuettes de cire lors duquel Zeno a disparu dans le néant.

— Ce n'est pas ce que je voulais dire. En fait, peut-être que, sans cette expérience de contact avec la mort, tu ne serais pas aussi sensible aux sujets qui concernent l'au-delà.

— Je n'ai vu aucun au-delà, répéta Pietro Gerber.

— Le fait que tu aies été de l'autre côté de la frontière, même si ça a duré très peu de temps, suffit à te différencier des autres êtres humains.

— En effet, sans cet épisode, je n'aurais sans doute laissé aucune ouverture à l'histoire d'Eva.

*Je ne me serais embarrassé d'aucun doute*, pensa-t-il. *Et j'aurais affronté les choses avec plus de lucidité et de détachement.*

L'obscurité n'a pas voulu de moi, ensuite elle a pris Zeno. Gerber avait longtemps été conditionné par cette conviction.

*Quid pro quo.*

— Continue, l'exhorta Maja.

Son récit prit fin une demi-heure plus tard, en même temps que la pluie. Il s'acheva sur le moment où l'ami imaginaire d'Eva était enlevé pendant le carnaval d'été par le monsieur à lunettes, et emmené on ne savait où.

— Il était habillé en princesse…

— Oui, confirma Gerber. Les deux voyous lui ont fait mettre ce déguisement pour l'abandonner dans la foule.

— Et maintenant il a oublié son nom et il s'énerve quand on le lui demande.

— Pratique, n'est-ce pas ? C'est le point le moins solide de l'histoire.

— Ce n'est pas ça… Un enfant fantôme qui perd la mémoire est la chose la plus triste que j'aie jamais entendue.

— Alors tu la crois, constata Gerber. Comme sa mère, tu penses qu'Eva est spéciale.

— Moi, je ne dois pas la croire. Je dois l'examiner, répliqua la jeune femme, se retranchant derrière la scientificité de son approche.

— Mais tu as bien dû te faire une idée.

— Eva pourrait être un pont.

— Un pont ?

— Un lien vers quelque chose d'inconnu.

— Où sont les preuves ?

— Tu m'as dit avoir vu sa peau rougir quand son ami imaginaire lui a fait mal…

— L'esprit a du pouvoir sur le corps. J'ai déjà vu cela se produire avec d'autres jeunes patients.

— De la même façon ? demanda Maja, sceptique.

— Pas tout à fait, admit-il.

La jeune femme lui prit les mains.

— Moi, je crois qu'il y a des portes fermées, autour de nous. Mais notre cerveau refoule les signes et les prémonitions, parce que nous habitons un monde fait de matière et d'énergie, que nous ne saurions plus comment regarder… Pourtant, une fois qu'on en a ouvert une, qu'on a laissé notre esprit explorer cette option, cette porte ne se referme plus.

Maja eut à peine le temps de finir sa phrase : elle se retourna brusquement.

— Que se passe-t-il ? demanda Gerber qui n'avait rien remarqué.

Elle l'invita à écouter, puis indiqua derrière eux le

couloir sombre qui se perdait dans la succession de salles et de salons aux fenêtres alignées.

Un signal cristallin s'inséra à nouveau dans le vide laissé par la fin de l'orage.

Gerber craignit qu'Eva soit cachée dans l'obscurité. Cela aurait causé de terribles dégâts, si la fillette les avait entendus. Il se maudit de n'avoir pas fait plus attention.

— Eva est dans sa chambre, lui murmura la jeune femme, qui avait compris à quoi il pensait.

Elle avança en direction du son. Il la suivit.

Après avoir franchi le seuil de la première pièce, ils se retrouvèrent nez à nez avec Mme Vannini. La gouvernante, immobile, serrait un panier à linge contre elle. Elle avait été prise en flagrant délit à cause du tintement de son bracelet avec des porcs-épics, et maintenant elle se mordait les lèvres.

Maja était sur le point d'exploser. Gerber la devança.

— Vous avez tout écouté, n'est-ce pas ?

La femme acquiesça.

Il ne supportait pas les personnes indiscrètes, et il aurait pu se montrer très dur, mais le trouble de Mme Vannini était tellement évident que cela le freina.

— Si vous tenez à la fillette, il ne faudra parler à personne de ce que vous avez entendu, dit-il en indiquant l'étage supérieur. Même pas à votre mari.

Mais il y avait visiblement autre chose.

— Vous n'avez pas encore vu Eva ce matin, pas vrai ? demanda la femme en balbutiant presque.

— Nous avons petit-déjeuné ensemble, puis je l'ai envoyée se changer dans sa chambre et j'allais bientôt aller la retrouver pour son cours de mathématiques, affirma Maja. Pourquoi ?

Gerber supposa que c'était en lien avec ce qu'ils s'étaient dit. De toute évidence, avant d'écouter aux portes, Mme Vannini avait vu par hasard quelque chose qui, à la lumière de leurs propos, la terrorisait.

# 29

Ils la trouvèrent assise en tailleur sur le tapis persan, en train de coiffer sa poupée. Imperturbable, comme toujours.

En la regardant, Maja s'arrêta net. Elle allait poser une question, mais Gerber avança dans la pièce pour l'en empêcher.

Pour le moment, il se moquait de savoir où Eva avait trouvé la robe de princesse qu'elle portait.

Il voulait même éviter de donner du poids à la chose. La fillette devait percevoir leur indifférence, sinon cela lui conférerait du pouvoir sur eux.

Monsieur B. lui avait appris que, quand les enfants essaient d'attirer l'attention des adultes, ces derniers ont toujours quelque chose à perdre.

Néanmoins, quand il avait vu la robe, il était resté sans voix. La jupe en tulle argenté était froissée, les pièces en satin déchirées, les petits boutons du corset avaient des traces de rouille. Cette robe semblait sortie d'une tombe.

— Bonjour, la salua le psychologue comme si de rien n'était. On ne s'est pas vus hier, donc on va rattraper cela aujourd'hui.

La fillette ne réagit pas. Comme s'il n'existait pas.

Gerber raccompagna Maja à la porte.

— Tu as vu ? demanda-t-elle à voix basse, bouleversée.

— La robe n'est pas arrivée par miracle dans l'histoire d'Eva. C'est elle qui l'y a insérée, exprès.

— Je ne l'avais jamais vue avant.

— Cela veut juste dire qu'elle est très habile pour dissimuler les choses. Maintenant, je vais procéder à ma séance avec elle. Seul.

Maja se mordit la lèvre, jeta un dernier coup d'œil à la petite fille et disparut dans le couloir.

Pietro Gerber retira son trench.

— Qu'est-ce que tu fais ? lui demanda-t-il simplement.

Parce qu'il ne faut jamais demander aux enfants à quoi ils jouent. Selon Monsieur B., jeu et réalité sont la même chose et il ne faut pas leur révéler la différence.

— On se prépare pour le grand bal, expliqua Eva, toujours en coiffant sa poupée. On doit se faire belles.

— C'est l'occasion parfaite, commenta Gerber.

— Oui.

— Je suis désolé de n'être pas venu avec une tenue adaptée.

— Mais tu peux venir quand même, si tu veux.

— Merci, mais je n'ai pas reçu d'invitation.

— Je suis la princesse, je peux inviter qui je veux.

Une princesse fantôme. Eva continuait de chercher à le faire réagir au sujet de sa robe, et il devait continuer de l'ignorer.

— Tu n'es pas une princesse, corrigea-t-il.

La fillette parut déboussolée, mais Gerber ajouta :

— Tu es une reine.

Le regard d'Eva s'éteignit, pourtant il pensait lui avoir fait un compliment.

— Que se passe-t-il ? lui demanda-t-il.

— Il me disait que j'étais sa reine.

— Qui te le disait ?

— Mon papa. Mais maintenant, il ne vient plus me voir.

Eva n'avait jamais mentionné son père auparavant.

— Il te manque ?

Elle acquiesça.

— Il est au ciel.

Gerber ne s'y attendait pas. Était-ce sa mère qui lui avait menti, pour cacher la décision de l'homme de couper les ponts avec sa fille ? Mais pourquoi ne pas inventer une excuse moins définitive ? De toute évidence, il y avait de la rancœur dans ce mensonge. Eva s'était enfin ouverte à lui et il n'allait pas laisser passer une pareille occasion.

— Tu as d'autres souvenirs de ton papa ?

— Il sentait bon. Et il me racontait plein de choses. J'aimais bien l'écouter.

— Qu'est-ce qu'il te racontait ?

— Des histoires de rois, de chevaliers et de châteaux. Des vieilles histoires.

— Que sais-tu d'autre de lui ?

— Il aimait les gâteaux et surtout les bonbons : il ne pouvait pas résister… Il m'a appris à compter jusqu'à dix et à lire certains mots… Et puis je m'asseyais sur ses genoux, on écoutait des opéras à la radio et il chantait pour moi…

Les révélations d'Eva démentaient la version de Beatrice, selon laquelle son mari les avait abandonnées quand Eva ne parlait pas encore.

En attendant, elle était intarissable, comme si une brèche s'était ouverte dans sa mémoire et que les souvenirs jaillissaient telle l'eau d'une source.

— Vous êtes déjà sortis ensemble de cette maison pour faire quelque chose de spécial ? tenta Gerber, convaincu que la réponse lui réserverait une surprise.

La fillette se raidit, puis se tourna vers le petit fauteuil à côté de l'armoire blanche, comme si quelqu'un l'avait fait taire.

— Il veut te parler, déclara-t-elle.

Son ton et son humeur avaient soudainement changé.

— Moi, je préférerais continuer à bavarder avec toi, affirma Gerber, laissant entendre qu'il n'appréciait pas l'intervention de l'ami imaginaire.

— Il dit que tu dois me faire dormir, comme les autres fois.

— Pourquoi ? Et si aujourd'hui on n'avait pas envie ?

— Il dit qu'il ne reste pas beaucoup de temps, expliqua-t-elle, ignorant l'objection de Pietro.

— Son opinion ne m'intéresse pas. Tu es plus importante.

Mais Eva fixait toujours la chaise.

— D'après lui, bientôt, tout sera terminé.

La phrase sonna à la fois comme une menace et comme une prédiction importante.

Quel que soit l'événement qui allait prendre fin, cet avertissement obscur eut l'effet escompté.

— D'accord, accepta Gerber. Écoutons ce que ton ami a à nous dire.

## 30

Je me suis endormi sur la banquette arrière. Quand je rouvre les yeux, il me faut un moment pour comprendre où je suis. Je me suis réveillé parce que la voiture du monsieur à lunettes tressaute. Je me rassois et je regarde dehors : il fait noir, je distingue des arbres et des champs. La route est pleine de trous. Derrière nous il y a une ville, mais elle est loin.

Devant nous, il y a une grande maison sans lumières et une fontaine en pierre grise. À côté de la bâtisse, il y a une église. Si le monsieur à lunettes habite là, sa femme et ses filles doivent dormir.

On s'arrête devant la porte d'entrée, mais elle est fermée par des planches de bois. Les fenêtres aussi.

On descend de la voiture et le monsieur à lunettes allume une lampe de poche. Il va à la porte principale mais, au lieu de l'ouvrir avec la clé, il donne un coup de pied dedans, puis un autre, puis encore un autre. Il finit par la défoncer.

La porte s'ouvre tout grand et à l'intérieur il fait noir. Le monsieur à lunettes revient chercher un sac de courses posé sur le siège passager. Puis il me prend par la main. J'aime bien ça, on dirait mon papa. Ensuite on entre dans la maison, et même s'il fait noir, avec lui je sais que je ne dois pas avoir peur.

Il y a beaucoup de pièces, dans cette maison. Une infinité. On les traverse toutes. Les meubles sont recouverts de draps blancs. Les tableaux et les lampes sont emballés aussi, et ça sent le vieux. On monte un escalier.

Où sont la dame blonde et les deux petites filles ? Il n'y a personne ici.

Le monsieur à lunettes m'emmène dans une chambre avec un drôle de lit. C'est un lit avec un toit. J'en ai déjà vu un comme ça, dans un livre d'histoires du soir que maman me lit des fois. C'est un lit de roi. Et moi je suis toujours habillé en princesse.

— Je suis un garçon, dis-je au monsieur à lunettes, parce que je ne suis pas sûr qu'il l'ait compris.

Il ne dit rien. Il s'en moque. Il me soulève et me fait asseoir sur le lit. Puis il ouvre le sac en plastique et il en sort une bouteille d'eau. Avant de me la donner, il l'agite très fort. Je ne sais pas pourquoi.

Je bois parce que j'ai très soif. Ça a un goût un peu amer. Puis il me fait poser la tête sur l'oreiller et il s'assoit par terre, à côté d'une armoire blanche. Soudain j'ai sommeil. Très sommeil.

Quand je me réveille, le monsieur à lunettes est toujours là. Mais je me rendors tout de suite. J'ouvre les yeux, il est toujours là. De temps en temps il me donne un peu d'eau. Je n'ai pas faim. Je suis toujours fatigué. Pour me faire boire à la bouteille, il doit me tenir la tête. Je fais pipi au lit mais je m'en fiche.

Personne ne va me gronder. À la maison, maman me gronde toujours et mon grand frère se moque de moi.

À un moment je me réveille de nouveau et le monsieur à lunettes est en train d'écrire au stylo bleu sur le mur gris. Un mot. Mais je n'arrive pas à le lire parce que c'est trop petit et mes yeux sont trop lourds. Pendant qu'il écrit, il pleure. Je ne sais pas pourquoi il pleure. Je referme les yeux.

Je dors. Je dors toujours.

Le récit s'interrompit. Gerber s'aperçut qu'Eva aussi s'était endormie. En apparence avec la même robe, dans le même lit et dans la même maison que l'enfant de l'histoire.

Il arrivait parfois que les petits patients glissent de la transe au sommeil. Généralement, le psychologue les laissait dormir. Ils se réveillaient d'eux-mêmes, y compris de l'hypnose.

Du doigt, il stoppa l'oscillation de l'aiguille du métronome.

Puis il regarda autour de lui.

Il ne voulait pas, mais ce qu'il avait entendu l'obligeait à le faire. Désormais, nombre de ses actions étaient dictées par une enfant de dix ans.

Les murs recouverts d'un papier peint orné de marguerites, qui l'avait gêné depuis le début, cachaient peut-être un mot secret.

Ou peut-être pas.

Le fait que la maison fasse partie du récit d'Eva ne le surprenait pas. Le lien entre la fillette et son ami invisible était enfin justifié. Jusque-là, l'hypnotiseur s'était demandé ce qu'ils avaient en commun et pourquoi le fantôme présumé du petit Batigol l'avait choisie pour manifester sa présence. Maintenant, il savait.

Leur point commun était ce lieu. Puis il se corrigea : c'était Eva qui avait voulu qu'il fasse ce rapprochement.

À la différence des personnes, les demeures ont des cycles. Elles meurent et renaissent. La maison où se trouvait Gerber était en phase de décadence. Il allait vérifier si la propriété des Onegli Catelani était effectivement à l'abandon en 1997. Mme Vannini pouvait sans doute lui fournir cette information. Mais le psychologue n'avait pas besoin des réponses de la gouvernante : il les connaissait déjà.

Ce retournement de situation dans l'histoire était probablement vrai. Il y avait beaucoup de détails et de situations réels, dans le récit d'Eva. Ils visaient à en étayer la crédibilité, mais aussi à confondre celui qui l'écoutait.

Une habileté et un raffinement qui ne pouvaient être ceux d'une enfant.

Il était secoué par ce dernier fragment de l'histoire de l'ami imaginaire. Une fois encore, le réalisme de la narration questionnait sa certitude qu'il n'était issu que de l'imagination d'Eva. De même qu'il était incroyable qu'elle ait parfaitement décrit les effets d'un narcotique dans l'eau que le monsieur à lunettes faisait boire à son petit prisonnier : elle l'avait fait avec une inconscience et une ingénuité d'enfant. Sans jamais mentionner la drogue.

Seul un adulte pouvait comprendre le sens ambigu de ces propos.

Mais, désormais, Gerber était habitué à se débattre dans l'obscurité.

*« Il dit qu'il ne reste pas beaucoup de temps. »*

*« Il dit que bientôt tout sera terminé. »*

Le récit de l'enfant imaginaire n'avait pas clarifié la signification de cette prophétie. On ne comprenait pas si le temps allait s'écouler pour le protagoniste de l'histoire ou pour ceux qui, à travers Eva, en étaient les témoins.

Avant qu'ils soient interrompus, la fillette avait parlé pour la première fois de son père. Elle semblait heureuse de l'évoquer.

*« Il me disait que j'étais sa reine. »*

Mais ensuite, un nouveau chapitre, terrible, était arrivé.

*« ... le monsieur à lunettes est en train d'écrire au stylo bleu sur le mur gris. Un mot. »*

Gerber allait découvrir quelque chose. C'était imminent. Il le sentait, sans savoir pourquoi. Entre-temps, il allait devoir supporter encore un dilemme : la seule preuve qui permettait d'établir si Eva mentait était cachée sous une myriade moqueuse de petites fleurs blanches.

Quand ce satané papier peint avait-il été posé ? Était-elle déjà née ? Étant donné son usure et sa patine jaunie, il semblait avoir bien plus que les dix ans d'Eva.

Savoir que la solution était à quelques millimètres était frustrant.

Si Eva avait dit la vérité jusque-là, il y avait quelque part dans cette pièce un mot qu'elle n'aurait pas pu connaître. Mais son ami imaginaire, oui.

Pendant que Pietro Gerber essayait de donner un sens à ce énième piège, son portable vibra dans sa poche, annonçant l'arrivée d'un message.

Le psychologue lut :
« Tu avais raison, il s'est manifesté. »
L'expéditeur était le grand frère de Zeno Zanussi.

# 31

L'après-midi touchait à sa fin mais Pietro Zanussi était encore en pyjama.

Et surtout, il était en état de choc.

— Entre, et excuse le désordre, l'invita-t-il.

Gerber regarda autour de lui. À part le lit défait, chaque chose semblait à sa place. Toutefois, cela sentait le renfermé. Son ami alla ouvrir les volets pour laisser entrer un peu de lumière et d'air frais.

— Excuse-moi de t'avoir prévenu aussi tard, j'étais tellement bouleversé que j'ai veillé toute la nuit, et ensuite je me suis écroulé. Mais je t'ai envoyé le message dès que j'ai ouvert les yeux.

— Que s'est-il passé ? le coupa Pietro Gerber.

— Je crois que ton idée a fonctionné, dit Pietro Zanussi en indiquant l'écran de l'ordinateur où était ouverte la page du site qui listait les signalements de l'enfant. Ajouter la référence au carnaval d'il y a vingt-cinq ans a enclenché quelque chose.

Il était à la fois excité et perturbé.

— Il a laissé un message sur le répondeur ? demanda Gerber.

— Cette fois, il a fait bien plus.

Zanussi alla s'asseoir sur son lit, les mains sur ses genoux, les épaules voûtées et le regard dans le vide.

— Cette nuit, la sirène de l'alarme du magasin s'est déclenchée. Ça arrive quand il y a une coupure de courant. Comme il y a eu un gros orage, je n'étais pas inquiet, mais je suis tout de même descendu vérifier. Ça contacte automatiquement le service de surveillance privée, donc j'ai attendu l'arrivée du veilleur et rempli le formulaire pour déclarer qu'il s'agissait d'une fausse alerte… Ça m'a pris une demi-heure, en tout.

Pietro Zanussi divaguait. Le psychologue espérait qu'il allait vite en venir au fait.

— Quand je suis remonté à l'appartement, la porte d'entrée était ouverte.

— Tu es sûr ?

— J'ai trouvé des traces sur le montant, elle a été forcée avec un tournevis ou un autre outil pointu. Et puis, il y avait des empreintes mouillées sur le sol, poursuivit-il.

— Comment peux-tu affirmer que ce n'était pas un voleur ?

— Ce n'était pas un voleur. Il n'a rien emporté, j'ai vérifié.

— Rien ?

— Mon portefeuille était sur la table basse. Il y a cent euros dedans, il n'y a pas touché. Et puis, il y avait aussi la montre en or de mon père.

La vieille Longines au bracelet en cuir était posée sur une petite madone en plâtre.

— Pourtant, il a eu le temps d'ouvrir les tiroirs et de fureter partout.

— Et il n'a rien pris ? demanda Gerber, incrédule.

— La personne qui est entrée ici cette nuit voulait m'envoyer un avertissement.

Si cette personne était réellement impliquée dans la disparition de Zeno, il était étrange qu'elle n'ait pas ouvert les classeurs sur l'étagère où Pietro conservait toute la documentation sur la disparition de son frère. L'intrus avait sans doute vu la carte de l'Argentario punaisée au mur, constellée de petits drapeaux indiquant les zones de recherches : était-il possible qu'il n'ait pas eu la curiosité de vérifier si quelque chose dans l'enquête le concernait ?

Pietro Zanussi pouvait se tromper. Il avait toutes les caractéristiques de la paranoïa. Solitaire, obsédé par un événement remontant à vingt-cinq ans, plein de rancœur. Toutefois, pour le moment, Gerber avait un autre problème.

Si son vieil ami avait raison, que signifiait cet épisode ? Qu'Eva avait dit la vérité sur la présence de Zeno au carnaval ? Ou bien qu'il avait suffi d'ajouter un faux signalement à la liste sur le site internet pour susciter l'intérêt de quelqu'un ?

Même si l'existence d'un fantôme restait absurde, l'hypothèse du ravisseur était maintenant plus concrète. Involontairement, une enfant de dix ans avait remis en marche un mécanisme qui s'était arrêté vingt-cinq ans plus tôt.

— Comment s'est passé le jeu des statuettes de cire ? demanda Pietro Zanussi, qui était au courant des retrouvailles de la bande de Porto Ercole.

Gerber secoua la tête, sans préciser que l'échec était dû à la mauvaise mémoire de son cousin Iscio, aux polémiques de Dante, à l'arrogance de Carletto, à la méfiance de Deborah et à la superficialité de Giovannone.

— Dommage, commenta son vieil ami. Au fait, il y a autre chose. J'allais oublier, expliqua-t-il en prenant la Longines de son père sur la madone. Chaque soir, avant de me coucher, j'ai pour habitude de remonter cette montre. Ce matin, j'allais la mettre à mon poignet et j'ai remarqué quelque chose de bizarre.

Il tourna le cadran vers Pietro Gerber.

— Elle est arrêtée à 3 h 23.

— Mais à la date de demain, ajouta le psychologue en indiquant le chiffre qui figurait dans un petit carré. Est-il possible que tu l'aies mal réglée hier soir ?

— Impossible. Quelqu'un a modifié le jour et l'heure exprès.

Cette anomalie pouvait avoir mille explications. Toutefois, sans raison spécifique, Pietro Gerber repensa aux paroles d'Eva pendant leur dernière séance. Elle avait prononcé deux phrases, attribuées à son ami imaginaire :

*« Il dit qu'il ne reste pas beaucoup de temps. »*

*« Il dit que bientôt tout sera terminé. »*

Ces aiguilles pointées sur le futur réveillèrent ses peurs irrationnelles. Il devait retourner sans attendre à San Gimignano pour entendre la fin de l'histoire du monsieur à lunettes.

## 32

Il arriva à la propriété un peu après 16 heures et monta dans la chambre d'Eva. Elle dessinait, toujours vêtue de son absurde robe de princesse. Devant elle, un autre portrait de Gerber. Cette fois les traits étaient plus creusés, comme s'il avait vieilli de vingt ans. Le psychologue se demanda si les jours d'insomnie et de tourment l'avaient marqué à ce point.

— Je me suis réveillée et tu étais parti, lui reprocha sa petite patiente, car il l'avait laissée dormir, comme le personnage principal de l'histoire qu'elle racontait sous hypnose.

— Tu dormais si profondément que je n'ai pas voulu te réveiller.

Elle le regarda d'un air affligé : elle ne croyait pas à son mensonge.

Gerber se sentit soudain coupable.

— Toi aussi, tu vas m'abandonner, c'est ça ? demanda Eva en regardant à nouveau son dessin.

— Non, dit-il en s'approchant. Ça n'arrivera pas.

Cette fois, il était sincère.

— Je suis méchante ? demanda-t-elle d'un filet de voix.

— Tu n'es pas méchante.

— Mais tu as quand même peur de moi.

— J'ai peur de ton ami.

Eva prit une grande inspiration.

— Moi aussi, parfois…

— Je ne veux pas qu'il te fasse encore du mal. Tu comprends ?

— Il est méchant parce qu'il est triste.

Une analyse parfaite. Gerber comprit que s'il faisait en sorte que l'ami imaginaire ne soit plus triste, cela aiderait Eva.

— On va reprendre là où on a été interrompus. Ça te va ?

La fillette chercha de nouveau l'approbation de son ami imaginaire, en tournant la tête vers le petit fauteuil près de l'armoire blanche. Puis elle acquiesça en regardant l'hypnotiseur.

Gerber ferma la porte. Il démarra son petit métronome, dont les battements envahirent la pièce, prenant possession du silence.

Eva connaissait le protocole. Elle posa les mains sur sa poitrine, ferma les yeux et respira en rythme, comme il le lui avait appris.

Peu après, le mouvement de ses pupilles sous ses paupières s'arrêta, les muscles de son corps se détendirent. Elle entrait en transe.

L'hypnotiseur attendit que l'ami imaginaire se manifeste, mais cela n'arriva pas.

— Je sais que tu m'entends, dit-il à la fausse personnalité cachée de la fillette. Je veux connaître la fin de l'histoire.

La respiration de la patiente accéléra.

— Maintenant, tu peux me raconter comment tu es mort ? C'est le monsieur à lunettes, pas vrai ?

## 33

Je ne sais pas. Je sais juste qu'à un moment j'ouvre les yeux et je n'ai plus sommeil. Je suis très réveillé. Je me lève du lit et je suis seul. Il fait noir. Il fait nuit. J'entends des bruits en bas, alors je regarde par la fenêtre.

Je vois une chose bizarre.

Le monsieur à lunettes me tient dans ses bras et m'emmène à sa voiture. Il me met dans le coffre et il m'enferme. Comment c'est possible que je sois encore dans cette pièce ? Je pourrais le suivre et voir où il m'emmène. Mais je ne veux pas savoir où il va.

Alors je reste ici.

Maintenant, je sais ce qui est écrit au stylo bleu sur le mur gris.

# 34

— D'un coup je sais beaucoup de choses de lui, poursuivit l'enfant avec la voix d'Eva. Je ne sais pas comment je les ai apprises. Je les sais, c'est tout. C'est comme être dans sa tête. Je peux entendre ce qu'il pense. Tout… Par exemple, maintenant je sais que ça faisait très longtemps qu'il cherchait un enfant comme moi. Et que, quand il m'a vu au carnaval d'été, il a compris qu'il ne pouvait pas laisser passer cette occasion… Je découvre aussi qu'il a cette idée depuis qu'il est petit. Il a toujours senti une sorte de désir secret dans son ventre. Il voulait savoir ce qu'on ressent quand on défie Dieu. Mais maintenant je sais que Dieu se moque que les enfants meurent. Le monsieur à lunettes voulait voir ce qu'on ressent quand on se sent comme Dieu, au moins une fois, avant de devenir vieux et de mourir… Parce que sa vie ne lui plaît pas, sa vie est un mensonge. Alors il a besoin de la mienne pour guérir de l'ennui qui le tue tout doucement. Parce que, sinon, il prend sa voiture, il va sur l'autoroute, il s'arrête sur un pont et il se jette dans le vide. Je sais qu'il pourrait le faire : il y a pensé des millions de fois… Mais maintenant le monsieur à lunettes a une raison de ne pas se jeter du pont de l'autoroute. Chaque fois qu'il aura l'idée de mourir, il pensera à moi et il la chassera… Et il pourra continuer à vivre dans sa belle maison, avec sa femme blonde et ses deux jolies petites filles. Elles ne sauront jamais rien de moi, mais ce n'est pas grave… Moi je suis bien ici, même si parfois je me sens seul. Papa et maman et mon grand frère me manquent. La chaleur du soleil sur mes joues me manque. Les câlins et les tartines de confiture me manquent. Maman me manque.

Eva s'arrêta sur cette dernière phrase.

Le récit était bouleversant, mais Pietro Gerber ne devait en aucun cas se laisser conditionner.

— Tu as dit tout à l'heure que tu savais ce qui est écrit sur le mur. Quel est le mot ?

— Le monsieur à lunettes a écrit « pardon ».

— Pourquoi aurait-il fait cela ? Je ne comprends pas…

Gerber était exaspéré. Il n'en pouvait plus des pièges et des devinettes.

— Est-ce que tu t'appelles Zeno ? demanda-t-il soudain, citant pour la première fois son ami d'enfance. Tu t'appelles Zeno Zanussi ?

C'était la seule façon de briser l'illusion. De découvrir si la double personnalité d'Eva s'était emparée de l'identité d'un enfant découvert dans des articles de faits divers conservés en ligne, autour duquel elle avait construit une histoire inventée. Et l'hypnotiseur voulait la preuve qu'il ne se trompait pas quand il affirmait que cette mise en scène était le symptôme d'une pathologie.

La schizophrénie infantile.

Mais une nouvelle fois, Eva fit voler ses plans en éclats.

— Il sait que tu es au courant, dit-elle soudain sur un ton alarmé. Le monsieur à lunettes sait que tu le cherches. Et maintenant, il est en route pour ici.

## 35

D'abord le compte à rebours. Puis la promesse que tout allait prendre fin. Et enfin, cela.

Pietro Gerber communiqua sa décision à Maja.

— Cette nuit, je reste ici avec vous.

— Tu penses vraiment que quelqu'un va venir ?

— Je ne sais pas.

Il lui avait raconté le terrible épilogue de la dernière séance : submergé par les événements, il avait laissé une patiente de dix ans prendre le contrôle sur lui. Elle l'avait presque convaincu qu'il existait des forces inconnues et des mystères insondables qui dépassaient les limites de la raison.

Avant le coucher du soleil, comme chaque soir, Mme Vannini prit congé avant de rentrer à San Gimignano. Gerber et Maja ne lui confièrent rien de ce qui s'était passé ni de leurs inquiétudes. Le psychologue fit mine de rester pour s'entretenir avec la jeune femme et appeler Beatrice Onegli Catelani avec elle.

— J'ai préparé un gratin de pâtes, les informa la gouvernante.

Mais aucun des deux n'avait faim.

Une partie de la soirée, le psychologue attendit que

la jeune femme ait fini de s'occuper d'Eva. Elle l'aida à prendre son bain, la fit dîner, lui lut une histoire et la coucha. Puis elle revint.

— J'ai réussi à la convaincre de retirer cette satanée robe de princesse, annonça Maja, épuisée.

Pietro Gerber, lui, était plus lucide et présent que jamais. Il le fallait.

Il avait ses notes dans son carnet noir consacré à Eva. Beaucoup d'entre elles se contredisaient. Pour la première fois de sa carrière, il n'avait pas de chemin évident, de stratégie pour continuer. Il était découragé.

Monsieur B. n'aurait pas été content.

Maja regardait dehors, par la porte-fenêtre de la cuisine. La campagne était plongée dans l'obscurité, le brouillard enveloppait les collines et se déversait dans la petite vallée où se trouvait la propriété, floutant la vue du village au loin.

— Tu penses qu'il va se passer quelque chose ?

Pas avant 3 h 23 cette nuit. Le psychologue avait bien en tête l'horaire et la date indiqués sur la montre Longines de Pietro Zanussi. Il devenait paranoïaque, lui aussi.

Maja se serra dans le gilet qu'elle avait déjà porté un autre jour et qui, probablement, se substituait aux bras dont elle aurait eu besoin. Elle revint vers lui, prit sa main à l'annulaire cassé, observa le bandage crasseux.

— Tu ne m'as jamais dit ce qui t'est arrivé, remarqua-t-elle.

— J'ai glissé chez moi, mentit-il.

La jeune femme le scruta pour comprendre s'il disait la vérité.

— Il faut changer cette bande.

Ils étaient assis l'un en face de l'autre à la table en chêne. Maja déroulait la bande avec des gestes délicats, en tenant la paume de Gerber dans sa main. Il se laissait faire. Il sentait son souffle chaud et l'odeur de ses cheveux roux.

Il aurait voulu que ce silence parfait ne s'arrête jamais.

— Pourquoi l'hypnose et pourquoi les enfants ? demanda la jeune femme. C'est uniquement à cause de ton père ?

— J'ai toujours pensé que dans l'esprit des plus petits il y a un résidu de quelque chose d'originel, une authenticité pas encore corrompue, un espace libre et aussi quelque chose de précieux. Les enfants détiennent des réponses qui déstabilisent les adultes. Tu crois que c'est un hasard ? Nous sourions chaque fois qu'ils nous éclairent avec leur sagesse, quand ils disent quelque chose qui nous surprend. Nous les traitons comme des petits animaux mignons qui font quelque chose de tendre et inattendu, nous les trouvons drôles. Mais leur univers est tellement plus riche que tout ça.

— Tu as raison.

— Et toi, pourquoi tu as choisi la parapsychologie ? demanda-t-il, soupçonnant que son intérêt pour les phénomènes inconnus n'était pas uniquement scientifique.

— Je t'ai dit que ma mère était finlandaise, mon père italien. Ils sont morts quand j'étais toute petite. Un accident de la route.

— Je suis désolé, je ne voulais pas être indiscret, s'excusa-t-il.

Il n'avait pas imaginé que les motivations de Maja étaient personnelles.

— J'ai grandi chez un oncle et une tante et j'ai eu l'affection dont j'avais besoin… Mais j'ai toujours été inquiète. C'est difficile à exprimer avec des mots. Cela ressemble à une curiosité inépuisable ou à un besoin impérieux de ne pas me contenter des explications rationnelles, de toujours chercher une réponse alternative qui soit audacieuse, risquée et parfois inhabituelle.

— Tu penses que tu n'aurais pas été poussée à le faire si tes parents n'étaient pas morts ?

— La mort a été ma marque de fabrique : j'étais la pauvre orpheline. Elle m'a accompagnée toute mon enfance et mon adolescence. J'étais celle qui, sans le vouloir, portait toujours sur elle son histoire triste. Les autres voyaient la mélancolie dans mes sourires : honnêtement, j'ignore comment ils faisaient. Ils se montraient même compatissants quand j'étais heureuse, pour eux ce sentiment ne pouvait pas être authentique, à cause de ce qui était arrivé à mes parents, dit-elle avant de marquer une pause. J'ai haï mes parents. Pas parce qu'ils m'avaient laissée seule mais parce que, à cause d'eux, cette réputation me collait à la peau.

Gerber, orphelin de mère à deux ans, avait vécu une expérience similaire.

— Alors c'est pour cela que tu as choisi ce domaine d'études…

— J'étais celle qui avait le plus de raisons de chercher des preuves de l'au-delà. À tel point que, dès que j'ai mentionné l'accident de mes parents, tu as pensé que c'était pour cela que j'avais choisi la parapsychologie.

Ses yeux brillaient.

— La mort de tes parents n'a rien à voir là-dedans, c'est juste un alibi parfait, conclut Gerber qui avait enfin compris.

— Je me suis dit : pourquoi ne pas exploiter cela pour aller fouiller un peu dans ce que les autres chercheurs refusent d'étudier, par gêne ou par crainte de ne pas être pris au sérieux ?

— Très astucieux, admit Gerber. Mon père n'a pas été aussi malin : devant les autres, il jouait le rôle du merveilleux Monsieur B., à la maison il était le veuf inconsolable. Mais naturellement, le véritable visage caché derrière son masque était réservé à son fils, confia-t-il avec amertume. Il s'est tourmenté jusqu'à la fin de ses jours pour comprendre pourquoi sa femme était morte aussi tôt. Et quand je suis tombé du balcon et que mon cœur s'est arrêté, il n'en a pas profité pour me demander la seule chose qui lui tenait vraiment à cœur. Pourtant, je suis certain qu'il en mourait d'envie.

— C'est-à-dire ce que tu avais vu, là-bas, déduisit Maja. Et je parie que toi, tu mourais d'envie de lui dire qu'il n'y avait rien.

— Nous avons un point commun, confirma Gerber avec un petit sourire : nous avons tous les deux détesté nos parents.

— Ça a toujours été le cas ? Ou bien il y a eu un moment où tu l'as aimé ?

Pietro Gerber réfléchit. Il ne s'attendait pas à cette question.

— Enfant, j'ai longtemps pensé que l'obscurité avait pris Zeno à ma place… *Quid pro quo*… C'était une idée farfelue, je sais. Mais mon père était visiblement préoccupé par la même chose. Parce que c'est à partir de là qu'il s'est définitivement détaché de moi.

— Tu penses que c'était par peur de te perdre ? La mise à distance des personnes qui nous sont les plus chères est un mécanisme d'autodéfense assez commun.

— Je pense qu'il s'agissait plutôt d'égoïsme : il ne voulait pas souffrir à nouveau comme après la mort de ma mère. Je me souviens de l'enterrement de Zeno…

— Quel enterrement ?

Maja ne pouvait évidemment pas savoir qu'il s'agissait d'une fiction.

— Dix ans après sa disparition, sa famille a organisé une petite cérémonie au cimetière des Porte Sante. Chacun des présents a mis dans une malle quelque chose qui lui rappelait Zeno.

Il se souvenait parfaitement de la scène. À l'époque il avait vingt et un ans, mais ce jour-là il s'était senti comme s'il en avait onze.

Iscio avait apporté un paquet de cartes de joueurs de football. Carletto une brique de Lego. Giovannone un biscuit Soldino de la marque Mulino Bianco. Ettore un paquet de chewing-gums en forme de cigarettes. Dante une petite voiture Burago. Deborah une photo de la bande sur la plage.

— Moi, j'ai mis dans la malle un fanion de la Fiorentina.

— Pourquoi tu me racontes cette histoire ? protesta gentiment Maja. Je t'ai demandé si à un moment tu avais aimé ton père. Quel rapport avec ma question ?

Gerber la regarda fixement.

— Ce jour-là, Monsieur B. est venu avec moi et il a mis une cassette audio dans la malle. Quand je lui ai demandé pourquoi, sans me regarder il a posé un bras autour de mon épaule, expliqua-t-il avant de pousser un grand soupir. Cela a été le dernier geste d'affection de mon père. J'étais déjà grand, je ne m'y attendais pas. Je suis resté immobile, comme pétrifié. Mon cœur battait fort, j'avais peur qu'il s'en aperçoive et qu'il retire son bras. Je ne voulais pas que ce contact intime prenne fin… Voilà : c'est sans doute le moment où j'ai le plus aimé mon père, dans l'absolu. Il est mort quelques années plus tard.

Ce souvenir l'avait profondément secoué. Maja aussi, visiblement, car soudain elle se pencha pour l'embrasser. Mais il se retira.

Ils se turent pendant un temps qui sembla infini. La jeune fille lui tenait toujours la main.

Gerber se sentit obligé d'expliquer sa réaction.

— Il y a plusieurs années j'ai eu une patiente, la seule adulte que j'aie jamais acceptée en thérapie. Depuis, je préfère éviter toute implication émotionnelle avec des personnes en lien avec ma profession ou avec des patients dont je m'occupe.

Il remarqua que la simple évocation d'Hanna Hall avait toujours sur lui un effet explosif.

— Je sais bien que c'est arrivé parce que nous le voulions tous les deux. Je suis désolé si j'ai pu t'envoyer des signaux dans ce sens.

— J'ai compris, ce n'est pas important, affirma-t-elle.

Elle baissa les yeux et acheva de refaire son bandage.

Pour le moment, Pietro Gerber n'avait pas le temps de réfléchir à ce problème. La nuit avançait, son inquiétude grandissait.

## 36

Vers minuit Maja dormait, toujours assise à la table de la cuisine. Gerber, lui, se consumait dans l'attente.

Il monta voir Eva couchée dans son lit, immobile et imperturbable, comme la nuit où la boule à neige était tombée de l'étagère. La fillette blonde avait comme une aura autour d'elle, une énergie sibylline qui la rendait unique au monde.

Comme Hanna Hall.

Il n'avait plus de nouvelles de cette dernière, toutefois elle conservait un pouvoir sur lui.

C'était pour cela qu'il continuait de la voir partout et qu'il avait engagé un détective privé pour se confirmer qu'il n'était pas fou. Et il était ridiculement convaincu que, s'il avait embrassé Maja plus tôt dans la soirée, en rouvrant les yeux il aurait vu Hanna dans la pièce.

Il referma la porte sur le sommeil d'Eva et se tourna vers l'obscurité. Il n'était jamais venu de nuit.

Un appel montait des profondeurs de la maison. Comme un signal invisible que seul l'esprit pouvait percevoir. Il n'aurait pas su dire s'il s'agissait réellement de l'influence d'un enfant fantôme ou s'il était à nouveau victime de suggestion.

Pourtant, il y avait quelque chose.

Il décida d'explorer la vieille bâtisse. Ses pas résonnaient dans les pièces, son souffle se condensait à cause du froid. Les draps blancs qui recouvraient les meubles évoquaient des suaires. Dans la pénombre, tout paraissait endormi.

Les vestiges fatigués d'un monde éteint.

En tendant l'oreille, on entendait encore les voix des habitants qui s'étaient succédé entre ces murs au fil des siècles. La musique, les fêtes, les rires. Les cris et les pleurs. Ce qui restait était du silence qui se déposait partout, pareil à de la poussière.

Gerber s'arrêta au milieu d'un couloir, attiré par quelque chose qui brillait sur le sol en tommettes. Il se pencha et aperçut le bracelet à porcs-épics de Mme Vannini. Elle l'avait probablement perdu. Il le ramassa et l'agita pour le faire tinter. Un appel parfait pour les spectres.

Il le glissa dans sa poche, il le lui rendrait le lendemain matin.

Si le soleil se levait, pensa-t-il. Il n'avait plus aucune certitude.

*« Le monsieur à lunettes sait que tu le cherches. Et maintenant, il est en route pour ici. »*

Il prit une grande inspiration. La promenade nocturne dans cette maison pleine de souvenirs invisibles l'avait apaisé. Quoi qu'il arrive à 3 h 23, il était prêt.

Un peu avant l'heure, Gerber redescendit à la cuisine et se plaça devant la porte-fenêtre. De là, il pouvait surveiller la vallée.

Il fit appel à toute sa foi d'homme rationnel et espéra

qu'Eva s'était trompée, quand elle avait annoncé l'arrivée imminente d'un intrus. Il pria pour que la logique le soutienne dans cette épreuve si difficile.

Mais quand il vit deux lumières approcher au loin, fendant le brouillard, tout vacilla.

C'étaient les phares d'une voiture. Ils se frayèrent un passage dans le mur blanc et peu après la voiture s'arrêtait devant le portail qui donnait sur la cour. Le moteur resta très longtemps allumé. Gerber ne voyait pas qui était au volant, il ne pouvait pas non plus lire la plaque. Même le modèle du véhicule était flou, à cette distance et dans le noir.

Derrière le pare-brise, un regard muet était posé sur lui.

Le psychologue attendit. Puis, de façon incompréhensible, la voiture manœuvra pour rebrousser chemin.

Quelques secondes plus tard, elle fut à nouveau engloutie par le brouillard.

L'endormeur d'enfants se moquait des traits du visage de l'homme au volant. La seule chose qu'il voulait savoir, c'était s'il portait des lunettes.

# 37

Il attendit l'aube assis sur une chaise de la cuisine. Il assista au réveil de Maja, qui avait dormi toute la nuit à la table. Lui, il n'avait pas réussi à se détendre.

— Que s'est-il passé ? demanda la jeune femme. Quelqu'un est venu ?

Gerber fixait le vide en cherchant une réponse. Quelque chose qui ait un sens, surtout pour lui.

— Vous ne pouvez pas rester ici. Aujourd'hui, je vous emmène chez moi à Florence, Eva et toi.

— Elle ne peut pas sortir, répondit-elle comme s'il ne le savait pas.

— Il va falloir trouver un moyen, insista-t-il. Peut-être ce soir, après le coucher du soleil. Vous n'êtes plus en sécurité ici.

Il ne voulait pas l'affoler, toutefois il se sentait responsable, bien qu'ignorant réellement ce qu'il se passait, à l'intérieur et aux alentours de cette maison.

Avant que Maja ait le temps de répondre, la fillette blonde apparut sur le seuil de la cuisine. Elle se frottait les yeux, à peine réveillée. Elle essayait visiblement de comprendre ce qu'ils faisaient ensemble à cette heure inhabituelle.

— Bonjour, la salua Maja avec un sourire forcé. Il est tôt. Tu ne veux pas retourner dormir encore un peu ?

— Je voudrais mon petit déjeuner. Hier soir Mme Vannini a dit qu'elle apporterait une *ciambella*[1].

— Mme Vannini n'est pas encore arrivée, l'informa Maja.

— Alors des biscuits, dit Eva en s'asseyant à la table en chêne.

Gerber la suivit du regard. En passant devant lui, elle le fixa un instant, sans parler. Ce dialogue muet contenait le secret des événements de la nuit. Ils le savaient tous les deux. Et ils avaient tous les deux décidé de faire comme si de rien n'était devant Maja.

Le psychologue s'efforçait de comprendre ce qui lui échappait. Quelque chose détonnait dans cette pièce, et ce n'était pas Eva.

*C'est moi l'erreur*, songea-t-il, à fleur de peau.

Il était en train de flancher.

Une impulsion soudaine.

Il se leva et fonça vers le petit cagibi attenant à la cuisine, où il avait observé les restes de la boule à neige quelques jours plus tôt. Il fureta dans les étagères et trouva une boîte à outils, rangée avec les produits d'entretien.

La spatule métallique était parfaite pour ce qu'il voulait faire.

Il monta au premier et se dirigea d'un pas décidé vers la chambre d'Eva. Il ouvrit grand la porte et fut comme chaque fois agacé par les insupportables

1. Sorte de brioche de Pâques, typique de la région Romagne.

marguerites. Il regarda autour de lui pour décider par quel mur commencer.

Il choisit celui à côté de l'armoire blanche, auquel était fixée l'étagère des peluches d'où était tombée la boule à neige. Il s'approcha, la spatule à la main, et la pointa vers le papier peint, prêt à l'arracher. Il était fou de rage.

*Pardon.*

*Il n'y a aucun mot écrit là-dessous*, se dit-il. Aucun. Le monsieur à lunettes n'existe pas. Il n'a jamais mis les pieds dans cette maison. De même qu'il n'y a jamais eu d'enfant de cinq ans dans cette chambre, encore moins Zeno Zanussi.

Il haletait. Il sentit soudain le poids de son corps et sa fatigue. Il croisa son regard dans la vitre de la fenêtre. Ses yeux étaient injectés de sang, il avait l'air d'un fou.

*Si je le fais, c'est terminé*, pensa-t-il. *Si je regarde ce qu'il y a sous ce satané papier peint, je ne pourrai pas revenir en arrière. Qu'il y ait ou non une inscription, cela ne fait aucune différence. Parce que, si j'admets la possibilité que ce soit vrai, j'aurai perdu dans tous les cas.*

*Et surtout, je ne pourrai plus aider Eva. Ni aucun autre enfant. Plus jamais.*

Mais ensuite, il se tourna vers le petit fauteuil vide, comme s'il voulait être vu. Puis il donna le premier coup de spatule.

Quand l'outil se planta dans le mur, celui-ci trembla avec un grondement sombre.

Gerber ne s'y attendait pas : cette découverte le paralysa. Il laissa tomber la spatule et frappa le mur de sa main : la vibration et le bruit lui confirmèrent qu'il n'était pas en pierres, comme le reste de la maison. Il y avait une fine barrière de placoplâtre. Une grande pièce avait probablement été séparée en deux, la chambre d'Eva en était une partie.

Instinctivement, le psychologue se tourna vers l'étagère des peluches.

Puis il sortit de la chambre et se plaça juste devant la porte. À droite, il y avait une autre porte. Il l'ouvrit.

Les volets étaient fermés mais il distingua un lit simple et une table de chevet. Probablement une chambre d'amis, inutilisée actuellement. Gerber ne s'intéressait pas à la destination de cette pièce, mais à la cloison qui la séparait de la chambre d'Eva.

Il tâta le mur, repéra un endroit précis, serra les poings et cogna le placoplâtre de toutes ses forces. Puis il retourna rapidement dans la pièce d'à côté.

Par terre, au pied de l'étagère, les peluches gisaient.

Soudain tout fut clair. Il savait maintenant comment la boule à neige avait pu tomber. Une ruse très simple, presque grotesque. Il s'était laissé berner parce qu'elle impliquait la présence de quelqu'un dans la chambre d'amis. Quelqu'un qui avait frappé la cloison de séparation, comme lui, la faisant vibrer. Accepter cette hypothèse signifiait aussi admettre que cette personne avait deviné la présence de la microcaméra.

*« Tu penses vraiment que je n'ai pas remarqué la carte mémoire parmi les restes de la boule à neige ? »*

— Maja…, dit-il avec un filet de voix.

Il repensa à ce qu'elle lui avait dit, le lendemain de la fameuse nuit.

*« Vers 3 heures, je dormais dans ma chambre, qui est en face de la sienne. Le bruit m'a réveillée. Je me*

*suis précipitée et je l'ai trouvée assise sur le lit, dans l'obscurité. J'ai allumé et j'ai vu la boule à neige par terre, au milieu des peluches. »*

La question que Gerber évitait de se poser s'imposait à lui, il ne pouvait plus y échapper : pouvait-il encore lui faire confiance ?

# 38

Il avait besoin de fuir ce lieu. Il alla s'enfermer dans sa voiture. Au lieu de démarrer, il resta dans la cour déserte et observa la maison.

Le silence oppressant qui y régnait l'avait suivi jusque-là. Un silence qui collait à la peau. Alors il tendit la main vers la radio et l'alluma. Des notes de piano chassèrent le silence. Gerber ferma les yeux et se laissa aller contre son siège. Il s'abandonna à la douceur de Chopin.

En quoi se trompait-il ? Si une cloison en placoplâtre avait suffi à le berner, de toute évidence il passait à côté de quelque chose.

Les causes de son manquement avaient été multiples. D'abord les synchronicités avec l'histoire de Zeno, puis les événements inexplicables qui les avaient accompagnées. La chute de la boule à neige avait constitué la plus grosse distraction. Il ne se pardonnait pas d'avoir fait confiance à une évaluation superficielle des personnes impliquées dans l'affaire.

À commencer par Maja Salo. L'erreur avait été commise au début : quand il avait accepté de s'occuper de l'affaire d'Eva, il avait oublié une leçon importante de Monsieur B.

*« Pour connaître un enfant, tu dois connaître sa famille. »*

En général, avant d'entamer une thérapie, il convenait d'enquêter sur les proches des patients, parce que l'origine des troubles se cachait souvent au sein du foyer. Cette fois, il avait négligé cet aspect fondamental de la thérapie, parce que les parents d'Eva étaient absents.

Il avait fait une exception pour Maja, qui se rapprochait d'une parente, mais cette erreur était impardonnable.

Dans le fond, que savait-il de la jeune Finlandaise, à part ce qu'elle lui avait elle-même raconté ? Beatrice Onegli Catelani lui avait déjà révélé qu'elle avait menti au sujet de l'université. Le fait qu'elle se soit fait passer pour une étudiante en histoire de l'art alors qu'elle écrivait un mémoire de parapsychologie aurait dû éveiller ses soupçons.

*Quand on connaît certains phénomènes, en théorie on est capable de les simuler*, se dit-il.

Pourquoi n'y avait-il pas pensé avant ? Pourquoi n'avait-il pas réussi à être impartial ? Avait-il le béguin ? Il se sentit à la fois ridicule et coupable.

Et dans tous les cas, en plus de Maja, il restait deux figures mystérieuses. Les parents d'Eva.

La mère à la Barbade représentait une énigme. S'arrêtant à l'opinion négative de Mme Vannini et à leur unique conversation téléphonique, il n'avait pas approfondi son rôle dans la vie de sa fille, ni élucidé les raisons pour lesquelles elle avait confié Eva à une étrangère qu'elle n'avait jamais vue.

Et puis, quelque part, il y avait ce père absent.

Alors qu'il formulait cette pensée, la musique de Chopin se brouilla. Dérangé par le bruit strident, Gerber baissa le volume, mais entre-temps son attention se porta sur le premier étage de la grande maison.

Postée à la fenêtre de sa chambre, Eva l'observait.

À ce moment-là, Gerber crut entendre quelque chose dans le bruit constant qui provenait de la radio. Il monta de nouveau le son et écouta. Il y avait parfois un léger changement d'intensité, comme des ondes qui apparaissaient et disparaissaient. Il tourna la molette jusqu'au maximum, et c'est alors qu'il l'entendit, pendant à peine une seconde.

Un murmure.

Qui lui évoqua le vieux transistor du salon de la villa de Porto Ercole, celui qu'il avait utilisé avec ses amis pour intercepter un éventuel message de Zeno. L'expérience n'avait pas fonctionné, mais ce parallèle le fit frissonner.

Toutefois, le murmure ne se répéta pas. L'interférence cessa et les notes de Chopin envahirent l'habitacle. Gerber remarqua alors qu'Eva n'était plus à la fenêtre.

Comme si cette scène irréelle n'avait jamais eu lieu.

*Il ne se passe rien d'étrange*, se dit-il en repensant à la cloison en placoplâtre. *Il existe une explication logique à tout cela, j'en suis certain.*

La seule chose inexplicable restait la fillette.

Si seulement il avait compris ce qui en elle était

authentique et ce qui était prémédité pour attirer son attention, peut-être aurait-il pu l'aider.

*« Il me disait que j'étais sa reine... »*

En se remémorant ces mots, il fut comme foudroyé. La seule fois où Eva avait semblé manifester une émotion sincère, c'était quand elle avait évoqué son père.

*« Il est au ciel. »*

Ce fut justement ce mensonge, qui lui avait été raconté pour faire sortir l'homme de sa vie, qui suggéra à Gerber ce qu'il devait faire. Obtempérant à la leçon de Monsieur B., il prit son téléphone et composa le numéro de Calindri.

— J'ai besoin d'un autre service, déclara-t-il.

— Je dois chercher un autre camarade de jeu ? demanda le détective privé avec son sarcasme habituel.

— Cette fois, ce sera un peu plus difficile, affirma Gerber.

## 39

Il se trompait : Calindri n'avait eu aucun mal à mener à bien sa mission. En une heure, il avait trouvé l'adresse. L'endormeur d'enfants regretta de ne pas y avoir pensé plus tôt.

À cause des orages des derniers jours, l'Arno coulait avec impétuosité, pour s'emballer au niveau du Ponte Vecchio. Pietro Gerber s'enfonça dans le centre historique. Il dépassa le Palazzo Pitti et prit la via Maggio, célèbre pour ses bâtiments Renaissance et pour ses boutiques d'antiquités.

Les vitrines offraient un florilège d'ornements dorés, de meubles luxueux, de précieuses céramiques, de tableaux, de peintures, de tapisseries et de bijoux.

Peu visible, la boutique qui l'intéressait faisait un angle. Pour accéder à l'entrée, il fallait descendre une volée de marches.

Gerber s'y dirigea avec une lueur d'espoir.

L'intérieur de la boutique était labyrinthique. Il passa d'abord sous une série de petites arches qui séparaient une succession de pièces voûtées, remplies de meubles et de bibelots. Il entendit les coups d'une pendule au fond.

Le propriétaire apparut derrière un socle en marbre rose qui soutenait un buste de femme en grès.

— Bonjour, salua-t-il, que puis-je faire pour vous ?

Un homme de quatre-vingts ans, très élégant. Costume gris pied-de-poule, pochette à motifs blancs et cravate claire. Des lunettes à monture en écailles de tortue étaient posées sur sa chevelure blanche. Il portait au petit doigt une bague ornée d'un rubis et tenait à la main un pot de gomme-laque et un chiffon pour astiquer le bois.

C'était celui qui racontait à Eva des histoires de rois, de chevaliers et de châteaux. Qui aimait les douceurs, surtout les bonbons. Qui lui avait appris à compter jusqu'à dix et à lire. Qui la faisait asseoir sur ses genoux et qui chantait pour elle pendant qu'ils écoutaient des opéras à la radio.

L'homme que sa fille croyait mort.

— Je m'appelle Pietro Gerber, se présenta-t-il. Je suis psychologue pour enfants et en ce moment je m'occupe de votre fille Eva.

L'autre se raidit et pinça les lèvres.

— Ma fille s'appelle Clara, le corrigea-t-il.

Pietro imagina une erreur de personne. Mais l'autre ajouta :

— Sa mère change très régulièrement son prénom.

Ils s'installèrent derrière un paravent rouge, dans ce qui constituait le bureau de l'antiquaire. Deux voyeuses en tissu vert damassé étaient placées devant une table de jeu au plateau marqueté qui servait de bureau. Au mur, une Vierge nourricière du XVII^e^ siècle. Dans un coin, une bouilloire électrique posée sur un petit meuble néoclassique.

— Comment va Clara ? demanda Guglielmo Onegli Catelani en allumant une lampe Tiffany en verre et laiton.

Gerber aurait aimé être franc, mais il craignait de l'inquiéter.

— J'essaie de l'aider, dit-il seulement.

L'homme était visiblement au courant des problèmes de la fillette.

— Moi aussi j'ai essayé, affirma-t-il. Tous mes efforts ont été vains.

— Pourquoi vous êtes-vous éloigné d'elle ? demanda le psychologue.

— C'est ce qu'elle vous a dit ? s'indigna l'homme en faisant allusion à Beatrice.

— Votre ex-femme m'a parlé de diverses incompréhensions et aussi d'un dessin.

Eva avait fait le portrait d'une petite sœur que son père avait perdu dans son enfance, alors qu'elle ne l'avait jamais vue.

— Encore cette histoire ! se plaignit l'antiquaire. Je ne sais pas ce que vous a raconté cette femme, mais je n'ai pas pris la fuite. Simplement, je n'ai jamais cru que le dessin était de Clara.

— Moi non plus, abonda le psychologue. Mais Beatrice semble convaincue que votre fille a un don particulier.

— Je connais sa version des faits, affirma-t-il avec agacement, avant d'ouvrir un petit meuble pour en sortir une bouteille d'eau-de-vie et deux verres en cristal. Mais j'ai été exclu de la vie de Clara.

Beatrice soutenait avoir subi plus ou moins le même sort, toutefois elle attribuait la décision à la fillette. Donc un des deux parents mentait. Toutefois, la peine de cet homme semblait authentique, constata Gerber.

Guglielmo Onegli Catelani leur servit à boire et poursuivit :

— Beatrice avait vingt-sept ans quand nous nous sommes rencontrés, moi presque soixante-dix. Elle était jeune et belle, je n'aurais jamais imaginé qu'elle puisse s'intéresser à moi, et bien entendu, à mon âge, je n'imaginais plus devenir père. Mais nous nous sommes mariés et Clara est née deux ans plus tard.

Ce n'était pas encore le moment de lui demander pourquoi Beatrice avait modifié le prénom de sa fille. Gerber voulait d'abord laisser l'homme vider son sac. Il accepta donc l'eau-de-vie, mais n'y toucha pas.

— Je me suis fait avoir. Elle m'a tout pris.

Selon les informations fournies par Calindri, l'homme était devenu antiquaire par nécessité, mais le psychologue s'abstint de demander comment Beatrice avait opéré.

— Elle a dilapidé mon patrimoine, poursuivit-il. La seule propriété qu'il lui reste est la maison de San Gimignano. Je l'ai suppliée de la laisser à Clara. Elle n'aurait aucun mal à vendre la bâtisse et les terrains, c'est une demeure prestigieuse. Et bien sûr, l'argent devrait revenir à ma fille, pour qu'elle ait un avenir. Mais Beatrice s'y oppose : pour m'empêcher d'interférer, elle a demandé que je sois déchu de mon autorité parentale et le tribunal lui a donné raison.

L'homme vida son verre d'un trait.

— Un tribunal vous a retiré votre autorité parentale ? répéta Gerber, curieux de connaître les raisons d'une décision aussi extrême.

L'antiquaire baissa les yeux.

— Je n'ai jamais levé la main sur elle, ni sur notre fille…, se défendit-il.

Pourtant, les juges étaient convaincus que Beatrice et Clara avaient été victimes de violences domestiques : le psychologue n'avait aucun élément pour établir s'ils se trompaient et si l'homme qui se trouvait devant lui était réellement innocent. N'étant pas intéressé par les histoires financières, il changea de sujet.

— Votre ex-femme insiste sur cette histoire de facultés paranormales : elle a confié votre fille aux bons soins d'une étudiante en parapsychologie.

— Et vous, qu'est-ce que vous en pensez ? l'interrompit l'autre, qui espérait avoir la réponse d'un expert.

— Je pense que tout ceci est un peu excessif pour une enfant de dix ans.

— Clara en a treize, le corrigea Guglielmo avec un sourire amer.

— Treize ?

— Encore un mensonge de Beatrice. Je parie que Clara elle-même ne le sait pas.

En plus, l'isolement et l'impossibilité de fréquenter quiconque de son âge étaient en train de détériorer sa santé mentale.

— Son agoraphobie n'a jamais été diagnostiquée par aucun expert, renchérit l'homme.

Le psychologue n'évoqua pas son soupçon de schizophrénie.

— Pourquoi mentirait-elle sur son âge et son prénom ?

— Vous n'avez vraiment pas compris, docteur ?

L'homme semblait étonné. Il se servit un autre verre.

— Vous n'êtes pas le premier spécialiste que cette sorcière essaie de tromper. C'est pour cela qu'elle change le prénom de ma fille : pour que dans votre milieu le bruit ne coure pas qu'une petite patiente passe de psychologue en psychologue.

— D'accord, mais quel est son but ?

— La mère de Clara cherche quelqu'un qui certifiera que tout est vrai. Elle a bien failli réussir, deux ou trois fois.

— Égocentrisme ? suggéra l'hypnotiseur avant de réfléchir à une forme du syndrome de Münchhausen par procuration.

Bien sûr : en tant que mère d'une enfant particulière, on est soi-même particulière.

— Beatrice n'est pas folle, docteur, précisa l'autre. Elle a un plan en tête depuis le début…

Guglielmo se leva, se plaça devant le tableau de la Madone et le fixa comme s'il voulait se perdre dans ses détails.

— Quand je l'ai rencontrée, Beatrice n'a jamais fait aucune allusion à son intérêt pour l'occultisme. Je l'ai découvert quand elle était enceinte. Elle insistait sur le fait que Clara avait déjà quelque chose de spécial, elle le sentait.

— Beatrice voit des choses qui n'existent pas et, avec le temps, elle a convaincu sa fille, affirma le psychologue. C'est cela que vous essayez de me dire ?

— Je n'ai pas été dans son sens et, quand j'ai tenté de faire opposition, elle m'a congédié, confirma l'autre en se tournant vers lui. Toutefois, je crains que ce ne soit pas tout…

— Que voulez-vous dire ?

— Beatrice s'est rapprochée d'un groupe de fanatiques, révéla l'antiquaire avec mépris. Ils s'intéressent au spiritisme et à d'autres pratiques ésotériques. Peut-être qu'ils l'ont embrigadée, je ne sais pas. Le fait est qu'elle a essayé de m'impliquer dans ces histoires. Devant mes refus répétés, elle a renoncé. Je pensais qu'il s'agissait d'une simple divergence de points de vue, je n'imaginais pas que cela conduirait à la fin de notre mariage.

— Vous les avez rencontrés ?

— Une seule fois. Beatrice m'a traîné à une séance de spiritisme. Une farce monumentale. Je ne comprenais pas cette fixation pour l'au-delà. Je crois que Beatrice m'a choisi parce que j'étais riche mais aussi parce que j'étais beaucoup plus vieux qu'elle : elle disait que j'avais de la chance d'être proche de la frontière de la vie, je pouvais mieux percevoir les signaux venant de l'autre monde. Et elle s'énervait quand je lui répondais que la seule chose que je percevais clairement, c'étaient les douleurs liées à l'âge.

— Qui sont ces fanatiques dont vous parlez ?

— Ils sont insoupçonnables, commenta-t-il. Le problème, c'est qu'ils ont pris l'ascendant sur Beatrice : elle leur était totalement soumise et je pense qu'elle l'est encore.

— Quel genre d'ascendant ?

— Petit à petit, Beatrice a commencé à les consulter pour tout, même les petites choses… Clara avait quelques mois et un jour elle l'a emmenée se promener.

Elle est rentrée pour lui changer sa robe jaune. J'imaginais qu'elle s'était salie, mais en fait quelqu'un lui avait dit que cette couleur n'allait pas : à partir de ce moment, le jaune a disparu de la garde-robe de ma fille, expliqua-t-il en secouant la tête. Ces maudits sont puissants et ils ont le bras long. Je ne serais pas étonné qu'ils aient influencé les juges qui m'ont condamné... Ils contrôlent Beatrice et elle ne se rebelle pas. Ils limitent même ses déplacements.

— D'après ce que j'ai compris, votre femme voit très rarement votre fille parce qu'elle est toujours en voyage, l'informa Gerber pour démentir l'idée que la femme était, en un sens, prisonnière. Là, elle est en croisière à la Barbade.

— En croisière ? s'étonna l'homme.

— Cela vous semble étrange ?

— Je ne pensais pas que c'était possible. Mais c'est peut-être mieux pour Clara.

Pietro Gerber n'avait aucun élément pour déterminer si ce que l'homme lui révélait n'était que le fruit de la rancœur accumulée. Il devait traiter ces informations avec prudence.

— Si vous voulez vraiment aider ma fille, éloignez-la de sa mère, insista Guglielmo Onegli Catelani. Bon, je n'ai que trop parlé. Il vous faudra découvrir le reste par vous-même. Mais faites attention aux questions que vous posez..., ajouta-t-il tout bas.

Gerber comprenait sa réticence. L'antiquaire ne se serait sans doute pas montré aussi disponible avec lui s'il lui avait parlé des étranges phénomènes dont il avait été le témoin, ou des synchronicités entre le récit de l'ami imaginaire d'Eva et son propre passé. S'il avait perçu que le psychologue était impliqué émotionnellement dans cette affaire, l'homme se serait méfié.

— Alors vous pourriez me conseiller où chercher.

L'antiquaire prit un stylo et un bloc-notes, puis il écrivit.

— Je ne sais pas si cela vous sera utile, mais c'est là-bas qu'ils se réunissaient.

Gerber attendit. Peut-être avait-il vraiment une piste pour comprendre ce qu'il se passait. Peu après, Guglielmo Onegli Catelani détacha une feuille et la lui tendit. Il avait noté une adresse, et trois mots en latin.

*Audire Discere Videre*

Écouter, apprendre, voir – traduisit le psychologue.

# 40

Pietro Gerber scrutait les nuages noirs qui s'accumulaient au-dessus de sa tête. La pluie allait libérer la ville du sentiment d'oppression que provoquait ce ciel sombre.

L'adresse sur le papier qu'il tenait à la main correspondait à un bâtiment du XIVe siècle, austère et élégant, situé via Tornabuoni, en plein centre.

Posté sur le trottoir opposé, il observait l'immeuble depuis au moins trente minutes. Il étudiait les allées et venues qui se déroulaient sous l'œil attentif du gardien. Et il se demandait pourquoi le père d'Eva l'avait envoyé à cet endroit, un immeuble luxueux où siégeaient des cabinets d'avocats et une société immobilière.

Rien n'indiquait un usage différent des lieux.

Gerber avait toujours imaginé que certaines coteries se réunissaient dans des lieux à l'écart, loin des yeux indiscrets. Et que les adeptes tenaient à préserver leur anonymat. Pourquoi choisir une rue aussi passante ? Cela lui paraissait incohérent. Il commençait à se sentir un peu ridicule.

Une goutte tomba. Très vite, ce fut le déluge. La pluie tant invoquée tombait enfin.

Quand le portier s'empressa de remplacer le tapis rouge posé sur le trottoir par un grand paillasson, Gerber se dirigea vers l'entrée. Profitant de la distraction de l'homme, il avança dans la cour, puis monta au troisième étage.

Il y avait trois portes à double battant, distantes les unes des autres. Il vérifia à nouveau les indications de l'antiquaire et repéra la plaque indiquant « *Audire Discere Videre* ».

Néanmoins, il n'avait pas de stratégie préétablie. Il pouvait tourner les talons et chercher ailleurs l'histoire de cet appartement, par exemple en partant de son ou sa propriétaire. Ou bien il pouvait sonner.

Il choisit la deuxième option. Mais quand il appuya sur le bouton de la sonnette, il n'entendit rien. Il réessaya et colla l'oreille à la porte. Rien non plus à l'intérieur.

*L'électricité est coupée*, se dit-il.

Il remarqua alors que la porte différait de celle des autres appartements : le bois n'était pas aussi brillant, en plus il était éraflé. Il saisit une des poignées et la secoua, pour tester la solidité de la serrure. C'était juste une plaque avec une petite barre métallique qui se fermait de l'extérieur par une simple clé dentelée.

Ces détails semblaient indiquer que l'appartement était inoccupé.

Il n'y avait qu'une façon de le découvrir. Gerber espéra que l'antiquaire ne l'avait pas berné. Sa curiosité prit le dessus sur la raison : profitant du bruit de la pluie, qui couvrait le reste, il donna un coup d'épaule dans la porte.

Au troisième, elle s'ouvrit.

Il se trouva face à un très long couloir, sur lequel donnaient plusieurs pièces. Il y avait de la poussière suspendue dans la pénombre, qui évoquait de la brume. Gerber s'introduisit dans l'appartement et referma derrière lui. Il attendit quelques secondes, au cas où un bruit révélerait la présence d'un hôte, mais il n'entendait que la pluie et le grincement du vieux parquet sous ses pieds pendant qu'il s'aventurait à l'intérieur.

Quand ses yeux se furent habitués à l'obscurité, il remarqua un détail troublant : les murs étaient recouverts de papier peint avec des petites marguerites. Par ailleurs, il n'y avait aucun meuble. Gerber visita une série de pièces vides, aux volets fermés, peut-être depuis des dizaines d'années.

*Qu'est-ce que je fais ici ?* songea-t-il.

Guglielmo lui avait indiqué cet endroit, mais il n'était pas certain que le groupe qu'il avait évoqué s'y réunissait encore. Il y était venu une seule fois, des années auparavant.

Après avoir fait le tour des pièces, Gerber s'apprêta à renoncer, mais il fut arrêté par un bruit qui lui était désormais familier.

Cette fois, le sifflement qu'il avait entendu n'était pas dans sa tête.

Il suivit l'appel de la statuette de cire et se retrouva devant un deuxième couloir. Au fond, une porte était ouverte. Au centre d'une pièce sans fenêtres, il y avait une table ronde à un seul pied. Sur la table, sept bougies.

Et elles étaient allumées.

# 41

Gerber était à mi-chemin entre la porte d'entrée et la pièce à la table ronde. Il aurait été plus sage de s'en aller.

Mais il trouva le courage d'avancer.

Sept bougies allumées. Ce n'était pas un hasard. Sept statuettes de cire, comme cet après-midi d'été, vingt-cinq ans auparavant, dans l'Argentario. Qui attendaient que quelqu'un prononce le mot « Arimo ».

Une partie de lui était effrayée par la scène, l'autre plutôt agacée. Quelle que soit la finalité du spectacle qui se déroulait devant lui, Pietro Gerber fit appel à tout son scepticisme. *C'est une mise en scène*, se répétait-il. *Quelqu'un veut que je croie à quelque chose. Le moment est venu de lever le rideau pour voir ce qu'il y a derrière.*

Il entra dans la pièce et la balaya du regard. Bien sûr, il n'y avait personne. Juste ces sept statuettes de cire à l'odeur douceâtre et dérangeante.

Gerber tourna autour de la table ancienne, imaginant des participants à une séance de spiritisme. Il n'y avait pas de chaises, il supposa donc que cela se pratiquait debout. Dans son esprit, pendant le rituel, les sujets étaient assis et se tenaient par la main. Du moins, c'était ce qu'il avait lu dans les romans et vu au cinéma. Soudain, il se sentit stupide et intrus. Qu'attendaient de lui les auteurs de cette mise en scène ? Voulaient-ils lui faire peur ? L'intimider ? Était-ce une menace ? Pour montrer qu'il n'était pas impressionné, il se pencha sur les bougies à l'odeur écœurante et souffla sur les flammes. Il les éteignit toutes.

Quand il se redressa, il eut le vertige et des sueurs froides. Il s'appuya à la table. Tout tourna autour de lui. Il sentit ses bras le lâcher et il tomba, sans avoir le temps de mettre les mains en avant. La partie gauche de son visage heurta le sol. La douleur était insoutenable.

Sa vue était brouillée, mais il remarqua tout de même que quelqu'un entrait dans la pièce. Une ombre de petite taille sautilla autour de lui. Malgré ses sens perturbés, il entendit un rire cristallin d'enfant.

*« Il dit qu'il se montrera quand ce sera le moment. »*

L'individu s'arrêta à côté de Gerber. Il mit un genou à terre et le scruta de ses petits yeux vifs et curieux. Des mèches de cheveux collaient à son front en nage. Il avait des taches de rousseur sur le nez et sa peau était bronzée. Il portait un maillot de la Fiorentina. Un sourire édenté se forma sur son visage.

— Salut Pietro, dit Zeno Zanussi en le reconnaissant.

Gerber aurait voulu lui demander ce qu'il faisait là, mais pour le moment il était avant tout heureux que son compagnon de jeu ne soit pas mort. Il se demanda toutefois comment il était possible que, depuis tout ce temps, il n'ait pas changé.

« Il n'est pas comme les autres enfants. Il ne grandit jamais », avait dit Eva la première fois qu'elle avait évoqué son ami imaginaire. « Il a toujours cinq ans. »

# 42

— Docteur Gerber.

La personne qui l'avait giflé l'appelait maintenant par son nom.

— Docteur Gerber !

On le saisit par les aisselles et on le traîna sur le sol. Il était à la merci de l'inconnu.

— Il faut partir d'ici avant qu'on nous accuse de violation de domicile.

Il plissa les yeux : l'homme lui était familier. Il lui fallut encore quelques secondes pour comprendre qu'il le connaissait.

— Calindri, murmura-t-il.

Le détective privé l'aida à s'asseoir, adossé au mur du couloir.

— Vous pouvez m'expliquer ce que vous trafiquez ?

Gerber était hébété.

— Quand vous m'avez demandé de retrouver ce Guglielmo Onegli Catelani, j'ai compris que vous alliez vous attirer des ennuis. Alors j'ai décidé de vous tenir à l'œil.

— Vous m'avez suivi ? demanda le psychologue, qui ne comprenait toujours pas ce qui s'était passé.

— Oui, je vous ai suivi. Et de toute évidence j'ai bien fait. Maintenant, reprenez votre souffle et filons d'ici : cet endroit est terrifiant !

Pietro respira profondément. La nausée se dissipait.

— Comment vous vous êtes introduit dans l'appartement ? insista Calindri.

Gerber se tourna vers la table basse et les bougies. Le rire joyeux du petit Batigol résonnait toujours dans sa tête. Il se demanda comment le détective privé réagirait, s'il lui racontait son rendez-vous avec un fantôme. Il éclata de rire.

— Que se passe-t-il ? s'insurgea l'autre.

Mais le rire de Pietro Gerber était nerveux.

— RDG, dit-il, reprenant la manie des acronymes du détective. Rien de grave.

Calindri scruta ses iris.

— Moi je pense que vous êtes SEDS.

— Quoi ?

— Sous l'effet de stupéfiants.

Cela augmenta l'hilarité du psychologue. Quand il fut calmé, il se releva lentement.

— Et maintenant, où allez-vous ?

Ignorant la question, Gerber retourna dans la pièce au fond du couloir. Chancelant, il saisit une des bougies sur la table ronde et la renifla, mais juste le temps de sentir son odeur douceâtre.

Il la glissa dans sa poche.

Calindri, lui, essayait d'évaluer la gravité de la situation dans laquelle il se retrouvait.

— Je dois m'inquiéter ?

— Tout va bien, le rassura Gerber en revenant vers lui.

— Quand je vous ai vu pour la première fois, vous n'aviez pas l'air en forme. Mais là, c'est pire. Et je ne parle pas seulement du bleu sur votre visage, de votre doigt bandé ou du fait que vous avez l'air de sortir d'une centrifugeuse.

Gerber essaya de se reprendre.

— J'attendais une réponse, je crois l'avoir obtenue, dit-il en s'efforçant en vain de paraître serein.

— Donc je peux supposer que vous n'allez pas vous attirer plus d'ennuis ?

— Vous pouvez le supposer.

Il était reconnaissant envers Calindri. La personne qui avait préparé la mise en scène avec les sept bougies aurait tout à fait pu revenir et profiter de sa perte de connaissance.

*Le petit théâtre des esprits m'était destiné*, songea-t-il. Mais il ne comprenait toujours pas pourquoi. Et il avait peur de le découvrir.

Il avait besoin d'explications et il n'y avait qu'un endroit où les chercher : il allait convoquer ce qu'il restait de la Confraternité des hypnotiseurs florentins.

## 43

Pietro Gerber se souvenait bien de la première fois qu'il avait entendu parler de la Confraternité des hypnotiseurs florentins, par Monsieur B.

À vingt ans, il avait annoncé à son père son souhait d'exercer le même métier que lui. Alors celui-ci l'avait emmené à la pharmacie Münstermann, piazza Goldoni.

Dans l'arrière-boutique, un escalier menait à une mezzanine où, chaque jeudi soir après la fermeture, une assemblée secrète d'hypnotiseurs se réunissait pour s'adonner au jeu obscur de l'Oblivio.

Le jeune Gerber n'allait jamais oublier son passage entre les meubles qui sentaient le bois et les ampoules aux couleurs brillantes. Ni l'émotion d'être accepté dans ce groupe d'initiés.

Il n'allait pas non plus oublier sa surprise, et même son embarras, de découvrir que la fameuse confraternité n'était qu'un groupe de quatre amis qui se retrouvaient pour jouer aux cartes.

Le propriétaire de la pharmacie mettait à leur disposition une petite pièce où les anciens compagnons d'agapes, au prétexte de faire survivre un jeu de hasard disparu depuis des siècles, passaient la nuit à fumer le cigare en buvant du bon vin.

L'appellation « Confraternité des hypnotiseurs florentins » était une invention de Monsieur B. pour se payer la tête de son fils.

Pourtant, depuis cette soirée, Pietro Gerber était devenu un membre à part entière du groupe. Et il avait appris qu'il pouvait compter sur les amis de son père chaque fois qu'il en avait besoin.

Il était parvenu à les faire venir sans difficulté en plein après-midi, alors que la pharmacie était encore ouverte au public (et que ce n'était pas un jeudi). Mais l'heure était grave.

En arrivant sur la mezzanine, il retrouva ce qu'il restait de la confraternité.

Monsieur F., professeur de psychologie clinique et hypnose curative, et Monsieur R., spécialiste d'hypnose régressive.

Ils étaient assis autour de la table où ils jouaient généralement à l'Oblivio, mais avec la lumière du matin le lieu perdait de son charme. Il redevenait une simple petite pièce étroite. Les deux vieux hypnotiseurs portaient encore leurs manteaux : ils venaient d'arriver.

— Comment va Monsieur Z. ? demanda Gerber.

Il y avait eu la mort de Monsieur B., puis un autre membre avait quitté le groupe.

— Pas très bien, répondit Monsieur F.

Comme toujours, il était le plus élégant.

— Il reste enfermé dans son laboratoire d'horlogerie, il ne sort plus de chez lui, ajouta Monsieur R. en ôtant son chapeau.

C'était le prix que l'expert en parasomnie payait pour

sa contribution à l'affaire de l'Affabulateur : Gerber se sentait toujours coupable de lui avoir demandé son aide pour remonter à l'identité de l'individu qui se cachait derrière les initiales A.D.V.

— Toi aussi, tu as une sale mine, lui dit Monsieur F.

— C'est la deuxième fois qu'on me le dit aujourd'hui, merci.

— Quelle est l'urgence, cette fois ? demanda Monsieur R.

— Que savez-vous de la transe artificielle ?

Au début de leur formation, les futurs hypnotiseurs devaient choisir un *objet guide*, également appelé « objet empirique » ou « fétiche de transition ». À travers lui, le thérapeute établissait un contact exclusif avec son patient. Le métronome de Gerber, un pendule, une spirale, une petite lampe électrique ou encore le disque de Monsieur B. : il existait une infinité d'instruments pour accéder à l'inconscient.

Les meilleurs hypnotiseurs préféraient se servir uniquement du toucher ou de la voix. Gerber savait que, pour certains, il suffisait de poser légèrement la main sur certains endroits du corps du sujet ou de lui parler à un rythme déterminé pour faire glisser son cerveau dans un état intermédiaire. Lui-même n'était pas encore à ce niveau et il n'y arriverait probablement jamais.

Au-delà des méthodes qui nécessitaient le consentement psychique et la collaboration du patient, il existait des moyens d'obtenir le même résultat sans que celui-ci s'en aperçoive.

— Il existe des films subliminaux, lui confirma Monsieur F., des séquences très rapides d'images sans aucun lien apparent entre elles, mais qui exercent une puissante action de suggestion.

— Ou bien des combinaisons particulières de lumières et de sons, dit Monsieur R.

— Et si c'était plus subtil encore ? demanda Pietro Gerber.

Les deux experts ne comprenaient pas de quoi il voulait parler, alors il sortit de la poche de son imperméable la bougie qu'il avait prise sur la table de l'appartement vide. Il la lança et Monsieur F. l'attrapa au vol.

— Qu'est-ce que c'est ? demanda Monsieur R.

L'autre observa l'objet, puis le renifla. Comme Gerber, il avait tout de suite perçu son odeur douceâtre.

— Ibogaïne, déclara-t-il.

— Ibo-quoi ?

— C'est une substance hallucinogène. Elle est tirée d'une plante africaine, l'iboga.

— Tu en as ingéré, Pietro ? demanda Monsieur R.

— Il me semble que je l'ai inhalée, précisa-t-il.

Ses soupçons concernant la nature réelle des séances de spiritisme qui se tenaient dans l'appartement se confirmaient donc. Rien de surnaturel. Certaines tribus d'Afrique, de même qu'un certain nombre d'hypnotiseurs de la première moitié du XX$^{e}$ siècle, n'hésitaient pas à utiliser ce genre d'expédients pour générer l'état de transe.

La drogue était probablement dans la cire. Cela expliquait qu'il n'y avait pas de chaises autour de la table. Pour inhaler la substance, il fallait que les participants soient debout, au-dessus des bougies.

Gerber arrivait à la conclusion que les personnes qui

lui avaient tendu le piège étaient familières des techniques de manipulation de l'esprit. Et cela concernait aussi Eva.

— Où l'as-tu trouvée ? l'interrogea Monsieur F. en lui rendant la bougie.

Mais Pietro Gerber n'avait pas oublié ce qui était arrivé à Monsieur Z., et cette fois il ne voulait pas impliquer ses amis, donc il se tut.

— Je sais d'où elle vient, intervint à nouveau Monsieur F.

— Tu le sais ? s'étonna Monsieur R. Alors qu'est-ce que tu attends pour le dire ?

— À Florence il y a une cathédrale, neuf basiliques et tellement d'églises que j'en ai perdu le compte. Toutefois, il existe depuis toujours des cultes parallèles en tout genre, des sectes et des coteries secrètes : les rues, les monuments et les immeubles du centre historiques sont pleins de symboles ésotériques, qui côtoient les symboles religieux. Aujourd'hui encore, certains individus veulent être en contact avec l'occulte. On entend parfois parler de groupes de fidèles, de rites magiques ou de mystérieux initiés.

Gerber eut la sensation que Monsieur F. avait déjà eu affaire aux personnes qui pratiquaient le spiritisme dans l'appartement de la via Tornabuoni.

— Tu pourrais m'aider à comprendre ?

— Je n'en sais pas beaucoup plus, malheureusement. Mais ce sont des gens dangereux, Pietro. Ils vénèrent les enfants.

Frappé par cette affirmation, le psychologue décida de raconter :

— Je m'occupe d'une fillette qui affirme communiquer avec un ami imaginaire. Je crois qu'on l'a instruite sur quoi dire et comment se comporter, même sous hypnose.

— C'est impossible, l'interrompit Monsieur R. Si elle fait semblant, c'est qu'elle n'est pas en transe.

— Elle l'est, répondit Gerber. J'ai effectué tous les tests et je n'ai aucun doute à ce sujet. Mais je crois que ce n'est pas moi qui la contrôle. C'est comme si je n'étais qu'un spectateur passif.

— Ce que tu décris est un cas d'*endoctrinement*, intervint Monsieur F. Or l'endoctrinement requiert un état de captivité. Cela fonctionne comme avec les animaux du cirque qui apprennent des tâches très éloignées de leur instinct et de leur nature, par exemple.

En effet, pensa Gerber, la maison où vivait la fillette pouvait être comparée à une cage.

— Il faut un instructeur habile et un sujet prédisposé, particulièrement vulnérable.

— Comme un mineur, précisa Monsieur R., qui commençait à comprendre où voulait en venir son collègue.

— Mais ce n'est pas comme lui faire apprendre par cœur un scénario. Plutôt un canevas ou une trame générale. L'effet est obtenu grâce à des substances psychotropes qui génèrent de faux souvenirs.

Gerber excluait qu'Eva ait été sous l'effet d'un stupéfiant.

— C'est impossible, j'aurais remarqué des signes. La fillette sait exactement quoi dire et quand le dire. C'est comme si quelqu'un communiquait réellement avec elle, expliqua-t-il, conscient de l'absurdité de ses propos.

Les deux autres s'efforcèrent de ne pas laisser transparaître leur scepticisme.

Il ne pouvait pas les blâmer : ce qu'il soutenait était tout simplement fou.

— Comment décrit-elle son ami imaginaire ? demanda Monsieur F.

— Elle ne le décrit pas. Elle entend sa voix, répondit Gerber.

— Sa voix ?

— Oui.

— Alors peut-être que ce serait possible à travers un générateur de fréquences. C'est un appareil qui émet une gamme de sons, expliqua Monsieur R.

— Depuis des années, on étudie l'influence du son sur la psyché, ajouta Monsieur F. Le bruit brownien ou marron, appelé ainsi parce qu'il est le produit du mouvement brownien, ou promenade aléatoire, a un pouvoir curatif immense, et il est utile pour déterminer des pathologies. De même que le bruit violet, qui est son inverse.

— Ou le bruit blanc contre l'insomnie, convint Monsieur R. Le bleu atténue l'angoisse, le gris fait disparaître la claustrophobie et le vertige, le vert crée de l'euphorie. Mais ça, ce sont les bonnes couleurs.

— Pourquoi, il y a aussi des sons de mauvaises couleurs ? demanda Gerber.

— Ce sont ceux qui parviennent à atteindre là où la conscience se forme, répondit Monsieur R.

— C'est un sujet tabou, précisa Monsieur F. Toutefois, depuis les années soixante, des expériences ont prouvé que certains acouphènes peuvent avoir une incidence sur la volonté des personnes, en conditionnant les comportements et les réponses.

Le mot « acouphène » rappela à Gerber le sifflement qu'il avait entendu à plusieurs occasions. Le langage secret des statuettes de cire. Au début il avait pensé à une sorte d'hallucination, mais il prit alors conscience qu'il avait toujours entendu ce sifflement juste avant un événement crucial.

Comme une annonce.

La découverte du stylo perdu. La fosse au camping. L'appel de Beatrice Onegli Catelani. La table aux sept bougies.

Toutefois, il n'arrivait toujours pas à croire qu'Eva était contrôlée à distance par un appareil.

— S'il y avait eu un bruit pendant les séances, je m'en serais aperçu, répliqua-t-il.

— Ce n'est pas si sûr, affirma Monsieur R. L'oreille humaine peut entendre des sons entre 20 Hz et 20 kHz. Mais à l'âge adulte, certaines fréquences disparaissent du spectre auditif.

Monsieur F. prit la parole :

— Il y a quelque temps, j'ai surpris des étudiants en train d'échanger des SMS pendant mon cours : ils avaient remplacé la sonnerie de leurs téléphones par un sifflement de fréquence supérieur à 8 kHz, que mon oreille de vieux ne peut plus entendre… J'ai également appris qu'un grand hôtel du centre a installé un dispositif nocturne qui produit un grincement désagréable autour de 12 kHz, pour éviter que les jeunes stationnent à proximité et dérangent les clients.

— Je me souviens d'un soi-disant magicien qui affirmait communiquer par télépathie à sa fille de dix ans des numéros suggérés au hasard par le public, renchérit Monsieur R. En réalité, il avait dans sa poche un émetteur qui envoyait des signaux qu'elle seule pouvait entendre.

Le matin même, quand Gerber était dans sa voiture, Chopin avait été interrompu par un bruit désagréable.

Eva était à la fenêtre et semblait parler à quelqu'un, mais il ne voyait personne dans sa chambre. Bien que frappé par cette coïncidence, le psychologue préféra rester prudent.

— Et ce bruit artificiel dont vous parlez, il pourrait par exemple être modulé… en une voix ?

— C'est ce qu'on essaie de te dire, confirma Monsieur F. en regardant Monsieur R., qui acquiesça.

— Donc il est possible que la fillette communique et reçoive des instructions d'un chuchoteur, comme une transmission radio qu'elle seule peut entendre ? Et que cela peut se produire même quand elle est en transe ?

Monsieur R. haussa les épaules.

— Si les séances ont lieu dans ton bureau, tu n'auras aucun mal à trouver l'origine du générateur de fréquences.

Mais les rencontres avec Eva se déroulaient chez elle. Voilà pourquoi Maja avait tant insisté : l'agoraphobie n'était qu'une excuse. Ce constat jetait une nouvelle ombre sur le rôle de la jeune femme. Néanmoins, Pietro Gerber avait enfin une explication crédible sur le don d'Eva.

— Merci, c'est vraiment la confirmation que j'espérais.

— Il y a tout de même une autre possibilité, l'arrêta Monsieur F. Une explication pathologique.

— C’est-à-dire ?

— Les schizophrènes réussissent à mentir sous hypnose. Parce que leurs mensonges sont enracinés en eux.

— Tu es certain que la petite fille que tu suis n’est pas schizophrène ? demanda Monsieur R.

Non, il n’en était pas certain.

# 44

— Alors, vous avez trouvé ce que vous cherchiez ? demanda Guglielmo Onegli Catelani sans préavis.

— Apparemment, quelqu'un savait que j'allais venir vous voir et que vous alliez me diriger vers l'appartement vide de la via Tornabuoni, expliqua Gerber au téléphone. La question que je me pose, c'est dans quel but.

Il ignorait à quel point il pouvait faire confiance à l'antiquaire. Lors de leur rencontre, il avait eu l'impression que l'homme lui cachait quelque chose.

— Maintenant, vous allez me dire tout ce que vous savez. Sinon, je raccroche et j'appelle votre ex-femme pour entendre sa version des faits.

— Ces salauds ont repéré ma Clara avant même qu'elle vienne au monde ! explosa l'homme, fou de rage.

— Je ne certifierai pas qu'elle a réellement des pouvoirs médiumniques, le rassura le psychologue.

Guglielmo lui avait expliqué que la mère d'Eva lui faisait consulter tous les psychologues de la région afin que quelqu'un écrive noir sur blanc qu'elle avait un don.

— Il y a une chose fondamentale que vous n'avez pas comprise, répondit l'homme. Ces types vous ont coincé à la seconde où vous avez accepté de vous occuper de ma fille.

Gerber repensa à la visite de Maja à son cabinet, à la lettre avec le mot « Arimo », au fait que la jeune femme lui avait avoué qu'il représentait le dernier espoir d'Eva, parce que tous les autres psychologues de Florence avaient refusé de soigner ses troubles.

— Après votre venue, je me suis renseigné sur votre compte. Vous avez beaucoup à perdre.

— Moi ? demanda Gerber, amusé.

— Réfléchissez bien, docteur. Une enfant avec des soi-disant pouvoirs médiumniques, un professionnel reconnu qui ne parvient pas à les expliquer et en est perturbé : ces fanatiques n'ont pas besoin de papier officiel, ils se contenteront d'un échec qui porte votre signature.

— Ma réputation de psychologue est largement compromise, répondit Gerber avec sarcasme.

— Mais votre nom a encore du poids. Ne vous appelle-t-on pas « l'endormeur d'enfants », comme votre père ?

Ce constat résonna dans la tête de Gerber comme un avertissement. Il eut la gorge nouée. Il avait perdu sa crédibilité en tant que psychologue pour enfants, mais la réputation de son père était encore entière. L'idée de déshonorer le nom dont il avait hérité le mit au désespoir. Il eut honte d'avoir été aussi stupide. Si Monsieur B. était vivant, il aurait probablement partagé ce sentiment.

— Quel est le but de tout cela ? insista-t-il.

— Je connais des gens qui seraient prêts à donner tout ce qu'ils ont pour savoir si quelque chose les attend dans l'au-delà. J'ai quatre-vingts ans, je sais de quoi je parle.

C'était donc l'objectif des séances de spiritisme avec les bougies à l'ibogaïne : nouveaux acolytes, nouveaux fonds.

— Tout ça… pour l'argent ?

— C'est la principale raison qui justifie l'existence des sectes. Vous ne pensez tout de même pas qu'ils y croient vraiment ? Beatrice a été utilisée pour me prendre tout ce que j'avais.

Gerber avait déjà ralenti le pas, il finit par s'arrêter. Les gens passaient à côté de lui mais il était planté sur place, son téléphone à la main.

— Ces gens ont des propriétés prestigieuses dans toute la Toscane, poursuivit Guglielmo. Ils enrôlent des personnes vulnérables comme mon ex-femme en leur promettant de les mettre en contact avec le surnaturel, puis ils les dépouillent de leurs biens.

Beatrice était donc victime, mais aussi complice.

— Et vous, cher docteur, vous êtes tombé dans le panneau.

C'était vrai.

— Je parie que, pour vous berner, ils ont exploité un épisode douloureux de votre passé. Pour moi, ils ont choisi la mort de ma petite sœur, mais cela n'a pas fonctionné.

Ils avaient créé de fausses résonances dans le récit d'Eva. Les synchronicités avec la disparition de Zeno faisaient partie d'un dessin précis visant à le troubler pour profiter ensuite des conséquences de la paranoïa induite.

Ils étaient derrière tous les épisodes mystérieux.

Le sifflement de la statuette de cire. La réapparition du stylo. La chute de la boule à neige. La présence qui s'était manifestée au camping alors qu'il était dans la fosse. L'intrus qui s'était introduit chez Pietro Zanussi. La voiture arrivée de nuit devant le portail puis repartie dans le brouillard.

Ils pouvaient désormais sortir tranquillement à découvert : ils avaient besoin de lui et lui, en se laissant impliquer, il avait servi leur cause.

— À votre avis, Clara peut-elle encore être sauvée ? demanda le père de la fillette.

Mais Pietro était sous le choc de sa découverte.

— Répondez-moi, docteur, je vous en prie…

Il essaya de retrouver un peu de lucidité. Ils utilisaient la petite fille comme un phénomène de foire pour attirer d'autres benêts. Et sa défaite en tant que psychologue servait à démontrer que tout était vrai.

— Au début, j'ai cru à un cas de schizophrénie infantile, avoua-t-il. Mais maintenant je pense que, pour faire jouer au mieux à votre fille son rôle de médium, ils ont utilisé un chuchoteur.

Y compris pendant qu'elle était en transe. Quand elle affirmait entendre la voix d'un enfant, elle ne mentait pas. Elle était sincère. Gerber regretta d'avoir douté d'elle. Il aurait dû comprendre plus tôt qu'Eva y croyait au point de déclencher des réactions psychosomatiques comme les bleus sur ses bras et ses jambes. Il avait bien vu comment apparaissaient ces rougeurs, alors pourquoi avoir cru qu'elle mentait ?

— Comment cela a-t-il été possible ? se demanda le père avec anxiété.

— Je peux encore faire quelque chose pour votre fille, déclara Gerber, convaincu.

— Vraiment ?

Il y avait une note d'espoir dans la voix de l'antiquaire.

— Si je réussis à la faire se contredire, alors je pourrai prouver qu'elle a été suggestionnée. Mais surtout, j'arriverai à réveiller son esprit et à la libérer de la présence de son ami imaginaire.

# 45

En parlant avec l'antiquaire, Gerber avait eu la confirmation qu'Eva n'était qu'un instrument. Il y avait un esprit subtil derrière ce dessin global, et peut-être même plus d'un.

Cette prise de conscience en amenait une autre : la fillette avait su profiter de ses faiblesses. Les affinités entre le récit de son ami imaginaire et l'histoire du petit Batigol l'avaient désorienté.

Pourtant, toutes les ficelles de ce stratagème étaient assez grossières. Jusque-là, il avait facilement identifié les expédients qui avaient risqué de le suggestionner. La boule à neige était tombée grâce à une cloison en placoplâtre. L'action d'un complice expliquait la présence au camping ou de l'intrus chez Pietro Zanussi. L'acouphène qu'il percevait pouvait tout à fait être un bruit artificiel. Et les synchronicités avec l'histoire de Zeno avaient été magistralement élaborées à partir d'informations trouvables en ligne.

Mais alors, pourquoi n'avait-il pas imaginé plus tôt qu'Eva puisse être conditionnée par un chuchoteur ?

Monsieur F. et Monsieur R. lui avaient expliqué qu'un appareil électronique avait pu générer une sorte de voix qu'une enfant solitaire pouvait attribuer à un ami invisible. Toutefois, les deux hypnotiseurs avaient été gentils d'omettre un aspect de l'affaire : pour berner un bon thérapeute grâce à une ruse de bonimenteur, il faut que la victime soit prédisposée à se laisser duper.

Jusque-là, il ne s'était pas montré à la hauteur de ses adversaires.

Après une journée de fortes pluies, les routes du Chianti étaient difficilement praticables. La Defender avançait au ralenti entre les ruisseaux de boue qui descendaient des collines.

L'obscurité du soir n'aidait pas.

Gerber était concentré sur la conduite, prêt à esquiver les éventuels obstacles. Après le coucher du soleil la température avait chuté et sa chaleur corporelle embuait le pare-brise : la ventilation du tableau de bord ne parvenait pas à dissiper la patine de vapeur. Le psychologue chercha dans sa poche un mouchoir pour essuyer la vitre, et il tomba sur le bracelet aux porcs-épics qu'il avait ramassé la nuit précédente. Il s'était promis de le rendre à Mme Vannini dès qu'il la verrait. Depuis, les événements s'étaient succédé à une vitesse stupéfiante. Il se demanda si la gouvernante avait pu rentrer chez elle à San Gimignano. Une partie de Pietro Gerber espérait que le temps l'avait retenue auprès d'Eva.

Il n'avait plus confiance en Maja.

La jeune femme savait sans doute que le vrai prénom de la fillette était Clara et qu'elle avait treize ans. Bien que concentré sur la route, Gerber ne pouvaient empêcher les pensées d'affluer et d'augmenter sa confusion. Maintenant qu'il était débarrassé de toutes les théories absurdes sur le surnaturel, il lui restait à comprendre comment l'étudiante finlandaise parvenait à manipuler la jeune fille.

Plus il s'efforçait de chercher une explication logique pour coincer la jeune fille, plus il espérait ne pas la trouver. Pourtant, l'enjeu était de taille. Qu'allait-il se passer s'il ne fournissait pas d'explication rationnelle aux étranges phénomènes qui se produisaient dans cette maison et, surtout, s'il ne démentait pas le don inexplicable d'Eva ? Après l'affaire de l'Affabulateur, un nouvel échec marquerait sa fin. Il ne se relèverait pas d'un pareil désastre. Et, pire que tout, cette fois il lui faudrait dire adieu à ses jeunes patients.

La vieille demeure apparut à l'horizon. Il remarqua tout de suite que quelque chose n'allait pas : aucune lumière n'était allumée.

— Un coup de tonnerre a fait sauter le courant, l'informa Maja à son arrivée. C'était il y a une heure environ.

Elle ne parvenait pas à dissimuler son angoisse. Ou bien elle ne voulait pas.

La gouvernante était partie un peu avant la coupure électrique. Eva était recroquevillée dans un coin de la cuisine, terrorisée.

Gerber s'agenouilla devant elle.

— C'est juste de l'obscurité, dit-il pour la rassurer.

*Et toi, tu es juste une petite fille*, pensa-t-il, se sentant à nouveau coupable d'avoir douté d'elle. Pour se faire pardonner, il lui avait préparé une surprise.

— Je suis passé chez Vivoli et j'ai acheté une quantité *mooonstrueuse* de glace ! lui annonça-t-il.

Et comme un congélateur ne peut pas fonctionner sans courant, on va être obligés de tout manger avant que ça fonde.

Il lui arracha un petit sourire. C'était la première fois.

— J'ai une lampe torche dans la voiture, dit-il ensuite à Maja.

Peu après, il éclairait la jeune fille qui fouillait dans le cagibi.

— Je suis certaine que Mme Vannini a une réserve de bougies, dit-elle en sortant enfin une boîte qui en contenait plusieurs, de différentes couleurs et de différentes tailles – certaines n'étaient plus que des rogatons.

Sous la supervision silencieuse d'Eva, les deux adultes firent le tour de la maison pour placer des bougies à la cuisine, à la salle de bains, dans l'escalier et, naturellement, dans les chambres à coucher.

— Hors de question de l'emmener ce soir, déclara le psychologue à Maja en désignant la fillette. Les routes sont impraticables.

— C'est peut-être mieux comme ça, accepta la jeune femme. Je ne saurais pas quoi faire, si elle avait une crise.

Gerber fit semblant de croire encore à cette histoire d'agoraphobie, parce qu'il avait un plan précis pour la nuit. En attendant, il observait l'enfant. Depuis qu'il était arrivé, elle n'avait pas prononcé un mot. Où était son esprit ? Alors qu'ils déambulaient dans les couloirs, il remarqua qu'elle se retournait régulièrement, comme pour vérifier quelque chose. Jusque-là, son ami imaginaire était resté étrangement silencieux. Gerber nota qu'il s'était toujours manifesté en l'absence de Maja.

— Tu as pu te reposer un peu ? lui demanda l'étudiante, faisant allusion à sa nuit sans sommeil.

— Un peu, mentit-il.

— Aujourd'hui j'ai demandé à Mme Vannini de te préparer la chambre d'amis.

— Merci, répondit-il seulement.

Il ne savait plus comment réagir aux attentions de Maja. Il était incapable de dire si elles étaient authentiques ou si elle jouait un rôle, de connivence avec les personnes qui avaient suggestionné Eva.

Quand ils finirent de placer toutes les bougies, il était déjà 20 heures. Comme promis à la fillette, le psychologue sortit trois barquettes de glace artisanale. Il avait choisi plusieurs parfums, pour contenter tout le monde. Maja fit mine de sortir des coupelles, mais il l'arrêta.

— Pas besoin, dit-il en faisant un clin d'œil à Eva et en dégainant trois cuillers pour manger directement dans la boîte.

Ils s'installèrent à la table en chêne pour savourer ce dîner insolite.

Gerber se sentait en grande forme. Bien qu'éprouvé par les événements récents, il ne se lassait pas de parler et de faire rire ses compagnes. À défaut de faire réagir Eva, il avait son attention.

Il raconta que Monsieur B. l'emmenait chez Vivoli quand il était petit : c'était leur rituel du dimanche après-midi, avant d'aller au cinéma. Il passa sous silence le fait que, paradoxalement, la glace était la seule façon qu'avait trouvée son père pour lui transmettre un peu de chaleur.

Malgré tout, son idée avait été bonne. Il se félicita d'avoir su instaurer ce climat détendu.

Cette soirée se devait d'être mémorable, parce que la nuit allait être longue.

À un moment, Gerber prit congé de ses hôtes.

— Ce soir, on fait une séance d'hypnose, annonça-t-il avec un sourire rassurant.

Puis il monta, seul, dans la chambre de la fillette.

## 46

Quand Eva et Maja le rejoignirent à l'étage, Gerber les attendait dans la chambre. Il avait tout préparé. Le bureau était éclairé par des bougies et il y avait posé des feuilles et des pastels tout neufs, ainsi que son métronome. Il avait même installé des coussins sur la chaise pour la rendre plus confortable.

Il les invita à entrer et ferma la porte derrière elles.

— Vu que tu aimes dessiner, on va faire une expérience. Tu es d'accord ? dit-il en se tournant vers la fillette.

Eva acquiesça, curieuse. Gerber l'accompagna à la table et fit signe à Maja de s'asseoir sur le lit à baldaquin.

— Tu veux vraiment que je reste ? s'étonna-t-elle.

— Oui, s'il te plaît, répondit-il, bien décidé à l'avoir à l'œil.

Gerber s'assura que sa petite patiente était bien installée, le dos bien droit. Il lui fit poser le bras gauche sur la table et lui donna un pastel noir. Lui tenant le poignet, il guida sa main droite vers le centre de la feuille blanche.

— Maintenant, ferme les yeux.

— Mais comment je vais pouvoir dessiner les yeux fermés ? lui demanda la fillette au lieu de s'exécuter.

— C'est une sorte de magie, assura Gerber. Fais-moi confiance.

Eva accepta et il enclencha le métronome à un rythme très lent.

— Concentre-toi. Respire comme je t'ai appris.

Elle obéit et se mit à inspirer et à expirer en rythme. Quelques minutes plus tard, elle était en transe profonde. Elle se balança sur sa chaise. Gerber la saisit par les épaules et la redressa, puis il la tint le temps que son esprit mémorise la posture. Eva retrouva l'équilibre.

— Je voudrais que tu dessines une fleur pour Maja.

Pendant quelques secondes, l'enfant ne bougea pas. Mais ensuite, sa main traça des lignes sur la feuille avec le pastel.

La jeune femme, assise sur le lit, se pencha pour regarder.

Eva semblait suivre une trace mentale : comme la pointe d'un tourne-disque qui parcourt le sillon du vinyle et reproduit des sons, elle représentait une rose à longue tige, avec une multitude de petites feuilles et d'épines. Ses traits n'étaient pas précis, elle aurait mieux fait les yeux ouverts, Gerber en était convaincu. Toutefois, grâce à son talent naturel pour le dessin, elle visualisait la fleur.

Quand elle eut terminé, le psychologue observa son travail, puis la félicita :

— Excellent travail ! Maintenant, que dirais-tu de dessiner une maison ?

Suivirent, dans l'ordre, un cheval, un arbre et un vélo. Eva accédait consciencieusement à toutes les requêtes de Gerber. Il utilisait fréquemment cette méthode, l'écriture automatique sous hypnose, avec ses petits patients. Cela se passait généralement dans la « salle de jeux », une pièce située au sein du tribunal pour mineurs où les enfants étaient entendus en tant que témoins de crimes ou victimes d'abus. Pour les préserver, les psychologues qui collaboraient avec le parquet avaient créé un espace protégé, meublé comme une chambre et rempli de jouets et de peluches. La seule différence était le miroir sans tain qui occupait tout un pan de mur, derrière lequel se plaçaient les juges, les jurés et les avocats de la défense. Gerber excellait à ces séances d'hypnose : il lui suffisait souvent de placer papier et crayons devant les enfants et de parler de tout et de rien pour qu'ils reproduisent, d'eux-mêmes, une scène dramatique à laquelle ils avaient assisté, ou qu'ils esquissent le visage de leurs bourreaux. Il ne leur donnait presque jamais de consigne de dessin, il se contentait d'attendre qu'émerge sur la feuille quelque chose issu de la profondeur de leur inconscient.

Mais avec Eva, c'était différent.

Après plusieurs tests, quand il fut certain qu'elle était prête, il alla se placer à côté du petit fauteuil près de l'armoire blanche, qu'il avait délibérément ignoré jusque-là.

— Maintenant, déclara-t-il, je voudrais que tu dessines ton ami imaginaire.

L'objectif était de le pousser à dévoiler son identité.

*« Il dit qu'il se montrera quand ce sera le moment. »*

Gerber était convaincu qu'Eva savait qui lui parlait. Ou du moins, que son inconscient le savait.

Notre esprit voit mieux que nos yeux : c'était une des maximes préférées de Monsieur B.

C'était pour cela que l'hypnotiseur avait formulé cette demande alors qu'Eva était en transe. Et surtout, en présence de Maja. Si la jeune femme était la chuchoteuse, elle ne pourrait pas arrêter la main d'Eva. Il restait à souhaiter que la petite patiente n'ait pas de bleus sur la peau parce qu'elle désobéissait aux ordres. Et si le visage de l'étudiante finlandaise apparaissait sur la feuille, alors il aurait la preuve qu'il cherchait.

Des secondes interminables s'écoulèrent, puis Eva eut une réaction à la fois troublante et inattendue. Les yeux toujours fermés, elle tourna la tête vers le petit fauteuil à côté de l'armoire puis elle resta dans cette position, comme si elle attendait quelque chose.

Au bout d'un moment, elle ouvrit grand les yeux.

Gerber ne s'y attendait pas. Maja le regardait, mais il était concentré sur Eva, dont la respiration lui indiqua qu'elle était toujours sous hypnose.

Alors il eut une intuition, mais elle était hasardeuse et il ignorait si cela allait fonctionner. En signe de défi, il alla s'asseoir dans le petit fauteuil.

De cet endroit, il comprit. Cette découverte lui noua la gorge et le ventre.

Eva ne regardait pas le fauteuil. Elle regardait l'armoire.

# 47

Il ouvrit les deux portes de l'armoire blanche et regarda à l'intérieur. Il ne vit que des vêtements pendus à des cintres.

— Il n'y a rien, là-dedans, confirma Maja tout bas, dans son dos. Je passe mon temps à sortir et à ranger les affaires d'Eva, s'il y avait quelque chose d'insolite je l'aurais remarqué.

Mais Gerber ne la croyait pas : la fillette regardait toujours dans cette direction.

Alors il déplaça les cintres et contrôla l'intérieur avec une bougie. Il tâta les surfaces, y compris supérieure. Puis il baissa les yeux : dans un coin, en bas, un morceau de câble noir dépassait. Il se mit à genoux pour l'observer : il avait été sectionné, des filaments de cuivre sortaient de la gaine en plastique.

— À quoi cela sert-il ? demanda Maja.

Le psychologue ignora sa question, convaincu qu'elle connaissait la réponse. Il imagina qu'il y avait auparavant au fond de l'armoire un petit haut-parleur relié à un générateur de fréquences. Il se le représenta comme un boîtier en bois ou en métal, quelque chose de discret. Gerber était certain que la voix qui suggérait à Eva quoi dire et quoi faire provenait d'un dispositif relié à ce câble noir.

La fréquence n'était pas perceptible pour une oreille adulte, comme le lui avaient expliqué Monsieur F. et Monsieur R.

Cela expliquait pourquoi, quand elle interagissait avec son ami imaginaire, la fillette regardait toujours dans cette direction.

Mais quelqu'un, s'apercevant peut-être qu'il approchait de la vérité, avait retiré l'appareil.

Il suivit le parcours du câble à l'extérieur du meuble et constata qu'il finissait simplement dans le mur.

— Tu peux m'expliquer ce qui se passe ? le pressa Maja.

Gerber se tourna vers elle et posa les mains sur ses épaules pour bien la regarder.

— Dis-moi la vérité : quand tu es venue à mon cabinet, tu m'as affirmé que j'étais le dernier espoir d'Eva parce que aucun psychologue pour enfants ne voulait s'en occuper. Tu m'as appelé « l'endormeur d'enfants », signe que tu savais très bien qui j'étais.

— Oui, confirma-t-elle, apeurée.

— Qui t'a parlé de moi ?

— Je ne sais plus, répondit-elle en baissant les yeux.

— Ce surnom est une information précise, comment est-il possible que tu ne te rappelles pas où tu l'as entendue ?

— Je te jure que j'ai oublié.

— Que sais-tu d'autre sur moi ?

Elle réfléchit.

— Que tu as une ex-femme qui s'appelle Silvia et un fils, Marco. Ils vivent à Livourne.

— Je ne les ai jamais nommés, répliqua Gerber en secouant la tête, puis il reprit avant qu'elle puisse répondre : Parle-moi de ton petit ami.

— Quel petit ami ?

— Celui avec qui, d'après Mme Vannini, tu te disputais l'autre jour au téléphone.

— C'est faux.

— Alors avec qui parlais-tu ?

Elle semblait de plus en plus confuse.

— Tu serais d'accord pour te soumettre à une séance d'hypnose ? lui demanda-t-il à brûle-pourpoint.

— Pour quelle raison ?

Il voulait savoir si elle mentait depuis le début. Il pourrait ainsi découvrir si elle avait elle aussi été suggestionnée ou manipulée. Même si Maja paraissait sincère à ce moment-là, il avait besoin d'une preuve.

— Si c'est pour le bien d'Eva, alors d'accord, répondit-elle.

Il eut l'élan insensé de la serrer dans ses bras, mais ils furent distraits par un bruit sourd qui venait d'au-dessus de leurs têtes. Ils levèrent les yeux vers le plafond.

— Qu'est-ce que c'était ? demanda Maja.

— Attends-moi ici, répondit l'hypnotiseur en indiquant la porte.

Il se dirigea vers l'escalier qui menait au deuxième étage. La grande maison était plongée dans l'obscurité, mais il était déterminé à découvrir la source du bruit qu'il venait d'entendre. Cela pouvait être n'importe quoi : un objet que le vent avait fait tomber, un animal qui s'était introduit par une fenêtre ou une lucarne ouverte, ou un bibelot qui, en équilibre depuis des années au bord d'un meuble, avait choisi ce moment précis pour tomber.

Ou un fantôme.

Mais, comme Gerber l'avait appris de l'histoire de la boule à neige, il était plus probable que ce bruit provienne d'une personne en chair et en os.

L'émetteur utilisé par le chuchoteur ne pouvait pas être loin. En suivant le son, il pouvait peut-être même le trouver.

En bas des marches, il entendit des pas pressés, mais qui venaient cette fois du rez-de-chaussée.

Une sensation de danger s'exprima par un frisson le long de son dos. Instinctivement, il se précipita vers la chambre de la fillette.

— Alors ? demanda la rousse, anxieuse.

Il lui fit signe de se taire, puis lui chuchota à l'oreille :

— Je ne suis pas certain, mais je crois qu'il y a quelqu'un dans la maison.

Elle porta une main à sa bouche pour s'empêcher de crier. Puis ils se tournèrent vers Eva, qui fixait toujours le vide, les yeux exorbités.

Maja ne comprenait pas ce qu'il se passait. Il lui fit signe de se rasseoir sur le lit à baldaquin, puis il se dirigea vers la fillette.

— Bon, oublie ce que je t'ai demandé, ordonna-t-il pour la libérer de la demande de dessiner son ami imaginaire.

Tel un automate, elle se tourna lentement vers le bureau.

Le psychologue posa une nouvelle feuille devant elle et replaça sa main qui tenait le pastel.

— Maintenant, je veux que tu dessines ta mère.

Eva ne fit rien. Gerber comprit qu'elle essayait de comprendre si cela contrevenait aux ordres reçus de son chuchoteur, aussi il ne la força pas.

Elle traça quelques traits.

L'intrus ne pouvait être que Beatrice Onegli Catelani, Gerber en était convaincu. Elle n'était pas en croisière à la Barbade : la femme n'avait jamais quitté les lieux. Et il allait bientôt savoir à quoi elle ressemblait.

Tandis qu'un visage se formait sur le papier, un chœur de sirènes brisa le silence de la nuit.

Gerber et Maja se précipitèrent à la fenêtre. Trois voitures arrivaient. Une grosse Mercedes roulait en tête, suivie de deux véhicules de la police.

Avant qu'il formule la moindre hypothèse sur les raisons de cette visite inattendue, le cortège avait franchi le portail et s'arrêtait dans la cour à la fontaine vide en faisant crisser les pneus. Des portières furent ouvertes, puis claquées.

Ces bruits secouèrent Eva, sa main trembla et elle gribouilla la feuille. L'hypnotiseur comprit que c'était terminé.

— Descends, dit-il à Maja, et essaie de les retenir.

— Que veux-tu faire ? lui demanda-t-elle en le regardant, incrédule.

— Je n'ai besoin que de quelques minutes.

Elle quitta la pièce pour aller accueillir les visiteurs, dont les intentions semblaient tout sauf pacifiques.

Gerber prit la feuille gribouillée, la roula en boule et

la fourra dans sa poche, puis il s'approcha de l'oreille d'Eva.

— Maintenant, je vais te confier un secret, lui murmura-t-il.

# 48

— Vous avez soumis l'enfant à des pratiques médicales non autorisées, affirma un homme poivre et sel en costume foncé, s'adressant à Maja qui lui demandait des comptes sur cette irruption.

Quand Gerber la rejoignit en bas, l'homme lui montra un mandat du tribunal pour mineurs. Il était visiblement avocat.

Le hall sombre de la grande demeure était envahi d'uniformes, les torches des agents balayaient l'obscurité. Il y avait aussi quatre femmes entre deux âges qui se tenaient à l'écart, derrière l'avocat.

Le psychologue n'avait jamais vu une telle mobilisation de forces de l'ordre. De toute évidence, quelqu'un de très influent était derrière tout ça. Guglielmo avait raison.

— Je suis le docteur Gerber et je n'ai jamais soumis Eva à aucun traitement médical, se défendit-il. Hier soir je suis venu au secours de mes amies parce que j'ai pensé qu'elles avaient pu se retrouver isolées à cause du mauvais temps. En effet, elles n'avaient plus de courant, mentit Gerber en espérant s'en sortir ainsi.

— C'est moi qui ai demandé au docteur de rester avec nous cette nuit, le soutint Maja.

— Nous avons une plainte déposée par la mère, renchérit un inspecteur.

La jeune femme allait répondre, mais le psychologue l'en empêcha en lui prenant délicatement la main. Il était inutile de révéler au policier que Beatrice se cachait probablement quelque part dans la grande maison.

— La mère était parfaitement au courant de ma présence, répondit-il. Vous pouvez demander confirmation à la gouvernante, Mme Vannini, qui habite San Gimignano.

L'inspecteur n'avait probablement pas assez d'éléments pour l'arrêter.

— Nous allons relever vos identités, puis il vous faudra quitter les lieux, dit-il seulement.

— Et la petite ? s'opposa Maja avec véhémence, les yeux brillants.

Gerber regretta d'avoir douté d'elle, de l'avoir crue complice d'une machination.

— Elle est agoraphobe, confirma-t-il en indiquant Eva, bien qu'il soit convaincu qu'en fait son trouble était induit. Elle ne peut pas bouger d'ici, et encore moins rester seule.

— Elle ne restera pas seule, affirma l'avocat poivre et sel avant de faire un signe aux quatre femmes, qui montèrent à l'étage.

Bien que n'ayant aucune preuve, Gerber était convaincu d'être en présence des auteurs de la ruse dont il avait été victime. Il aurait aimé les saluer avec leur devise.

*Audire Discere Videre.*

Maja fut autorisée à monter dans sa chambre, escortée par deux policiers, pour prendre quelques affaires personnelles qu'elle glissa à la va-vite dans un sac. On ne l'avait même pas laissée saluer Eva.

Gerber l'attendait dehors, dans le froid, à côté de la Defender. Il était en colère et déçu de n'avoir pas réussi à aider sa petite patiente, à la libérer du fantôme de l'enfant qui la possédait.

Un spectre évoqué à dessein dans son esprit, nourri de faux souvenirs et de mensonges.

Si elle avait pu achever le portrait de sa mère sous hypnose, peut-être qu'Eva aurait vu de ses yeux les véritables traits de son ami imaginaire. Cette révélation aurait brisé l'enchantement.

Gerber regarda un instant la grande bâtisse. Les bougies sur les rebords des fenêtres avaient ravivé ce lieu éteint en maison aux lumières. Une petite flamme dansait derrière la vitre de la chambre d'Eva. La fillette était là, immobile, silencieuse. Ses longs cheveux blonds tombaient sur ses épaules et elle le fixait. Au début de leurs rencontres, le psychologue était glacé par ses yeux. Maintenant, ils contenaient un appel à l'aide muet auquel il ne pouvait pas répondre. Il ne pouvait plus rien faire pour elle.

C'est alors qu'Eva approcha son visage de la fenêtre. Elle entrouvrit la bouche et souffla sur le verre, créant un petit halo de vapeur. Puis, du doigt, elle dessina. Un message pour Pietro Gerber. Sa façon de prendre congé pour toujours.

Le psychologue reconnut le museau d'un petit animal. Mais ensuite, Eva ajouta des épines sur son dos.

Le porc-épic prit forme très vite, avant de s'évaporer avec la condensation. Cependant, l'hypnotiseur avait eu le temps de comprendre qui était la mère de la fillette.

## 49

Gerber ouvrit sa porte d'entrée et précéda Maja à l'intérieur. Elle le suivit dans l'appartement sombre sans dire un mot. Elle semblait perdue. Il n'avait pas envie de la laisser seule dans une chambre d'hôtel, alors il lui avait proposé de venir chez lui.

Juste pour une nuit. Le lendemain, il l'aiderait à chercher un hébergement.

Contrairement à son habitude, il alluma toutes les lumières. Depuis que Silvia et Marco étaient partis, il évoluait dans l'obscurité, comme un chat. Mais maintenant, il voulait insuffler de la vie dans ce lieu. Il ne voulait plus qu'il soit le tombeau d'un psychologue en chute libre, solitaire, déprimé et inutile.

— J'aime bien ton appartement, dit la jeune femme aux cheveux roux.

Elle voulait se montrer gentille. C'était un beau logement, situé dans un immeuble historique du centre de Florence et meublé avec goût, toutefois Gerber avait du mal à croire que Maja n'ait pas remarqué le désordre et la désolation qui y régnaient.

Il lui laissa sa chambre. Après lui avoir donné un peignoir et des serviettes propres, il profita du temps où elle était sous la douche pour changer les draps du grand lit. Il lui souhaita bonne nuit, bien qu'il fût 3 heures du matin, et il alla lui aussi se laver.

Il passa presque vingt minutes sous le jet d'eau chaude, pour se nettoyer de l'inquiétude accumulée. Ensuite, il se regarda dans le miroir. Derrière la couche de vapeur, il apercevait le visage creusé d'un ancien combattant rentré du front, survivant mais détruit.

Il tendit la main et dessina un porc-épic sur la surface humide.

Pendant le trajet de retour, il n'avait cessé de réfléchir à comment mettre Maja au courant de l'ultime révélation d'Eva, mais il n'était plus certain que le dessin sur la fenêtre de sa chambre était une référence au bracelet de Mme Vannini. Et il n'aurait pas non plus pu confirmer que la voix qu'il avait entendue, la seule fois qu'ils s'étaient parlé au téléphone, était la même que celle de la gouvernante.

*« Je suis Beatrice Onegli Catelani... Je ne vous entends pas... »*

D'ailleurs, Maja non plus n'avait jamais fait le rapprochement, pourtant elles s'étaient appelées plusieurs fois.

Comment était-ce possible ?

Il aurait suffi d'aller à San Gimignano chercher le fantomatique mari et les trois enfants. Ou bien de demander à Guglielmo une description de son ex-épouse, pour avoir la confirmation que les deux femmes étaient la même personne. Mais Pietro Gerber préférait rester dans le doute. Savoir n'aurait rien changé. Alors il opta pour la solution qui lui paraissait la plus sage et protectrice.

Ne rien dire à Maja.

Il lui avait montré la feuille où Eva avait dessiné puis gribouillé. Il regrettait de n'avoir pas eu le temps de laisser la fillette compléter le portrait. Pourtant, c'était la meilleure décision. En taisant l'information, il gardait aussi pour lui son angoisse, qui s'ajouterait à ce qui le tourmentait déjà. Un poids de plus ou de moins ne faisait plus aucune différence. Il avait appris à ignorer le pire. Et à survivre malgré tout. Parce que, s'il laissait cette idée s'implanter dans son esprit, il serait assailli par les questions.

Au moment où les visiteurs inattendus avaient fait irruption dans la grande maison, il avait demandé à Maja de gagner du temps. Et elle avait sans doute pensé qu'il voulait laisser la fillette compléter le portrait. La vérité était qu'il voulait rester seul avec Eva.

*« Je vais te confier un secret. »*

De l'avis de Gerber, les histoires ne doivent jamais rester en suspens. Même si certaines fins n'ont pas besoin de mots et sont compréhensibles dans le silence.

Mais il y avait toujours des exceptions. Et cette nuit-là, il avait dû faire un choix.

Forcer Eva à terminer son dessin pour mettre fin à l'histoire dans laquelle il était impliqué, ou bien lui donner l'espoir de se libérer seule de sa condition de recluse.

« Maintenant, je vais te confier un secret… Le jour de ton dix-huitième anniversaire, quand tu seras assez grande, une petite porte s'ouvrira dans ton esprit. Tu te souviendras de moi. Tu repenseras à ce moment. Et tu viendras me chercher. »

Oui, ce qu'il avait fait était juste.

Il sortit de la salle de bains en caleçon et t-shirt, les cheveux mouillés coiffés en arrière, et il s'installa sur le canapé du salon avec un vieux plaid. Il s'allongea dans le noir et se couvrit. Les mains derrière la nuque, il fixa le plafond qu'il ne pouvait pas voir.

Il prit alors conscience qu'il n'avait aucune preuve qu'Eva avait été suggestionnée. Juste une série de conjectures heureuses, brillantes et surtout inutilisables. Cerise sur le gâteau, il ne pouvait pas non plus exclure que la fillette possédait réellement un don qui la rendait spéciale. Gerber refusait d'y croire, mais la dette qu'il avait toujours envers Zeno Zanussi l'empêchait de nier totalement qu'il existe quelque chose qui transcende la logique et la raison humaine.

Dans le silence de son appartement, il aurait aimé se laisser bercer par un calme qui lui concéderait une trêve, au moins pour la nuit. Il espérait qu'un profond sommeil allait le sauver de tous les cauchemars en embuscade dans son inconscient, prêts à l'agresser dès qu'il s'endormirait.

Quand il entendit des pas qui s'approchaient du canapé, il ferma les yeux.

Maja monta sur lui. Il se laissa déshabiller. Il la laissa guider ses mains sur son corps. Il se laissa embrasser et respira son souffle chaud. Il n'avait pas besoin de lui dire combien il avait désiré ce moment, ni combien il en avait besoin. Il ne savait pas ce qu'il ressentait pour Maja, pour le moment c'était surtout de la gratitude. Peut-être que la raison qui les avait poussés l'un vers l'autre n'était pas la même pour chacun. Peu importait.

Pour la première fois depuis longtemps, Pietro Gerber se laissa libérer par quelqu'un.

Ensuite, ils s'endormirent enlacés.

Un téléphone sonna. C'était celui de Gerber, posé sur la table basse à côté du canapé. Maja était encore profondément endormie. Avant que le bruit la réveille, il se dégagea de son étreinte pour répondre, se demandant qui cela pouvait être, au milieu de la nuit.

La personne à l'autre bout du fil avait pris le soin d'anonymiser son appel. La mention « numéro inconnu » clignotait sur l'écran.

Gerber eut soudain très froid. Quelque chose lui disait que ce n'était pas un appel comme les autres. La lumière de l'écran dans l'obscurité créait comme une aura menaçante autour de lui et Maja. Il regarda la jeune femme qui dormait toujours. Il avait peur de répondre.

— Allô ? dit-il à voix basse.

Une respiration. *Lente, régulière, imperturbable.* Comme celle qu'il avait entendue sur la cassette du répondeur de Pietro Zanussi.

*« Nous nous en sommes aperçus parce que, avec le temps, les gens ont oublié Zeno et ont cessé de laisser des messages. Mais pas le mystérieux auteur de ces appels : il était le seul à se souvenir de nous, il maintenait une sorte de tradition... »*

— Allô ? Qui est à l'appareil ? Allô ?

Sa voix devenait stridente. Mais à l'autre bout du fil, on se taisait toujours.

*« Mais cela fait sept ans qu'il n'a pas appelé. »*

*L'homme à lunettes n'existe pas*, se répéta-t-il.

C'était une invention introduite par la force dans l'esprit d'une enfant. Alors à qui appartenait ce silence ?

Au bout de quelques secondes, l'interlocuteur mystérieux raccrocha. Maja dormait toujours, comme si de rien n'était.

## 50

Ils s'étaient donné rendez-vous vers midi au coin du petit diable, appelé ainsi car, sur une arête du Palazzo Vecchietti, au croisement avec la via degli Strozzi, était perché un petit démon de bronze qui souriait, faisant la joie des passants. Cette effigie rappelait un épisode obscur de l'histoire florentine : en 1245, le moine Pietro da Verona avait vu arriver un cheval noir emballé sur la place du marché où il prêchait l'Évangile. Il y avait reconnu le diable. Pour le chasser, le religieux avait tracé une croix en l'air de sa main : l'animal avait disparu au coin du Palazzo, dans une brume de fumée qui sentait le soufre.

Monsieur B. avait raconté cette légende à Pietro quand il était petit. S'il voyait apparaître l'homme à la montre à gousset, par la même magie, il ne serait pas très étonné.

À sa grande surprise, l'homme avança vers lui avec son habituel cigare éteint à la bouche, enveloppé lui aussi d'un nuage gris, mais de tabac à l'anis.

— Je vous trouve étrangement en forme, docteur, le salua Calindri sur un ton irrévérent.

L'ironie était méritée. Depuis qu'ils s'étaient rencontrés

pour la première fois, le psychologue lui avait toujours montré la partie la plus déprimante de lui-même. Il aurait voulu lui répondre qu'il faisait de son mieux. Et aussi lui dire que ce n'était pas facile. Mais depuis un mois, la raison de ses vêtements propres et de son allure plus soignée s'appelait Maja Salo.

— Venez, je vous invite à déjeuner, dit le détective privé.

On raconte que le Buca Lapi est le plus ancien restaurant de Florence. Situé dans les caves du Palazzo Antinori, il doit son nom aux *bucchette del vino*, de véritables petites fenêtres au niveau de la rue par lesquelles les familles aisées, propriétaires de vignobles, vendaient le vin au détail à un prix inférieur à celui des tavernes, augmentant ainsi leur fortune en toute discrétion et sans se mêler à ceux dont les gains étaient directement dus au vice des ivrognes.

Pour ces vendeurs, la seule prescription était d'accompagner le vin de pain sans sel, rien d'autre, pour ne pas alimenter la soif des alcooliques. C'est pour cette raison que le pain florentin, et toscan pour la plupart, n'est pas salé.

Après un hors-d'œuvre composé de jambon et de toasts, Gerber et Calindri dégustèrent une côte de bœuf saignante et des haricots à l'huile, le tout accompagné d'un brunello rouge de 2015.

— Vous ne m'avez jamais demandé ce que je faisais dans l'appartement vide, remarqua Gerber.

Le détective l'avait sorti, à moitié évanoui, de la pièce où avaient lieu les séances de spiritisme dans l'appartement de la via Tornabuoni.

— Et je n'ai pas l'intention de le faire, répondit-il.

— Avez-vous déjà entendu la devise latine *Audire Discere Videre* ?

Calindri réfléchit.

— A.D.V., grommela-t-il la bouche pleine.

— Quoi ? demanda Gerber qui n'avait pas bien entendu.

Mais l'autre ne répéta pas l'acronyme. Il avala sa bouchée et plaisanta :

— Vous avez une autre mission à me confier ?

— Non, répondit le psychologue avec un sourire. Je ne pourrais pas me le permettre.

Pourtant, il pensait souvent à Eva. Où était-elle ? Comment allait-elle ? Était-elle bien traitée ?

— Je vous ai enfin vu manger, commenta le détective privé au terme de leur copieux repas.

En effet, Gerber s'alimentait à nouveau régulièrement. C'était aussi grâce à Maja qui, bien que n'étant pas un cordon bleu, passait du temps à étudier les recettes qu'elle lui préparait chaque soir. Elle s'était mise en tête de lui faire reprendre du poids.

— Il y a une femme dans ma vie, confia-t-il à son interlocuteur.

Jusque-là, ils avaient parlé de tout et de rien, mais le moment était venu d'affronter la véritable raison de leur rendez-vous. Parler des changements de sa vie privée était un préambule nécessaire.

— Je suppose donc que vous n'êtes plus intéressé par la personne que vous m'avez demandé de chercher, dit-il enfin, sans nommer Hanna Hall.

— Je ne vous ai pas demandé de la chercher, précisa Gerber. Juste de vérifier si elle me suivait vraiment.

— Vous êtes vraiment certain de vouloir le savoir ? reprit Calindri en pesant ses mots.

— Pourquoi ne le serais-je pas ?

— Parce que vous avez une nouvelle relation affective, et donc peut-être que vous n'avez plus besoin de votre obsession pour cette autre femme.

Il essayait de lui dire poliment que la présence de Maja pouvait avoir mis un terme aux visions d'Hanna. Que ces visions étaient probablement liées à un besoin non satisfait, qui s'était transformé en monomanie. Et qu'il était peut-être en train de guérir.

— Pourquoi vous tourmenter précisément maintenant ? demanda l'homme à la montre à gousset. Quel besoin ?

Gerber ne pouvait pas lui avouer que, après son appel pour lui fixer ce rendez-vous, l'angoisse et les pensées négatives étaient revenues. Il était inquiet à l'idée que cette enquête, qu'il avait lui-même commanditée, ait porté ses fruits.

Non, il ne pouvait pas laisser tomber, s'il espérait reconquérir la paix intérieure qui s'était créée quand Maja s'était installée chez lui.

— J'ai besoin de savoir, dit-il seulement.

Calindri leva les mains, il se rendait. Puis il s'essuya la bouche et écarta son assiette et ses couverts pour dégager la table devant lui, comme pour signifier que la partie agréable de leur entrevue cédait la place à une autre, plus prosaïque.

Gerber était impatient : sa jambe droite tressautait sous la nappe.

— J'ai fait ce que vous m'avez demandé, commença le détective privé. Pendant des semaines, je me suis rendu sur les lieux que vous fréquentez habituellement et je vous ai même suivi, à votre insu. Hormis la superbe rousse que vous côtoyez en ce moment, je n'ai remarqué aucune présence féminine suspecte autour de vous.

Pietro se sentit soudain plus léger : c'était ce qu'il espérait entendre. Il était donc peut-être vraiment guéri de cette espèce de malédiction. Même s'il avait déliré en imaginant voir son ex-patiente, il était enfin libéré du fantôme d'Hanna Hall et de tout ce que cette femme comportait de sombre.

Comme il était d'usage dans ce restaurant, le serveur leur apporta un petit coffre contenant l'addition. Gerber s'en empara.

— J'ai dit que je vous invitais, protesta le détective privé.

— Hors de question, rétorqua le psychologue, mettant fin au débat.

En sortant du restaurant, ils se serrèrent la main et Calindri s'en alla tranquillement de son côté. Gerber se sentait reconnaissant envers lui. Et il allait regretter sa montre à gousset, ses cigarettes à l'anis, ses bonnes manières et même ses acronymes.

# 51

Le cinéma du jeudi soir était devenu un rituel. Ils choisissaient le film à tour de rôle. Ils privilégiaient la dernière séance, parce qu'ils avaient remarqué que le public était plus attentif. Sur le chemin du retour, ils échangeaient longuement leurs impressions. En arrivant à l'appartement, ils faisaient immédiatement l'amour. En réalité, tout prétexte était bon pour se déshabiller et se perdre l'un dans l'autre.

Gerber n'était plus habitué à tant de contact humain, ni à être si souvent avec quelqu'un. Peu à peu, il reprenait confiance en la partie de lui-même qui ressentait encore le besoin de créer un lien avec une autre personne.

Bien sûr, le cinéma du jeudi était l'une des nombreuses initiatives de Maja pour le faire sortir de sa coquille. Il aimait se laisser entraîner par son enthousiasme. Grâce à elle, il reprenait peu à peu sa vie en main.

Peut-être qu'il pourrait bientôt recommencer à travailler avec les enfants.

Toutefois, par cette soirée fraîche de mi-avril, après le cinéma, il ressentit une étrange mélancolie. Le lendemain matin, Maja s'envolait pour Helsinki, où elle allait enfin soutenir son mémoire à l'université. Gerber aurait pu l'accompagner, mais ils avaient décidé que ce n'était pas encore le moment de formaliser leur relation. Pas pour les autres, mais pour eux-mêmes. Aucun des deux ne savait encore définir ses sentiments et ils ne voulaient faire aucun plan d'avenir. Pour le moment, chacun évitait d'interagir avec les événements officiels de la vie de l'autre.

Gerber avait accepté cette règle de bon sens. De toute façon, il n'avait pas encore parlé de cette relation à Marco et il doutait que Maja fût prête à faire la connaissance de son fils.

Fidèle à ce pacte, ce soir-là il n'avait pas évoqué le voyage du lendemain. Après avoir vu un excellent thriller coréen, ils avaient eu recours au sexe pendant une quarantaine de minutes sur le canapé du salon, pour oublier tout le reste. Ensuite, sans se rhabiller, ils avaient mangé des pâtes à la sauce tomate, assis sur le tapis. Puis, une fois l'effet euphorique produit par la combinaison d'hormones et de glucides dissipé, la réalité de la séparation imminente leur était tombée dessus comme une chape de plomb.

— Je rentrerai mardi prochain, au plus tard mercredi, assura Maja peu après, de la chambre où elle finissait de préparer sa valise.

Gerber, qui lavait les assiettes, marmonna une réponse. Il n'imaginait pas qu'une séparation de quelques jours lui pèserait autant. Il ne le disait pas, toutefois sa mauvaise humeur se lisait sur son visage et la jeune femme l'avait très bien compris.

— Et puis, j'ai besoin de mes vêtements d'été, je n'ai pris que mes affaires d'hiver.

Il n'avait aucune idée de la température en Finlande l'été mais, étant donné la chaleur étouffante de Florence, il soupçonnait qu'à son retour elle irait de toute façon faire les boutiques. Pour la paix du ménage, il renonça cependant à le lui faire remarquer. Il avait perdu le compte des journées passées avec elle mais, durant tout ce temps, ils ne s'étaient jamais disputés. Il avait découvert qu'elle était sensible sur un certain nombre de sujets, qu'il évitait donc de mentionner. Ils ne parlaient pas de psychologie, parce que leurs visions étaient opposées. Par conséquent, parmi les sujets tabous, il y avait aussi Eva.

Après les premières semaines, ils n'avaient plus mentionné la fillette. En plus, Gerber craignait de céder au besoin de révéler à Maja ce qu'il lui avait caché. Cela aurait marqué la fin de leur relation : il était certain que la jeune femme ne comprendrait pas qu'il ait choisi de la préserver en gardant cela pour lui.

En feuilletant le début de sa thèse, il avait vu qu'elle était dédicacée à Eva. Il aurait au moins pu lui dire qu'en réalité elle s'appelait Clara, mais là encore il s'était abstenu.

— Qu'est-ce que tu veux que je te rapporte d'Helsinki ? demanda-t-elle en arrivant à la cuisine.

Toujours devant l'évier, une assiette dégoulinante dans les mains, il réfléchit. Il n'en avait aucune idée mais il ne savait pas comment le lui dire.

— *Grillimakkara* ! s'exclama Maja en claquant des doigts, avant de retourner dans la chambre.

Quoi que ce soit, Gerber était incapable d'en répéter

le nom. Elle revint lui apporter leurs verres de vin, vides, pour qu'il les lave également.

— On devrait faire un voyage ensemble, proposa-t-elle de but en blanc. Oui, ce serait une excellente idée.

Voyant qu'il ne réagissait pas, fixant toujours l'eau qui coulait du robinet, elle s'approcha et lui passa une main dans les cheveux.

— Ne rends pas les choses encore plus difficiles, dit-elle sur le ton de la supplication.

Il évita de la regarder. Puis il s'essuya les mains sur un torchon et dit :

— Attends-moi ici.

Il revint avec un appareil photo.

— C'est mon vieux reflex, j'aimerais que tu l'emportes avec toi.

— Il est magnifique, dit Maja en l'observant. Vraiment.

— Je me suis dit que tu pourrais immortaliser tes endroits préférés d'Helsinki, ou bien les endroits où tu as grandi. Comme ça, à ton retour, je regarderai les photos et ce sera comme si j'étais parti avec toi.

Il y eut un long silence, durant lequel la jeune femme se mordit les lèvres. Pietro ne comprenait pas si elle allait fondre en larmes ou éclater de rire.

— C'est mièvre, cette idée, tu le sais ? se moqua-t-elle.

— Non, objecta Gerber. Pas du tout !

Maja l'attira à elle.

— Et qu'est-ce qu'on a toujours dit des mièvreries ?

— Qu'elles nous donnent la nausée.

— Qu'elles nous donnent la nausée, répéta-t-elle avant de l'embrasser sur la bouche. Mais bon, j'aime beaucoup ton reflex : je crois que je vais le mettre dans ma valise, affirma-t-elle en l'emportant dans la chambre à coucher.

Gerber sourit, conscient qu'il avait fait mouche. Mais ses yeux étaient plus tristes que jamais.

Le bruit insistant qui le réveilla venait du bout de son appartement : la sonnerie d'un téléphone, au loin. Gerber ouvrit les yeux en se demandant où il avait laissé son smartphone. Maja dormait profondément. Il avait une sensation de déjà-vu : il avait déjà vécu la même scène la première nuit que la jeune femme avait passée chez lui, quand ils avaient fait l'amour sur le canapé du salon.

La sonnerie ne s'arrêtait pas, il se leva.

Il déambula pieds nus dans son appartement, à la fois curieux et un peu effrayé.

Le téléphone était posé sur la table de la cuisine. L'écran projetait un cône de lumière verte vers le haut, comme le portail d'une autre dimension.

La sonnerie avait quelque chose de faux. Il se pencha et lut : « Numéro inconnu ».

Cette fois encore, il repensa aux messages mystérieux sur le répondeur de Pietro Zanussi.

*Que me veux-tu ?*

Gerber était convaincu que, s'il répondait, il n'entendrait que du silence, interrompu seulement par une respiration humaine.

Il sentit une présence dans son dos et se tourna brusquement.

— Que se passe-t-il ? demanda Maja sur le seuil, en se frottant les yeux.

— C'est la même chose qu'il y a un mois, dit-il tout bas, comme si le téléphone pouvait entendre. La première fois, je me suis demandé si j'avais rêvé.

— Comment ça, rêvé ? demanda la jeune femme avec une grimace perplexe.

— Pendant sept ans, pas un appel, poursuivit-il en fixant l'appareil. Et maintenant, il a recommencé.

Maja secoua la tête, renonçant à comprendre.

— Bon, je passe aux toilettes et on retourne se coucher, dit-elle en bâillant.

— Je n'ai pas l'intention de répondre, lui dit-il en indiquant le téléphone.

Elle s'arrêta net, puis regarda l'appareil posé sur la table.

— Répondre *à quoi* ? demanda-t-elle, surprise.

Gerber sut alors que Maja n'entendait pas ce qu'il entendait, lui. Alors il comprit.

Le téléphone ne sonnait que dans sa tête.

En effet, quand il formula cette pensée, le bruit s'arrêta.

— Que se passe-t-il ? demanda Maja, inquiète.

— J'ai fait un cauchemar, répondit-il pour essayer de la rassurer.

Elle accepta cette explication et lui prit la main pour le ramener au lit. Il se laissa entraîner, mais jeta un dernier coup d'œil vers la table.

S'il n'était pas complètement fou, une seule personne pouvait avoir mis cette sonnerie dans sa tête.

# 52

Il l'accompagna très tôt à l'aéroport. Dans la voiture, ils n'évoquèrent pas les événements de la nuit. Maja donnait même l'impression d'avoir oublié. Elle était anxieuse.

Après l'avoir saluée d'un baiser rapide alors qu'elle faisait la queue pour embarquer, Gerber reprit la Defender pour rentrer à Florence. Il voulait aller vérifier sa théorie, or il n'y avait qu'une seule façon : évoquer les esprits des statuettes de cire et revenir là où il n'avait aucune envie de remettre les pieds.

Dans le passé.

Il rouvrit l'appartement sous les toits, après une longue absence. Le lien, si familier depuis des années, lui sembla soudain étranger. Une question l'accueillit à la porte.

*Que fais-je ici ?*

Mû par une urgence nouvelle, il remonta le couloir sans allumer les lumières, guidé par la lueur du jour qui filtrait à travers les volets fermés. Il passa devant la porte du cabinet de Monsieur B., mais évita de la regarder. Il franchit la porte du sien et se dirigea vers son fauteuil Eames Lounge Chair.

Avant de s'y installer, il sortit de sa poche son carnet noir contenant ses notes sur Eva.

Il ne l'avait pas rangé dans ses archives, comme il faisait d'habitude. Peut-être parce que, dans sa tête, quelque chose restait irrésolu. Qui ne concernait pas la fillette, pour qui il ne pouvait malheureusement rien faire. Du moins tant qu'elle n'était pas adulte, tant qu'elle ne venait pas le chercher.

Il s'assit en espérant que le confort de son fauteuil lui ferait du bien. En effet, il se détendit. Il flottait dans l'air l'odeur douceâtre de la cheminée éteinte.

Gerber alluma la lampe à côté de lui, mit ses lunettes et feuilleta ses notes.

En plus des parties qui concernaient le récit imaginaire d'Eva, il y avait celles sur ses rencontres avec Pietro Zanussi.

Il chercha les pages où il avait retranscrit le récit du moment où le frère de Zeno l'avait fait entrer dans son appartement au-dessus du magasin de tissus, pour lui montrer les résultats de l'enquête qu'il menait seul depuis vingt-cinq ans. En particulier, Gerber s'était intéressé aux messages silencieux, à chaque anniversaire de la disparition du petit Batigol. Un homme ressentait le besoin d'appeler le numéro que la famille avait fait imprimer sur des tracts avec la photo de l'enfant, espérant ainsi obtenir des informations utiles pour le retrouver. La tradition sadique du harceleur anonyme avait duré très longtemps.

*Jusqu'à il y a sept ans.*

Gerber relut ses dernières notes. Pietro Zanussi avait fait une supposition sur la raison pour laquelle les appels mystérieux avaient cessé.

*Ce coup de téléphone annuel n'était peut-être qu'un test, pour savoir s'il serait à nouveau recherché. Comme cela n'arrivait pas, il a fini par se sentir suffisamment certain de son invisibilité et de son impunité. Alors il a arrêté, de but en blanc.*

Mais ensuite, son vieil ami avait ajouté une apostille :

*Ou peut-être que ce salaud a crevé, qui sait.*

Après la sonnerie fantôme de la nuit précédente, ces derniers mots prenaient une autre signification, une autre valeur. Pietro Zanussi était convaincu que le ravisseur de Zeno continuait à appeler pour garder le contrôle de la situation. Il se pouvait qu'il ait raison.

Ou alors, il y avait autre chose. Peut-être que ce silence n'était pas une menace, mais qu'il impliquait de la honte. Un sentiment de culpabilité insoutenable. *Et si l'homme qui appelle était une statuette de cire ?* se demanda Gerber.

Dans le jeu de son enfance, quand on était touché, on ne pouvait plus parler. Peut-être qu'il meurt d'envie de raconter mais qu'il ne peut pas. Pour révéler ce qu'il sait, il attend que quelqu'un dise « Arimo ».

Pendant un moment, il avait vraiment cru être proche de lever le voile sur le mystère de la disparition de Zeno. Mais chaque fois, la solution s'éloignait à nouveau. C'était comme si une partie de lui refusait la vérité. Parce que, dans le fond, il aurait suffi d'un simple calcul pour y arriver. Toutefois, cela aurait comporté un énorme sacrifice de sa part, en plus d'une indicible souffrance.

Parce que l'homme qui avait mis la sonnerie de téléphone dans sa tête ne pouvait être que son père. Or Monsieur B. était mort depuis sept ans.

## 53

Impruneta était une petite commune proche de Florence, sur les collines du val di Greve, traversée par le fleuve du même nom. Le village devait son nom aux pinèdes qui recouvraient la région au Moyen Âge, mais les Florentins y ajoutaient un article, et il devenait « l'Impruneta ».

Le bâtiment blanc était situé à côté du sanctuaire.

Gerber s'était plusieurs fois promis d'y aller, mais il trouvait toujours une excuse pour reporter. Pour se faire pardonner son absence, il avait acheté des jonquilles, ainsi qu'une boîte de biscuits au lait à la pâtisserie Robiglio.

À l'entrée de la maison de repos, il avait interpellé une sœur pour demander à voir une des pensionnaires. Quand elle lui avait demandé s'il était de la famille, il avait été tenté de répondre par l'affirmative, car la femme en question était la personne qui pour lui s'était le plus rapproché d'une mère.

Il était midi passé et le déjeuner venait de prendre fin. Gerber fut invité à s'installer dans la salle commune, qui était déserte pour le moment.

Adele arriva, accompagnée par une sœur.

D'après les calculs de Pietro, l'ex-gouvernante de la villa de Porto Ercole avait au moins soixante-dix ans. Elle était plus petite que dans son souvenir. Ou peut-être était-ce lui qui avait grandi.

Le reconnaissant, la femme sourit et ouvrit les bras pour le serrer contre elle. Gerber fut submergé par son odeur d'eau de Cologne, qui dans son enfance agissait comme un baume sur les larmes d'égratignures aux genoux et aux coudes, de bosses et de bleus. L'étreinte d'Adele avait représenté un refuge, à une période de sa vie où les jeux d'enfants ressemblaient à des batailles et où chacun rentrait chez soi le soir blessé comme un ancien combattant.

— Pietro, mon chéri, ça fait si longtemps ! Viens, asseyons-nous ici, dit Adele en le guidant vers les canapés disposés devant un téléviseur éteint.

— Je sais, j'aurais dû venir plus tôt, affirma-t-il en lui tendant les fleurs et les gâteaux.

— L'important est que tu sois ici maintenant.

Il avait beaucoup pensé à elle ces derniers temps, surtout à cause de Zeno.

— Comment vas-tu ? Et ta femme et ton fils ?

Il n'eut pas le courage de lui parler du divorce, encore moins de lui dire que Silvia et Marco vivaient désormais à Livourne.

— Ils vont très bien, répondit-il seulement.

— Et Iscio ? Tu le vois souvent ?

— Il est à Milan, on s'appelle de temps en temps.

— Il te demande de mes nouvelles ?

La dernière fois qu'il avait nommé Adele, son cousin lui avait demandé si elle était morte.

— Toujours, mentit-il.

À ce moment-là, Gerber regretta de l'avoir comparée à Mme Vannini : la femme en chemise blanche, jean et baskets lui était apparue comme une version plus moderne de gouvernante, mais elle était une imposteuse.

Adele posa sur ses genoux la boîte de biscuits, l'ouvrit et lui en proposa un.

— Ce sont tes préférés, pas vrai ?

— Ton père m'en apportait chaque fois qu'il revenait de la ville, confirma-t-elle, faisant allusion au fait que Monsieur B. quittait souvent Porto Ercole pour retourner travailler à Florence.

Pietro s'assombrit. L'idée que son père puisse être impliqué dans le sort d'un enfant de cinq ans le plongeait dans le désespoir.

La femme perçut son trouble.

— Qu'est-ce que tu as, Pietro ? demanda-t-elle en lui caressant la joue.

Adele avait toujours compris les raisons mystérieuses de sa mauvaise humeur, et même lu la vérité sur son visage.

— Je suis venu te poser une question. Une question qui me pèse depuis vingt-cinq ans.

— L'été où tu es tombé du balcon, se rappela-t-elle immédiatement. Qui était aussi celui de la disparition de ce pauvre garçon. Je prie pour lui chaque soir.

Elle était l'une des rares personnes à ne pas avoir oublié Zeno.

— Je me souviens que mon père était très étrange, à cette période.

— Silencieux à la maison, expansif dehors, commenta Adele. Mais il était toujours comme ça.

Personne ne pouvait comprendre mieux qu'elle cette

contradiction et ce qu'elle impliquait pour les proches de Monsieur B., parce qu'elle en avait été le témoin direct. Les autres n'auraient jamais pu croire que cet homme pouvait se transformer à ce point, chaque fois qu'il franchissait le seuil de sa maison.

— Tu as raison, reprit Gerber. Mais après mon accident, il a changé.

Il y avait une étrange lueur d'appréhension dans son regard. Au départ, Pietro avait cru que c'était dû à la peur de perdre son fils, après sa femme. Monsieur B. paraissait avoir eu du mal à reprendre sa vie d'avant et à affronter avec conscience l'inconnu qui se cache dans l'avenir. Mais il y avait sans doute autre chose.

— La nuit, je l'entendais dans le couloir : il venait jusqu'à la porte de ma chambre puis il repartait, comme s'il n'avait pas le courage d'entrer.

Adele fronça les sourcils.

— Pourquoi aurait-il fait une chose pareille ? Je ne comprends pas.

— Peut-être qu'il voulait me dire quelque chose mais qu'il changeait d'avis.

Pendant des années, Pietro Gerber avait cru que son père voulait lui demander ce qu'il avait vu ou ressenti, pendant les trente secondes durant lesquelles son cœur s'était arrêté. Mais il n'en était plus aussi certain.

— Ton père était un homme bon, affirma la femme, ressortant une ritournelle qu'il avait entendue pendant des années et à laquelle il avait toujours eu envie de répondre que ce n'était pas vrai, parce que personne ne le connaissait mieux que son fils. S'il ne t'a pas parlé, c'est qu'il avait une bonne raison, et je suis certaine qu'il voulait surtout te protéger.

L'altruisme apparent de Monsieur B. ne passait pas l'épreuve du cœur, ni de la mémoire, de Gerber. Il savait bien de quel bois il était fait. Toutefois, pour le moment, il se concentra sur le dimanche où Zeno avait disparu.

— Il a fallu beaucoup de temps pour que les gens du quartier, y compris les Zanussi, se décident à appeler la police.

— Parfois les enfants s'éloignaient pour jouer, et ça pouvait durer très longtemps, les défendit Adele. Ça se terminait généralement par un bon savon et une punition. Personne n'a imaginé que cela pouvait être différent, ce jour-là.

— Mais on parle de trois heures, insista gentiment Gerber. Mon père, qu'est-ce qu'il a fait pendant ces trois heures ?

— Il était le seul à vouloir appeler la police, se rappela Adele, confirmant les propos de Pietro Zanussi. Mais personne ne l'écoutait.

Parce que personne ne veut jamais penser au pire. Ce jour-là, les adultes voulaient sauver leurs vacances. D'une façon générale, quand les maîtres-nageurs ramènent sur le rivage le cadavre d'un noyé, la plupart des gens continuent de prendre le soleil comme si de rien n'était.

Toutefois, le souvenir d'un Monsieur B. anxieux de prévenir les forces de l'ordre contredisait l'idée qu'il aurait pu laisser les messages silencieux parce qu'il luttait contre un sentiment tardif de culpabilité. Ou alors le père de Pietro avait adopté cette attitude devant les autres pour se constituer un alibi en cas de besoin.

— Mon père est devenu un autre homme, cet été-là. Ces événements l'ont sans doute terriblement affecté, mais je pense que cela ne suffit pas à expliquer ce changement.

— Son fils a été sur le point de mourir et un enfant de cinq ans a disparu dans son jardin, à ton avis ce n'est pas suffisant ?

L'ex-gouvernante n'avait pas tort, mais elle ne savait pas tout. La sonnerie que Gerber avait entendue dans sa tête lui imposait de continuer à chercher la vérité. Parce que c'était aussi le désir de Monsieur B.

— Il a dû se passer autre chose, insista-t-il.

Adele secoua la tête.

— Je suis trop vieille, ma mémoire me joue des tours… Tu devrais demander à Iscio : il était là ce jour-là, lui aussi.

Quelques semaines plus tôt, Pietro avait vu son cousin errer comme une âme en peine pendant la reconstitution du jeu des statuettes de cire avec l'ancienne bande de Porto Ercole.

— Le seul souvenir d'Iscio est que, enfants, nous appelions cet endroit « le jardin sans espoir », parce que les balles qui se perdaient dans les buissons n'étaient jamais retrouvées.

La femme sourit avant de commencer une phrase :

— Tout de même…

— Tout de même quoi ? demanda Gerber.

— Une ou deux semaines avant la disparition du petit, je suis allée voir ma sœur à Prato pour son anniversaire. Le déjeuner a pris fin plus tôt que prévu et je suis rentrée à la villa sans attendre. Quand je suis arrivée, vers 5 heures de l'après-midi, tout était silencieux. Je suis montée. La porte de ta chambre était ouverte. Ton père était assis sur ton lit, il te regardait dormir… Il a été étonné de me voir. Il m'a dit qu'il était venu te réveiller, mais ensuite il a refermé la porte.

Gerber sentit le sol se dérober sous ses pieds. Inconsciemment, Adele venait de lui offrir une nouvelle pièce du puzzle.

Il aurait aimé pouvoir lui dire que c'était Monsieur B. qui l'avait endormi, cet après-midi-là. Mais lui, bien sûr, il avait oublié que son père l'avait soumis à une séance d'hypnose.

Cela expliquait la sonnerie de téléphone qu'il entendait dans sa tête.

# 54

L'été 1997, Monsieur B. l'avait soumis à son insu, voire en traître, à une séance d'hypnose : Pietro Gerber en était convaincu. D'ailleurs la sonnerie fantôme, mise à demeure dans son inconscient à l'époque des faits, prouvait que son père voulait qu'à un certain moment de sa vie, il le comprenne. Il suffit parfois d'une émotion forte pour réveiller l'information dormante. Voilà pourquoi ce n'était pas arrivé avant. Les événements récents lui avaient provoqué un choc. Et la réapparition de l'affaire Zeno Zanussi avait fait le reste.

Gerber roulait vers le centre, suivant le chemin de son désespoir. *Qu'as-tu fait ?* demandait-il à Monsieur B. *Qu'as-tu fait à ce pauvre enfant ? Et qu'as-tu caché dans mon esprit ?*

Pour chercher une trace de la fameuse séance de la villa de Porto Ercole, il n'y avait qu'un endroit possible. Monsieur B. enregistrait toujours les thérapies de ses patients : il allait donc fouiller les archives personnelles de son père.

Gerber monta les marches quatre à quatre et, une fois dans son cabinet, il se précipita dans la pièce avec la jungle en papier mâché où son père hypnotisait les enfants en les plongeant dans une atmosphère de conte. Il alluma les lumières colorées et la voûte étoilée, et il alla tout droit vers le baobab.

À l'intérieur de la bibliothèque en forme de grand arbre étaient rangés un magnétophone et les dossiers de tous les patients, dont ne figuraient que les initiales, afin de protéger leur identité. Il pouvait effectuer une recherche chronologique : il se mit donc en quête des cassettes des enfants que son père avait suivis entre juillet et août 1997.

Mû par une urgence soudaine, il écartait tout ce qui ne l'intéressait pas, essoufflé. Il savait que la réponse était à portée de main. Il sentait toutefois qu'elle ne serait pas libératoire, et pouvait même l'entraîner dans un nouveau tourbillon. Heureusement, Maja n'était pas là pour assister au spectacle.

Il passa en revue tous les dossiers de la période, espérant en trouver un portant ses initiales.

« P.G. »

En vain. Jusqu'à ce qu'il tombe sur une anomalie qui le laissa perplexe. Dans un dossier anonyme daté du 9 août, il y avait une pochette en plastique vide. Il manquait la cassette.

Une telle erreur ne ressemblait pas à Monsieur B. Il était donc certain que c'était fait exprès.

Il tomba à genoux et se mit à pleurer. Les sanglots lui agitaient le thorax, de grosses larmes tombèrent sur la moquette devant lui. Il haïssait cet endroit. Après la mort de Monsieur B. il n'avait pas eu le courage de vider la pièce. Et maintenant, il était puni pour sa lâcheté : il se retrouvait entouré par le mensonge que son père racontait aux enfants pour entrer dans leur tête.

Cette dernière considération, avec ce qu'elle comportait d'imposture, lui fit venir une sorte d'illumination.

Il y avait eu un moment précis, dans la triste histoire de Zeno Zanussi, où la fiction avait pris la place de la réalité.

Son enterrement.

Quand les amis et connaissances avaient été invités à déposer un souvenir dans la petite malle, Monsieur B. y avait placé une cassette audio.

## 55

Le cimetière florentin des Porte Sante, qui datait du milieu du XIX^e siècle, était situé sur un bastion de Michel-Ange, autour de la basilique de San Miniato. De cette hauteur, on jouissait de l'une des plus belles vues sur la ville.

Même la nuit.

Gerber y entra, escaladant un portail secondaire et déjouant la surveillance d'une caméra de sécurité, et il admira un instant l'étendue de lumières sous la tour du Palazzo Vecchio et la coupole de Brunelleschi. Ce panorama soulagea un peu sa conscience d'être le seul être vivant de ce lieu désolé.

Il avança ensuite entre les monuments funèbres, essayant de retrouver celui des Zanussi.

Trop d'années s'étaient écoulées depuis qu'il était venu avec Monsieur B. Dernièrement, il avait raconté à Maja le moment où son père, devant la malle de Zeno, avait posé son bras autour de son épaule.

Juste avant, Pietro lui avait demandé pourquoi il avait mis une cassette dans la malle.

Le geste de son père avait peut-être été impulsif, dicté par l'impossibilité de répondre. Ou alors, il visait à le faire taire. Ou bien il avait vraiment constitué l'appel à l'aide muet d'un homme désespéré qui avait commis quelque chose de terrible.

Il allait bientôt le découvrir.

Il avait apporté une barre de fer, cachée sous son Burberry. Il trouva enfin la stèle qu'il cherchait. Dessous, il y avait quatre pierres tombales. Les parents de Zeno reposaient l'un à côté de l'autre. En dessous, les deux places réservées à leurs fils. Il y avait même le nom de Pietro Zanussi, avec sa date de naissance. Gerber ressentit une immense tristesse pour son vieil ami, qui s'était résigné à mourir seul.

Quand il vit la photo du petit Batigol, son cœur se serra.

Il était conscient que ce qu'il s'apprêtait à faire n'était pas techniquement une profanation de tombe, mais il se sentait tout de même très mal à l'aise. Il glissa la pointe de sa barre de fer sous un coin du socle et essaya de faire levier. Il ne bougea la pierre que de quelques millimètres. Il fit une nouvelle tentative, en prenant appui ailleurs. Il parvint enfin à la faire glisser sur le côté, aidé par la nature du sol.

Il était épuisé et en nage, mais il ne pouvait pas se reposer. Il n'aurait pas d'autre occasion. Avec la lumière de son téléphone, il éclaira la fosse devant lui. La petite malle était intacte.

Gerber s'agenouilla, la remonta et la posa à côté de lui. Elle n'était fermée que par un petit cadenas, qu'il n'eut aucun mal à forcer. Il l'ouvrit.

Parmi les multiples objets et photos, il reconnut sans hésiter ceux qui avaient été déposés par la bande de Porto Ercole.

Le paquet d'images de footballeurs d'Iscio. La brique de Lego donnée par Carletto. Du goûter de Giovannone, il ne restait que l'emballage. Les chewing-gums en forme de cigarette d'Ettore, en revanche, avaient résisté au temps. Il y avait la petite voiture Burago de Dante. La photo d'eux tous sur la plage, choisie par Deborah, était ternie, comme consumée par la mélancolie. À côté du fanion de la Fiorentina qu'il avait lui-même déposé, la cassette de Monsieur B.

Gerber la glissa dans sa poche et regarda autour de lui. Il ne lui restait plus qu'une chose à faire : écouter l'enregistrement.

## 56

Il avait apporté le baladeur avec lequel Monsieur B. réécoutait les séances de ses patients. Une fois à bord de sa Defender, Gerber hésita à rester sur le parking du cimetière.

L'urgence de savoir prit le dessus.

Protégé par la lumière d'un lampadaire, devant le panorama silencieux sur la ville, il glissa la cassette dans le lecteur, plaça le casque sur ses oreilles et appuya sur le bouton Lecture.

« — *Bon, on va commencer, Pietro.* »

La voix de son père sortit du passé, forte et claire. Il frissonna.

« — *Pourquoi il faut faire ça ? demanda le petit Pietro.*

— *Tu as dit que tu avais toujours mal à la jambe, c'est bien ça ? Et que tu n'arrivais pas à dormir. Je t'assure que ça atténuera la douleur.* »

Il n'avait aucun souvenir de ce dialogue. En réalité, il avait totalement oublié cette journée. Il ne fut pas étonné de la ruse de Monsieur B. pour le convaincre d'accepter la séance : la promesse d'apaiser sa souffrance était un expédient mesquin.

« — *Tu vas me faire écouter la chanson ?* demanda-t-il sur la bande, faisant référence à *Il en faut peu pour être heureux*, que son père utilisait pour l'hypnose.

— *Pas cette fois. Tu vas juste te concentrer sur le tic-tac de ma montre.* »

Pendant quelques minutes, il ne se passa rien. Puis la respiration de Pietro ralentit, indiquant qu'il était en transe. Ignorant le but de la séance, Gerber se demanda comment son père l'avait démarrée. S'il avait sur la conscience un poids qui concernait le petit Batigol, ne suffisait-il pas de le confier à une cassette ? Quel besoin avait-il d'impliquer son fils ?

Il était convaincu que Monsieur B. avait enfermé un secret dans son esprit.

« — *Bien, Pietro, maintenant je voudrais que tu reviennes à l'après-midi où ton ami Zeno a disparu... Où es-tu ?*

— *Je suis sur le balcon de ma chambre, répondit-il pareil à un automate.*

— *Raconte-moi : comment vas-tu ?*

— *Il fait très chaud, je suis assis sur une chaise longue. Ma jambe plâtrée me démange, mais je ne sais pas comment me gratter. Je m'ennuie à mourir.*

— *Qui sont les personnes qui t'entourent ?*

— *Iscio, Deborah, Dante, Ettore, Giovannone, Zeno... Cette fois il y a aussi Carletto, il a échappé à sa mère qui voulait lui faire faire des devoirs, alors qu'on est dimanche...*

— *Tes amis sont venus te tenir compagnie ?*

— *Ils ne sont pas ici pour moi. Ils sont ici pour le jeu des statuettes de cire. C'est plus drôle d'y jouer dans notre jardin, parce qu'il y a plus de cachettes.*

*— Et toi tu n'aimes pas être exclu, pas vrai ?*

*— Non, je n'aime pas ça du tout.*

*— Mais tu restes quand même là pour les regarder jouer...*

*— Oui.*

*— Et qu'est-ce que tu vois, exactement ?*

*— Ils chantent la comptine pour décider qui sera le premier bonhomme de cire... Quand ils comprennent que ce sera Dante, ils partent tous en courant pour lui échapper... Dante est très fort à ce jeu.*

*— Parle-moi des autres, où sont-ils ?*

*— Giovannone ne sait pas où se cacher. On sait tous qu'il n'aime pas être vivant, parce que les vivants doivent courir et lui, il n'aime pas ça. Alors il se laisse toujours toucher le premier et il devient bonhomme de cire et il peut chasser les autres... Dante le touche tout de suite. Ensuite, comme ils ne peuvent pas parler, ils sifflent pour s'aider.*

*— Qui d'autre vois-tu ?*

*— Deborah a trouvé une excellente cachette derrière un tas de branchages et de feuilles séchées... Carletto est allongé sous le banc en pierre, Iscio est derrière la cabane à outils : ils sont prêts à prendre la fuite si besoin... Zeno n'a pas encore décidé où aller : son maillot de la Fiorentina se repère de loin, mais il refuse d'en changer... Ettore n'a pas choisi une bonne cachette : sa tête dépasse derrière un buisson. Dante l'indique à Giovannone. Ils se séparent pour l'encercler. Ettore voit Dante arriver et essaye de partir, mais il se retrouve devant Giovannone, qui ne le laisse pas passer... Maintenant il y a trois statuettes de cire et quatre vivants.* »

Gerber eut l'impression d'avoir à nouveau onze ans et d'être là-bas avec eux. Sa jambe qui avait été cassée lui parut même plus lourde. Comme si elle était encore plâtrée.

« — *Ils ont repéré Carletto, ils essaient de l'attraper. Il s'enfuit, il perd son short, il doit le tenir avec sa main. On voit ses fesses.*

— *Où est Zeno ?*

— *Il lorgne depuis derrière un arbre et il rit aux éclats.*

— *Et Iscio, il est toujours derrière la cabane à outils ?*

— *Je ne sais pas.* »

Quelques semaines auparavant, Gerber avait convaincu ses anciens amis de reproduire la scène, malgré leurs protestations, leur méfiance et leur mauvaise humeur. Son cousin avait été le plus coopératif, bien que sa mémoire l'ait trahi.

« — *Carletto a été touché ! Maintenant les statuettes de cire sont en majorité ! annonça le Gerber du passé. Dante, Ettore, Carletto et Giovannone se regardent sans parler pour donner la chasse à Deborah, qui est celle qui court le plus vite de tous parce qu'elle est la plus grande. Ils la voient derrière le tas de branchages et de feuilles séchées, elle bondit comme un jaguar. Ils la poursuivent mais ils n'arrivent pas à l'attraper. Ils courent comme des dératés, ils trébuchent, ils sont déjà fatigués. Elle, elle se moque d'eux. Elle leur dit qu'ils sont nuls et elle a raison, elle change tout le temps de direction, ça les rend fous. Ils s'y mettent à quatre, ils finissent par l'entourer et Giovannone se jette sur elle, pareil que quand il fait la bombe, à la mer.*

*— Zeno est avec vous ?*

*— Non... Je ne le vois plus...*

*— Mais tu sais où il est, pas vrai ?*

*— Non, je ne le sais pas.*

*— Moi je suis certain que tu le sais.*

*— Non !*

*— C'est impossible. Tu le vois forcément.* »

C'était aussi ce que soutenait Pietro Zanussi.

*— Tu étais là-haut, au balcon, avec ta jambe plâtrée... Comment est-il possible que de là tu n'aies rien entendu, rien remarqué ? Tu sais, Pietro, parfois on voit des choses mais on ignore qu'on les a vues. Notre esprit le sait. Notre esprit voit mieux que nos yeux. Cependant, l'esprit est taquin. Il cache l'information dans un endroit difficile à atteindre. Alors il faut fournir un effort pour aller la récupérer.*

*— Je ne sais pas*, réagit le petit Pietro en sanglotant. *Je jure que je ne sais pas...*

*— Allez, Pietro, fais cet effort : reviens au moment où les statuettes de cire poursuivent Deborah... Tu es distrait par le jeu mais, si tu te concentres bien, je suis convaincu que tu verras où se trouve Zeno, malgré la confusion...*

*— Je le vois*, dit-il au bout de quelques secondes. *Oui, je le vois ! Mais... pourquoi il va de ce côté ? Attends, arrête-toi... Où tu vas ?*

*— Où va-t-il ? l'interrogea Monsieur B.*

*— Vers les buissons au fond du jardin.* »

Dans sa voiture, Gerber eut un sentiment d'impuissance. Et il y avait comme un trou noir dans sa mémoire.

« *— Zeno est seul ?* reprit son père.

— *Non.* »

La réponse du petit Pietro fut comme un coup de poing dans le ventre, pour Gerber.

« — *Quelqu'un le tient par la main...*

— *Qui est avec lui ?* demanda Monsieur B., visiblement troublé.

— *Iscio.* »

Gerber eut un haut-le-cœur et s'écroula sur le volant. Il eut l'élan d'arracher son casque pour mettre fin à cette torture, mais l'enregistrement n'était pas terminé. Sur la bande, il y eut un long silence insupportable. Gerber attendait une réaction de son père, qui n'arriva pas.

Pourquoi se comportait-il ainsi ?

Alors il eut une fulgurance : son père savait déjà. Monsieur B. savait. Il voulait juste que son fils le confirme. Mais comment pouvait-il le savoir ?

« — *Ton cousin a besoin d'aide, Pietro. C'est pour cela qu'il est venu passer l'été avec nous. Je m'en occupais, mais maintenant c'est trop tard.* »

Quand il lui fournit sa réponse, son père le fit sur son habituel ton détaché. Mais Pietro Gerber aurait voulu le sentir accablé.

De quel genre d'aide avait besoin son cousin ? Quel était son problème ? Monsieur B. ne l'avait pas spécifié.

« — *Tu te souviens du caniche d'Iscio ?* »

Saturne. Il était mort le printemps avant cet été maudit. Que signifiait cette question ?

Mais ensuite, son père changea de sujet.

« — *Tu vas oublier tout ce qu'on vient de se dire. Un jour, ton esprit t'enverra un signal. Ce sera dans de nombreuses années.* »

Gerber repensa à la sonnerie fantôme dans sa tête.

« — *Quand cela arrivera, tu auras probablement envie de connaître la vérité. Ou pas... Tu choisiras le moment venu...* »

Son père lui avait confié une lourde responsabilité. Il s'était déchargé sur lui et Pietro aurait voulu le lui hurler, mais ce n'était plus possible. Au moins, son supplice touchait à sa fin.

« — *Maintenant, tu vas t'endormir et dormir d'un long sommeil sans rêves. Quand tu te réveilleras, tu auras oublié que je suis venu te voir.* »

# 57

À 7 h 30 du matin, la pluie tombait. Un homme s'abritait sous sa mallette, pressant le pas sur le parking désert d'un ensemble d'immeubles, pour aller jusqu'à sa voiture.

Quand il le reconnut, Gerber avança vers lui.

— Pietro, s'étonna son cousin. Que fais-tu à Milan ?

Il aurait pu répondre qu'il avait conduit toute la nuit en réfléchissant à comment se comporter à son arrivée, qu'il avait même envisagé de laisser tomber et de rentrer à Florence. Mais il dit seulement :

— Arimo.

— Quoi ?

— Arimo, répéta-t-il très sérieusement.

— Qu'est-ce qui te prend ? Tu veux jouer ? Allez, ne fais pas l'idiot, montons dans ma voiture, au moins on sera au sec.

Mais Pietro ne bougea pas.

— Quand je t'ai appelé en février pour te demander s'il t'arrive de penser à Zeno Zanussi, tu m'as répondu que c'était le cas chaque fois que tes filles s'éloignent de toi et que tu ne les vois plus.

— Oui, c'est ce que j'ai dit.

— Arimo, répéta Gerber.

Iscio comprit qu'il ne plaisantait pas.

— Pourquoi est-ce que tes parents t'ont envoyé te faire soigner par mon père ?

— C'est faux, répondit son cousin qui semblait tomber des nues.

— Je vais te dire pourquoi, moi. Tu étais entré dans une colère insolite et imprévisible, et tu risquais de devenir ingérable.

— Je suis l'homme le plus doux de la terre, se défendit Iscio en riant.

— C'est vrai, admit Gerber. Mais quand tu étais petit, tu avais commencé à développer un caractère violent. Qui se manifestait probablement par des caprices, des accès de colère, des comportements destructeurs et un manque d'empathie.

— Qu'est-ce que tu en sais ? répliqua Iscio, vexé.

— J'ai vu ça arriver à des patients.

— Alors pourquoi je ne m'en souviens pas ? reprit-il avec irritation.

— Parce que mon père a décidé que tu allais l'oublier.

L'allusion à Monsieur B. sembla le calmer.

— Oublier quoi ?

Il commençait à avoir peur. Gerber le fixa.

— Arimo, dit-il pour la quatrième fois.

Pendant son voyage, il avait imaginé que ce mot-clé pourrait débloquer les souvenirs d'Iscio. Il avait espéré mettre ainsi fin au jeu des statuettes de cire. Toutefois, il n'était pas certain que cela fonctionnerait.

— Ce jour-là, mon père a été le seul à insister pour

qu'on appelle les forces de l'ordre. Je me suis demandé pourquoi.

Iscio leva les yeux au ciel, excédé.

— Encore cette histoire de Zeno ?

— J'ai compris que c'était parce que, à cause du secret thérapeutique, il ne pouvait pas révéler ce qu'il savait.

— De quoi parles-tu ?

Il n'avait aucune preuve de ce qu'il avançait, mais c'était la seule hypothèse plausible.

— Quand Zeno a disparu, il a tout de suite eu peur qu'il lui soit arrivé quelque chose. Et pour lui, il n'y avait qu'un seul responsable possible…

— Je ne sais rien, balbutia Iscio.

Gerber était certain de sa sincérité.

— Monsieur B. avait deux options : soit tu avouais, soit la police découvrait la vérité. Mais aucune des deux ne s'est réalisée.

— Qu'est-ce que tu racontes ? Tu es fou ? s'écria Iscio, à la fois perdu et en colère. Je n'ai jamais fait ce que tu dis !

Mais sa voix se brisait.

— Je t'ai vu.

Cette phrase sonnait comme une sentence, mais l'autre se tut.

— Monsieur B. m'a forcé à me souvenir, puis il a effacé ma mémoire.

— Pourquoi aurait-il fait cela ?

— Parce que c'est là qu'intervient la troisième option de Monsieur B. : sans aveux et avec l'enquête au point mort, il a décidé de te soumettre au même traitement que moi, pour que tu continues de vivre ta vie.

Ce salaud ne l'a pas fait pour toi, mais pour lui-même. Son choix a été le fruit d'un calcul simple : pour Zeno il n'y avait plus rien à faire, mais pour toi si. Comme tu n'étais qu'un enfant, il s'est substitué à la justice… et il nous a condamnés tous les deux.

Son cousin déglutit bruyamment. Il était désorienté. Peut-être que quelque chose émergeait enfin de sa mémoire.

— Arimo…

Cette fois, le mot secret fit son effet. Le regard d'Iscio balaya les alentours. Il avait l'air perdu. Enfin, il se souvenait.

— Il n'arrêtait pas de rire…, dit-il avec un filet de voix. Moi, je lui disais de faire doucement, sinon les statuettes de cire allaient nous trouver, mais il ne m'écoutait pas…

Comprenant qu'il parlait de Zeno, Pietro le laissa raconter.

— Ensuite, je ne sais pas ce qui s'est passé… Peut-être que pour le faire taire je lui ai mis une main sur la bouche. Il m'a mordu. Il m'a fait très mal… Alors je l'ai pris par le cou et j'ai serré… serré… serré… serré…

Il était adulte mais parlait comme un enfant. La même voix rengaine, les mêmes justifications improbables. Comme si s'était ouvert devant lui un gouffre dont montait la puanteur du passé.

— Il essayait de se libérer, il se démenait, il m'envoyait des coups de pied, poursuivit Iscio. Mais j'étais plus fort… Son visage était rouge et bleu, la bouche ouverte, la langue dehors… Et puis, tout doucement, il a arrêté les coups de pied… Mais il avait toujours les yeux ouverts et il me fixait. Je ne savais pas qu'il était mort parce que je n'avais jamais vu de mort de ma vie. Alors j'ai relâché la prise…

Pietro Gerber pensa à Saturne, le caniche d'Iscio. Monsieur B. l'avait mentionné dans l'enregistrement de sa séance d'hypnose parce que, en réalité, il savait parfaitement, de même que les parents d'Iscio, qui avait tué le chien.

— Et ensuite ? Qu'est-ce qui s'est passé, après ?

— Je suis revenu vers les autres… J'étais prêt à raconter ce qui s'était passé, je le jure. Mais Deborah m'a vu, elle m'a touché et je suis devenu bonhomme de cire. Je ne pouvais plus parler. La malédiction, tu te souviens ? Personne ne s'est aperçu de rien… Et puis, des jours plus tard, mon oncle est venu me chercher.

Iscio s'écroula par terre. Pietro Gerber s'empressa de le soutenir et ils s'assirent tous les deux sur l'asphalte mouillé, dans une étreinte désespérée et insensée. La pluie tombait toujours.

Le passé recula, glissa dans son abysse fétide, qui se referma.

— Comment je vais faire, maintenant, avec Gloria et les filles ? demanda Iscio d'un ton suppliant en s'agrippant à son cousin. Qu'est-ce qu'elles vont devenir… et moi ?

— Tu es l'homme le plus doux de la terre, lui rappela Pietro. Depuis, tu n'as plus jamais fait de mal à personne.

— À personne, confirma fièrement Iscio. Donc, vu que tu sais, toi aussi, tu pourrais le refaire…

— Refaire quoi ?

— Tout effacer de ma tête, et de la tienne. Tu peux encore le faire, pas vrai ?

La thérapie de Monsieur B. avait fonctionné une fois, mais il n'était plus disposé à faire de compromis.

— Je suis certain que tu trouveras seul le moyen de te sortir de cette situation.

Ce refus pétrifia Iscio. Gerber se dégagea de son étreinte et se releva. Son cousin l'implorait du regard. Toutefois, il n'allait pas commettre la même erreur que son père. Il n'allait pas se substituer à nouveau à la justice.

— Une dernière chose. Où est le corps ?

— Pourquoi veux-tu le savoir ? ricana l'autre avec une colère ancienne, trop longtemps réprimée.

— Parce que, étant donné que Monsieur B. a été lâche, maintenant c'est à nous de libérer cette famille de vingt-cinq années de silence.

Iscio attendit, espérant peut-être troquer l'information contre son salut. Mais Gerber ne semblait pas disposé à la moindre concession, alors il se rendit.

— Le jardin sans espoir… C'était comme ça qu'on l'appelait, non ?

— Et alors ?

— Il y a une chose que je ne vous ai jamais dite, affirma Iscio en le regardant. Moi, je savais où finissaient tous les ballons égarés.

## 58

L'embouchure était exactement là où son cousin l'avait dit. Entre les derniers buissons de troènes au fond du jardin, vers le bout du promontoire, à une centaine de mètres de la falaise à pic sur la mer.

Autour, le terrain était juste assez en pente pour que tout glisse dedans, comme un trou noir dont la force d'attraction avale tout objet qui entre dans son orbite.

C'était là que finissaient les ballons égarés.

Grâce à son diamètre de quarante centimètres, le corps d'un enfant de cinq ans pouvait y passer.

Et dans ce trou, la terre émettait comme une respiration.

Le soleil descendait et les vagues hurlaient au loin. Gerber se tenait droit devant le trou caché par la végétation, enveloppé par l'odeur saumâtre qui en montait, et il sentait sur son visage l'air qui précipitait vers le bas chaque fois que le petit gouffre reprenait son souffle.

Les bords de l'embouchure étaient si bien délimités qu'elle était forcément une œuvre humaine. De nombreux puits artésiens étaient disséminés dans ce quartier résidentiel. Cela datait de l'époque où il n'y avait pas d'aqueduc à Porto Ercole. On creusait donc pour puiser l'eau douce de la faille. Toutefois, la sonde avait fini par atteindre l'une des nombreuses cavités souterraines qui menaient directement à la mer.

Cela expliquait que tout le monde ait oublié ce trou dans le sol.

Monsieur B. le savait-il ? Si oui, il avait dû faire le même constat que lui. Parce que l'odeur qui montait de l'embouchure ne laissait aucun doute : tout ce qui y passait serait conquis à jamais par la mer de l'Argentario.

Avant de venir dans sa maison de famille, Pietro Gerber était prêt à indiquer à Pietro Zanussi le lieu de sépulture de son frère. Mais maintenant, il était contraint de revoir ses plans.

Sans tombe, il ne restait qu'une foule de questions inconfortables et douloureuses.

Le petit Batigol était-il encore vivant quand il avait fini dans ce trou ? Peut-être qu'il respirait encore. Iscio, à l'époque, aurait pu se tromper en le croyant mort. Et s'il y avait encore eu de l'espoir pour lui ? Si seulement son cousin avait parlé, au lieu de revenir avec les autres comme si de rien n'était, Zeno aurait sans doute eu une chance.

Mais il l'avait balancé là-dedans. Sans aucune pitié.

Au moment où Gerber allait perdre toute sa confiance dans le genre humain, son téléphone vibra dans la poche de son Burberry. Il avait reçu un message d'Iscio. Une photo. L'image avait été prise de l'intérieur d'une voiture, dans une rue. Des voitures étaient garées, il y avait des passants. Sur un bâtiment anonyme, une plaque était éclairée.

*Commissariat de police.*

*« Mai più chiasso né frastuono,*
*giuro giuro starò buono.*
*Non farò mai più capricci,*
*né pasticci, né bisticci.*
*E se il diavolo ballerino*
*poi ci mette lo zampino,*
*finirò dritto all'inferno*
*e lìballerò in eterno… »*

*7 juin*

— Très bien, Sara. Maintenant, tu peux rouvrir les yeux.

La jeune fille obéit. Gerber tendit le bras pour arrêter le mouvement de son fauteuil à bascule.

— Je vous ai dit que ça ne fonctionne pas avec moi, commenta-t-elle avec un sourire impertinent.

Âgée de douze ans, elle souffrait d'un trouble de l'attention et d'hyperactivité. C'était sa première séance. Sara soutenait qu'il n'arriverait jamais à l'hypnotiser. Alors ils avaient fait un pari.

— Je te dois une glace, admit le psychologue. Mais je te donne quand même des exercices de respiration, pour la prochaine fois.

— Pourquoi, ça ne vous a pas suffi ? Vous voulez vraiment réessayer ?

— Je parie à nouveau et, si ça te va, je double la mise.

— Ça marche ! accepta la jeune fille.

Ils se serrèrent la main et il lui remit un papier où il avait noté les activités de relaxation à pratiquer chez elle. Pour le moment, Gerber ne lui révéla pas qu'elle venait de passer soixante-douze minutes en état de transe. Il préférait que Sara continue de croire qu'elle contrôlait totalement la situation.

Quand elle eut rassemblé ses affaires, il la raccompagna à la sortie.

Dans la salle d'attente, Maja lisait un livre.

— Au revoir, docteur Gerber, dit Sara en l'ignorant délibérément.

Puis la petite se mit sur la pointe des pieds et colla un baiser sur la joue de son psychologue, avant de dévaler les escaliers.

Gerber fut surpris. Il en oublia de lui dire qu'elle pouvait prendre un fruit dans le panier.

Derrière lui, Maja éclata de rire.

— Je crois qu'elle en pince pour toi !

— Mais non, qu'est-ce que tu racontes !

— J'ai bien vu comment elle te regardait… et comment elle ne me regardait pas, *moi* !

— Que lis-tu ? demanda Gerber en s'asseyant à côté d'elle.

— L'autobiographie d'Elisa Martins, répondit Maja à contrecœur. De toute façon, je sais bien ce que tu en penses.

— Pourquoi ? demanda Gerber, faisant l'innocent.

— Je t'ai déjà parlé de cette autrice, mais tu vas faire comme si tu avais oublié.

— C'est cette femme qui soutient avoir eu un contact télépathique avec son fils qui a disparu il y a treize ans ?

— C'est ça. Dans une heure, elle rencontre ses lecteurs dans une librairie du centre : les traces mentales du garçon l'ont menée en Toscane. Elle veut découvrir si Dario est vraiment passé par ici et s'il est toujours dans la région.

— Très intéressant, ironisa Gerber.

— *Torta coi becchi*, dit-elle en lui pinçant le bras.

C'était un accord : ils pouvaient se moquer l'un de l'autre tant que l'un des deux n'avait pas prononcé ces mots fatidiques. Nommer leur premier repas au clair de lune mettait fin aux blagues. Gerber se pencha vers elle et l'embrassa sur la joue.

Il ne partageait globalement pas son intérêt pour la parapsychologie, toutefois il avait aidé Maja à trouver un emploi à l'université, comme assistante du professeur Benedetto Elleri. Tous les matins, elle se levait très tôt pour aider le neuropsychiatre à remplacer les panneaux avec les formes, les couleurs, les lettres, les symboles et les chiffres, dans tous les services d'urgences de Florence.

— Ah, j'allais oublier, ajouta la jeune femme en se penchant pour sortir une enveloppe de son sac. Je viens de les retirer au laboratoire.

Gerber savait ce que contenait ce dossier. D'ailleurs, c'était sa faute, si elle dépensait une fortune pour développer des pellicules. Juste parce qu'il lui avait offert son vieil appareil reflex. Depuis, Maja s'était mis en tête de mener à bien une sorte de projet photographique. Elle se rendait dans les lieux historiques de la ville où, au fil des siècles, on avait signalé des apparitions de fantômes. En réalité, c'était un prétexte pour aller admirer toutes les beautés dont elle avait été privée pendant son séjour forcé chez les Onegli Catelani à San Gimignano.

— Dis-moi sincèrement si elles te plaisent, ordonna-t-elle en lui montrant les photos.

— Pourquoi je ne serais pas sincère ?

— Parce que tu es fou de moi et que tu veux me rendre heureuse, conclut-elle avec un petit sourire. Bon, je file.

Ils s'embrassèrent, sur les lèvres cette fois. Puis Maja partit et Gerber retourna dans son cabinet avec l'enveloppe.

C'était un chaud après-midi de printemps, il n'avait pas plu depuis des semaines. Le psychologue ouvrit la fenêtre pour aérer. Il regarda les toits de Florence, où se poursuivaient des hirondelles. De là, il apercevait la piazza Signoria, noire de monde, et entendait les voix des passants.

Il n'avait pas d'autre rendez-vous, ce jour-là. Il avait repris les séances depuis peu, mais il n'acceptait que quelques patients.

Après Eva, et surtout après Iscio, il ne pouvait pas se permettre de s'écrouler à nouveau.

Grâce à Maja, l'époque sombre était révolue. Toutefois, les séquelles psychologiques de cette affaire se faisaient encore sentir. Il n'avait plus aucune nouvelle de la fillette, mais il avait confiance en le rendez-vous fixé avec son subconscient. En outre, depuis que son cousin lui avait annoncé, par un message insolite, qu'il se rendait à la police, il avait délibérément coupé les ponts avec lui. Il voulait renoncer à porter le poids du monde. Et ignorer l'appel de l'obscurité.

Néanmoins, il était convaincu que tôt ou tard les ténèbres le débusqueraient.

Il ne pouvait rien y faire, c'était dans l'ordre des

choses. Il savait ce qu'il risquait, en acceptant l'héritage de Monsieur B.

Tout le monde ne peut pas être endormeur d'enfants.

Il quitta la fenêtre mais la laissa ouverte pour profiter de la brise. Il s'assit dans son fauteuil et retira ses chaussures. Puis il ouvrit l'enveloppe contenant les photos de Maja. Il les regarda attentivement, comme promis. Elle était devenue très bonne.

Son objet était le jardin du Palazzo Corsini. Ouvert au public, il méritait sans aucun doute la visite. Le dessin raffiné des buissons, l'allée centrale bordée d'élégantes statues de tailles décroissantes pour générer un effet optique de perspective. Mais la particularité, c'étaient les cent trente tortues qui erraient librement entre les citronniers.

Maja s'était attachée à capturer les vues les plus suggestives de ce recoin mystérieux de la ville. Les visiteurs étaient nombreux, et elle avait parfaitement intégré leur présence dans son scénario.

Alors que Gerber observait ces visages anonymes, il remarqua un regard.

Soudain autour de lui tout s'arrêta, comme si un enchantement, ou une malédiction, avait figé la scène. Les chants des hirondelles et les voix des passants s'estompèrent. Le temps sembla freiner sa course. Son cœur cessa de battre.

Tout devint pâle, les objets s'effacèrent. La pièce où il se trouvait disparut.

Il n'y avait plus que la femme blonde sur la photo qu'il tenait dans ses mains. Son air mélancolique, son magnétisme sombre. Cette fois, aucun doute : ce n'était pas une vision. L'image était imprimée sur la pellicule.

Et constituait la preuve que Gerber n'avait jamais perdu la raison.

Et ce n'était pas tout.

Ces yeux rivés vers l'objectif de l'appareil photo étaient un message pour lui.

« Je t'ai trouvé. Tu m'as trouvée. »

À ce moment précis, ce fut comme si Hanna Hall pouvait vraiment le voir.

ARIMO : du latin *« arae mortis »*, autels de la mort construits pour célébrer les défunts à la fin d'une guerre. Le mot indiquait probablement une sorte de trêve pour enterrer les morts.

*Note de l'auteur*

Les pratiques d'hypnose de l'histoire sont semblables à celles utilisées dans les thérapies. Pour ce roman, j'ai à nouveau bénéficié de la contribution et de la disponibilité de la docteure R.V. et du docteur G.F. (c'est à leur demande expresse que je n'indique que leurs initiales) : grâce à leurs récits et à leur longue expérience en la matière, l'endormeur d'enfants est devenu un personnage réel.

REMERCIEMENTS

Stefano Mauri, éditeur, ami. Et, avec lui, tous les éditeurs qui me publient dans le monde. Fabrizio Cocco, Giuseppe Strazzeri, Raffaella Roncato, Elena Pavanetto, Giuseppe Somenzi, Grazielle Cerutti, Alessia Ugolotti, Patrizia Spinato, Ernesto Fanfani, Diana Volonté, Giulia Tonelli, Giacomo Lanaro, Giulia Fossati et ma chère Cristina Foschini.

Andrew Nurnberg, Sarah Nundy, Barbara Barbieri et les extraordinaires collaboratrices de l'agence de Londres.

Charlotte Lefèvre, Michael McCaughley et toute l'équipe de Calmann-Lévy.

Vito. Ottavio. Achille. Antonio Padovano.

Gianni Antonangeli.

La *Setta delle Sette.*

Antonio et Fiettina, mes parents. Chiara, ma sœur.

Antonio et Vittorio, mes « éternités futures ».

Sara, mon « éternité présente ».

Du même auteur
aux éditions Calmann-Lévy :

*Le Chuchoteur*, 2010.
*Le Tribunal des âmes*, 2012.
*L'Écorchée*, 2013.
*La Femme aux fleurs de papier*, 2014.
*Malefico*, 2015.
*La Fille dans le brouillard*, 2016.
*Tenebra Roma*, 2017.
*L'Égarée*, 2018.
*Le Jeu du chuchoteur*, 2019.
*La Maison des voix*, 2020.
*Je suis l'abysse*, 2021.
*La Maison sans souvenirs*, 2022.
*L'Éducation des papillons*, 2024.

# RETROUVEZ DONATO CARRISI AU LIVRE DE POCHE

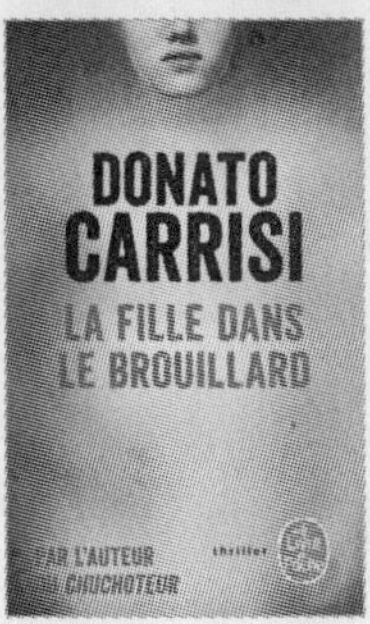

PAPIER CERTIFIÉ

Composition réalisée par Nord Compo

Achevé d'imprimer en France par
CPI BRODARD & TAUPIN (72200 La Flèche)
en septembre 2024
N° d'impression : 3058330
Dépôt légal 1re publication : octobre 2024
Librairie Générale Française
21, rue du Montparnasse – 75298 Paris Cedex 06

72/9236/8